# 静かな終末

眉村卓

日下三蔵 編

竹書房文庫

# 静かな終末

CONTENTS

# I

## II

# III

# I

# いやな話

すこしばかり気になることがある。もちろんそれをお話しした方がいいかどうかは別問題だが……。

ある晩のこと、私はテレビの前に坐《すわ》っていた。晩といっても、もう夜明けが近い頃で、深夜番組さえ、とうに終わったじぶんだった。なぜそんなことをしたのか、私には説明はできない。が、人間のやることなんて、どうせ、そんなものではなかろうか。

それでも、なんの気なしにスイッチを入れたテレビに、人間の顔が映ったとき、私はひどく驚いた。声さえ出ている。酔狂な局もあるものだ。私はウィスキーの瓶とグラスを持ってくると、あらためて腰をすえることにした。

画面を占めているのは、中年の男の顔と手だった。「さあ、あなたは眠くなります……眠ります」と言っている。

いつの間にかぼんやりとなっていたのだろう。画面が崩れて声に雑音が入った時、私はちょっと苦痛を感じたくらいだった。二、三日前からこのテレビは寿命が来たのを誇示するように、すぐ画面が流れるのだ。

ようやく調整が終わった時、男の奇妙な独演は、もうかなり進んでいるらしかった。「さあ、あなたは眼を開きます……眼を開いてもあなたはめざめませんよ……」

私はあぶなく声をあげるところだった。これは催眠術ではないか。深夜番組が終わったあとで、こんなことをしていったいどうするつもりなのだろう。

しかし、画面の男は、そんなことにお構いなく、しゃべりつづけた。「今週は、細いバンドを使いましょう……今週は、ネクタイは青を基調にしたものを買いましょう……今週は、やや胸をそらして歩きましょう……今週は」

全く際限がないのだった。こうしたことをいくつもいくつも並べたてられると、私の頭はいささか混乱してきた。

……馬鹿馬鹿しい、と私は思った。もしもテレビに故障がなかったなら、このつまらぬ催眠術にひっかかっていたかも知れない。故障していたのは幸運だったな。

再び画面に注意した時、この奇妙な番組はやっと終わろうとしていた。男がささやいているのが見えた。

「……遅刻はいけません。あなたは遅刻をせぬために、あらゆる努力をするのです。……では、今夜の番組はこれで終わります。いつものように、毎週火曜日の午前三時にはテレビのスイッチを入れることにしましょう。では、わたしが手を三つたたくと、あなたは目がさめてテレビのスイッチを切ります……この番組のことはなにもおぼえていません。ひとつ……」

画面が流れた。

が、もう、聞くべきことは聞いた。これで充分だ。明日、会社へ行った時、だれかにたずねてみよう。きっと、こんなおそくまで起きている者はいないから、面白がって聞くに違いない。

しかし、期待に反して、だれもそんなことには関心を持たなかった。

「少し、おかしいんじゃないか」

同僚たちはそう言った。「夜中に催眠術？　ねぼけるのも、たいがいにしろよ」

私はさからわないことにした。もし、かれらが実際にあの番組を見たのだとすれば、おぼえていないはずだからだ。それに……偶然の一致かもしれないが、同僚たち、いや上司の中にも、細いバンドをし、青いネクタイを締め、少し胸をそらして歩いている者が、かなりいるのだった。しかも、自分自身ではそのことに全く気がついていないらしい。

私はすこしばかり怖《おそ》ろしくなった。こうして毎週毎週、テレビに指示された通りの服装をし、言われた通りの態度で動きまわっている人びとが、流行というものを作りだしてゆくのかもしれない。そして自分では知らずに真面目な顔をして仕事をしている……。こんな服装とか、ポーズとかのことばかりだからいいようなものだが、もし、もっと社会的に不都合なことが指示されたら、かれらはやはり従うだろうか。

私は会社の、自分の席から、同僚のだれかれの顔を眺めわたした。どれもこれも、テレビにつかまえられているのに、自分では知らないのだ。知っているのは私だけだ。私が幸運だったのだ。

　私はひとりで笑った。なにが愉快といって、こんな愉快な話はない。しかし……次第に私の顔はこわばって行った。……かれら？

たしかに昨夜は、私はあの番組にひっかかりはしなかった。

と、すると、私はなぜ、あんな時間に、テレビの前に坐っていたのだ。いつものように坐っていたのではないか。それに、この頃私は決して遅刻しないようになっていたし、先週は流行のシャツを着て、先の細い靴をはいて……。もうずっと長い間、あの番組を見ていたのではなかったか……。自分の知らないうちに。

　そして、これからもずっと……

# 名優たち

「神経の使いすぎですよ」

医者はいった。「できることなら、一週間ほど休暇をとって、レジャーでもたのしむことですな」

「休暇はとれますが」

ぼくは肩をすくめた。

「でも……レジャーといったって、最近はどれもこれも同じようなものですからね。何か目あたらしいものでもあればいいんですが」

「ないわけじゃありません」

医者は薄笑いをうかべた。「実はわたし、あるレジャー会社から、お客をまわしてくれるよう頼まれているんですが……よろしければ紹介してさしあげましょうか？」

もちろん、ぼくはとびついた。

教えてもらったその会社をさがし出すのに、たっぷり二時間はかかった。

ドアを押すと、狸《たぬき》のような感じの男が立ちあがった。

「いらっしゃいませ」

と男はいった。「どんなレジャーをお望みで？　観劇？　スポーツ？　旅行？　それとも可愛《かわい》い女の子？　当社ではどんなことでも引き受けます」

「そんな、ありきたりのものじゃない」

ぼくは荒々しくさえぎって、医者の紹介状を突きつけた。

男の目が光った。

「なるほど、特別レジャーですな？　よろしゅうございます」というと、机の上の書類を操った。「ちょうどいいぐあいに、社長コースがありますが」

「社長コース？」

「本物そっくりのセットのなかで、社員に扮した俳優にかこまれて、会社社長の生活を送るのですよ。日ごろのうっぷんを、思うぞんぶんぶちまけていただけます」

「おもしろそうだな」

「自宅も豪華で、高級乗用車で通っていただけます」男はつづけた。「しかも、鏡を見てあなたが現実を思い出さないよう、かんたんな整形手術もサービスいたします。むろん、契約期間が終《お》わったら、すぐもとの姿にもどさせていただきます」

快適な毎日がはじまった。

何もかもが、本物そっくりなのだ。一流のものを身につけ、自宅と会社のあいだを往復し、社員をどなりつけ、書類にメクラ判を押す。社員はもとより、社長夫人や運転手や来客までが名優ぞろいと見えて、うっかりするとぼく自身、ほんとうに社長になったような気になるくらいなのだ。

　迫真力を出すためか、レジャー会社が作りあげたその会社は、経営がひどく悪化し、不渡《ふわたり》手形を出す寸前という設定になっていた。毎日のように、まじめな顔で、いろんな人びとが売掛代金を取りに来て、わめき立てては帰ってゆく。ぼくはおかしくてしかたがなかった。これがほんとうの会社だったらたいへんだが、作りものなのだから、スリルをたのしんでいさえすればいい。

　あっという間《ま》に、契約した一週間は過ぎて行った。心残りだが、茶番劇はもうおしまいだ。

「みんな、どうもありがとう」

　ぼくは俳優たちにいった。「おかげで、本物の社長になったような気がしましたよ」

　社員たちは顔を見合わせていたが、やがてひとりがいった。「本物の社長って……社長は、はじめから社長じゃありませんか」

「もうお芝居は終ったんだろう？」ぼくは不安になって訊《たず》ねた。「これは、作りものの会社なんだろう？」

　社員たちはぞっとしたようにこっちを見るばかりだった。

　ぼくの背中につめたいものが流れた。ぼくはあわてて、例のレジャー会社に連絡しようとした。

そんなレジャー会社はなかった。

紹介してくれた医者も、ぼくなど知らないというばかりだった。

一杯食ったのだ！

と、すると、本物の社長は今ごろ……ぼくがうめいたとき、ひとりの社員が駈《か》け込んで来た。

「社長！　例の百億円の手形が、不渡になりました！」

# われら人間家族

「やはり、いけませんか？」

横になったまま、ぼくは、おずおずと訊《たず》ねた。

院長は、黙って首を振った。

「そんなに……」

こみあげてくる不安を押《おさ》えながら、ぼくは急いでいった。「そんなに、ぼくの肝臓は弱っているんでしょうか」

「弱っている、なんてもんじゃないよ」

院長は、ふんと鼻を鳴らした。うしろの看護婦までが、肩をそびやかした。「とにかく――滅茶苦茶だね。こんなにひどくなるには、よほど荒れた生活をしていたのに違いない。そうだろう？」

「そんなこと、もういいじゃありませんか」

ぼくは弱々しくさえぎった。「つまり……もうぼくはおしまいだと、そういうわけですか？」

「いや、そうとはいっていないよ」

「助かりますか？」

「臓器移植をやれば助かる」

「……」

一分あまりも、ぼくは黙っていた。

「昔は、臓器移植なんて、いよいよというときでなければ、やらなかった」

院長は、説得の口調になった。「しかし今では拒否反応の問題も解決されているし、失敗することはめったにないんだ。したがって、以前よりはずっと早目に――衰弱する前に手術するのが、普通でね」

「そうらしいですな」

「やってみるかね？」

「やってみるかねって、先生」

ぼくは口をとがらせた。「臓器移植には、その内臓を提供してくれるものがいないと、話にならないじゃありませんか。近頃では、もう助からないという人の家族に金《かね》を積んで、必要な内臓を予約するのがはやっているようですが……ぼくには、とてもそんな余裕はありませんよ」

「心配しなくてもいい」

院長は、にやにやしながらいった。

「実は、この病院に、ひとり患者が入っている。このほうは心臓が悪くてね……誰かの心臓を移植しなければならないんだが、そんな金も予約もない。だから――」

「待ってくれ！」

ぼくは、必死の努力で、半身をおこした。「とすると……先生は、お互いに融通しろというわけで？」

「そう」

「だが、入れかえたところで、どっちも助かるわけじゃない」

ぼくは、院長をにらんだ。「先に死んだほうが、相手に必要な内臓を提供する――というわけだ」

「その通り」

「そんな馬鹿な！」ぼくは叫んだ。

「そんな非人道的なことが許されていいものか！　それじゃまるで弱肉強食だ！」

だが、院長は動じなかった。

「いやなら、別に強要はしないよ。そんなことをしなくても、あんたに肝臓をくれる人がいさえすれば、それでいいんだ。しかしそれがいないとすれば……いや、結果をいうことはないな」

ぼくは考えた。懸命に考えた。だが結論はひとつしかなかった。

おかしな生活がはじまった。

毎日、手当てを受けたあと、ぼくは、自分と内臓やりとり契約をした〝仲間〟の状態を、看護婦に聞くのである。

「あの人は……元気かい？」

すると看護婦は、きまってにっこりしながら応じるのだ。

「ええ、お元気ですわ」

「それはよかった」

いいながら、ぼくは腹のなかがにえたぎるのをおぼえる。ぼくとすれば、まだお目にかかったことのないその〝仲間〟が、元気であっては困るのだ。ちくしょう、早くくたばればいいのに……いつまで、だらだらと生きていやがるのだ。

看護婦は、そうしたぼくの心持《こころもち》を見抜いているらしく、いつも、天使のような表情で、こうつけくわえるのを忘れない。

「あちらさまも、あなたがお元気かどうか、とても心配していらっしゃいますわ」

一週間がたち、十日がたった。

ぼくは病院の指示にしたがって、模範的な患者となった。とにかく、一日でも長く生きなければならないのだ。仲間より先に死んでしまえば、いっさいが終《おわ》りなのだ。終りどころか、契約にしたがって、心臓までとられてしまうのだ。

負けちゃいけない。

負けてたまるか。

ぼくは、死にものぐるいで、毎日を送った。先方もどうやら、気力だけで生き抜いているとみえて、かんばしいニュースを聞くことはできなかった。

こういう状態のおかげで、ふたりが張り合った結果、もとの健康体にもどったというのであれば結構だが、むろん、そんなうまいぐあいには行かない。張り合いながら、やはりぼくたちの病状は、じりじりと悪化して行った。ありていにいえば、ゴールが見えて来たのである。

そのころになると、ぼくはもう辛抱ができなくなって来た。臓器を奪いあうために競争している〝仲間〟の顔を、どうしても一目見ておきたくなったのだ。いったいどんな奴《やつ》が、ぼくの心臓を狙っているのだ？　ぼくが肝臓をひったくろうとしているのは、どんな人間なのだ？

「頼みますよ」

ぼくは、院長に訴えた。「何とかして、一度、〝仲間〟に会わせてくれませんか？」

「会って、どうする？」

「励まし合うんです」

目的をとげるため、ぼくは嘘《うそ》っぱちを並べた。「お互い、奇《く》しき因縁に結ばれたもの同士、しみじみと運命を語り合い、相手の健康を祈るんですよ」

皮肉な目つきをしていた院長は、やがていった。

「いいだろう。先方も同じことを望んでいるのだし……今夜、対面してもらうことにしよう」


その夜、院長が急用で外出するとのことで、看護婦が、ぼくのベッドを、〝仲間〟の病室へ押して行った。

ドアをあけると、痩《や》せた見知らぬ青年が、こちらをみつめていた。

敵意に満ちた目つきだった。

「あんたがそうか」

青年はいった。「あんたが、おれの肝臓を盗みたがっている奴なんだな？」

「盗もうとしているのは、そっちじゃないか！」

ぼくも負けずにいい返した。

「何を！」

青年は、必死で身体《からだ》をおこそうとした。ぼくはぼくで、こぶしをにぎりしめた。

そのとたん——。

病院の窓の下で、するどいブレーキのきしみと、悲鳴があがったのだ。

「大変よ！」

ひとりの看護婦が走り込んで来た。

「いま、そこで院長先生が車にはねられて――」

「え？」

こちらの看護婦が立ちすくんだ。

「脳底骨折ですって」入って来た看護婦は早口にいった。「とても助からないだろうって――」

「そいつだ！」

ぼくは叫んだ。「それなら、肝臓は無事なんだろう？　ぼくに院長の肝臓をくれ！」

「何ですって！」

看護婦たちは、目をつりあげた。

「おれには心臓だ！」青年もわめいた。

「おれに、院長の心臓をよこせ！」

「肝臓だ！」

「心臓だ！」

どなりたてるぼくたちを茫然《ぼうぜん》と見ていた看護婦たちは、呟《つぶや》くようにいった。

「相談してみますわ」

ふたりきりになった病室で、ぼくと〝仲間〟は顔を見合わせた。もう、お互いに内臓のとりっこをしなくてもいいのだ。院長のおかげで助かったのだ。

「よかったなあ」

と、ぼくはいった。

「ああ、よかったなあ」

と、〝仲間〟も応じた。

「ほんとうによかったなあ」

ぼくは、もう一度いった。

# 廃墟《はいきょ》を見ました

どうです、おもしろかったですか？　何だかお疲れのようですね。まあこっちへお寄りになって、わたしの話でもお聞きになりませんか？　いやそう恐ろしそうな顔をしないでくださいい、わたしはこう見えてもちゃんとした教育を受けた人間ですし、昔は金持《かねもち》でもあったんですよ。それればかりか、人類の歴史に残る大発明さえやったんです。

本気にしていませんね？　まあしかたがないでしょう。今のわたしの姿を見ては、とてもそんなことは信じられないでしょうからね。何を発明したかって？　タイム・マシンですよ。タイム・マシンというのは、時間の流れのなかを通って、過去へ行ったり未来へ行ったりする機械のことです。といっても、あなたはにやにやするだけのことでしょうね。何しろそんなものは空想の産物であって、実際には存在するわけがないと――そう思っていらっしゃるんでしょうから。

実は、それがわたしのつけ目だったんです。親の残してくれた財産を使い、苦心の結果タイム・マシンを完成したとき、わたしは、これで大もうけをしてやろうと考えたんです。もちろん、過去へなど行きゃしません。恐竜を見たり源 義経《みなもとのよしつね》を見たところで一銭にもなりゃしませんし、せいぜい骨董品《こっとうひん》か小判ぐらい持って帰るのが関の山ですからね。

未来へ行くことにしたんです。未来に何がおこっているかを見さだめて投資する……。こんな便利で確実な商売はありませんよ。わたしはまず十年先の世界を見て、そこがどうなっているかを知ろうとしたんです。

マシンは快調に作動しました。目盛《めもり》のとおり、ちょうど十年後にストップしたマシンを出て、わたしが見たのは何だと思います？

廃墟《はいきょ》ですよ。見渡すかぎり、ビルの残骸や人骨が散らばっていました。あたりには生きている者の声もなく、空気はよどんでいやに熱いのです。完全な死の世界でした。それも、よほど強力な水爆か何かが爆発したものとみえます。疑いもなく、ここでは全面戦争がおこったんです。うかうかしていると、わたしの身体《からだ》そのものさえ放射能にやられてしまうに違いありません。わたしはあわててもとの世界にもどりました。

もうおわかりでしょう？　十年たてば世界は核戦争によって滅びてしまうんです。いくら名誉や地位を得ようと頑張っても、爪に火をともして金《かね》をためても、そんなことは何にもなりゃしないんです。十年たったら、いっさいが消えてしまうんです。

よし、とわたしは思いましたね。こうなったら世界がなくなってしまう前に、思いきり浪費しぜいたくをして、たのしむだけたのしんでやるほかはない……そう決心しましたよ。親が残してくれた財産というのは、相当なものでした。わたしは昼も夜も遊びまわりました。七、八年のうちにはようやく持ち金もなくなって来たので、タイム・マシンをばらして売りとばし、とうとう邸宅も手放してしまいました。九年目が過ぎ十年目がやって来た頃、もとのわたしの邸宅が取りこわされ、そこで博覧会がおこなわれることになりました。馬鹿な連中です。もうまもなく戦争がおこってみんな死んでしまうというのに、何が博覧会なものですか。

博覧会が開幕する前の日は、ちょうどわたしがタイム・マシンで廃墟を見た日でした。もうミサイルが飛んでくるぞ、もう水爆が爆発するぞと思いながら、わたしは一日を、緊張してすごしました。

でも、何にもおこりゃしません。わたしはうろたえました。こんなはずはないのです。すべてはおしまいになっているはずなのです。とうとうたまりかねて、わたしはあの日廃墟を見た邸宅の庭——そこはちょうど博覧会場の端にあたっていました——へ出かけて行きました。

廃墟は……ありました。でも、それは本物ではなかったのです。核戦争のおそろしさを目で見せるために、立体写真とセットで作られた見世物《みせもの》だったのです。十年前のわたしはそれを眺めて、ほんとうの世界の終《おわ》りだと思ったんです。ええ、いまあなたがごらんになったあのパノラマです。まるで本物みたいだったでしょう？

# 大当《おおあた》り

ぼくは水っぱなをすすった。みんな顔をしかめてこっちを見た。

「いらいらするなあ」ひとりが口をひんまげた。「勘定していたけど、これで二四回目だぜ」

「風邪だよ、きみ」別の男がいった。「クスリを買って来て飲んだほうがいいよ」

ぼくはうなずいて立ちあがった。

無理もない。いいアイデアも出ないままに、会議は一四時間もつづいている。へたばらないほうがどうかしているんだ。

会社を出て、むかいの無人薬局にはいったぼくは、硬貨をとり出して、風邪薬のところへ入れた。

とたんに頭上で派手なチャイムの音が鳴り渡った。

「大当り！」店内のどこかに備えつけてあるスピーカーが絶叫した。

「おめでとうございます。あなたは特等に当選しました！」

ぼくは、ぽかんと口をあけた。近頃は客の買い気をそそるために、あらゆる商品が懸賞つき販売をやっている。が、そうした幸運にめぐりあう確率はゼロに等しいし、ぼく自身は自分がそんな目にあうとは、夢にも考えたことがなかったのだ。

「特等です……」店の奥から支配人ロボットが走り出して来た。「あなたは、月世界遊覧の幸運を射止めたのです！」

いいながら指先のアンテナを出して発信しはじめた。「特等当選者が出ました！　ただいまこの店内におられます」

一分とたたないうちに、新聞記者やテレビカーが駈《か》けつけて来た。

「おめでとう！」記者のひとりは、羨望《せんぼう》をかくしきれない表情で訊《たず》ねた。「あんたは無料で月世界の遊覧ができるんですよ！　感激を聞かせてください！」

「こっちを向いて！」テレビカメラを操作している男が叫んだ。「よろこびいっぱいの表情です。……笑うんだ！　笑うんだよ！」

「みなさん道をあけてください」製薬会社の人びとが割り込んで来た。

「このお客さまは、この場からただちにわたしどもの手によって月世界旅行に出発されるんですよ！」

「待ってくれ」ぼくは両手をふりまわした。「ぼくはいまだいじな会議中なんだよ！　そんなすぐに出発だなんて……」

「これはわたしどものサービスです。そう宣伝しているんです。さあ、宇宙服を持って来ました。これを手にして車で宇宙空港へ同行していただきます」

「ぼくは、月へなんか行きたくないんだ！」わめきたてたが、もうそのときには、一〇人以上の人びとが、ぼくを車のほうへ押し進めていた。

「ぼくは忙しいんだ！　やめてくれ！　費用は金《かね》でくれたらいいんだ」

「そうはまいりません」いつのまにか製薬会社のマークをつけたアナウンサーらしいのが横にぴったりついていた。「いままでわたしどもの薬を買っていただいたお客さまにも、わたしどもが嘘《うそ》をいっていたのではないことを、示さなければなりません。あなたは、他のお客さまを代表して月へ行くんです。立体テレビで全国中継されるんです」

「家へ連絡をとらせてくれ……」

「そんなひまはありません」アナウンサーは、テレビカメラのほうに目をやって、説明をはじめた。

「ごらんください。当選者は自分の幸運にすっかり興奮しています！」

「違う！　違う！」

「この感激の表情をごらんください。この方の心は、はやくも月世界へ飛んでいるのであります」

アナウンサーは、ぼくを空港のロケットのなかへ曳《ひ》き立てて行った。「このすばらしいバカンスに、わたしはおともして、逐一みなさんにご説明いたします」ぼくはベッドに押し倒された。ぼくはもがいた。「すでに月世界は、科学者たちの手によって着着と開拓されています」アナウンサーは立板に水としゃべりまくった。「しかし、一般人ではじめての月の表面を踏む感激はいかばかりでありましょうか」

ロケットはとびあがった。

ぼくは腹がたって腹がたって、どうしようもなかった。こんな強引な話があるものか！　見たくもない月世界だなんて！　やがてぼくとアナウンサーを乗せたロケットは、月の表面に軟着陸した。

ぼくは力づくで宇宙服を着せられ、気閘《きこう》の外へ突き出された。アナウンサーは中継器を握りしめて、発信をつづけた。「ただ今、わたしたちは月世界の基地の前にたっております。人類のかがやかしいモニュメント……」ぼくはそっぽをむいた。「おそらく感激に涙しているのでありましょう。この方の心は、そのまま人類の心のようであります」

ぼくたちは何もないくろずんだ岩の上をしゃにむに歩きまわった。「ただいま、わたしたちは雨の海を眺めております」馬鹿馬鹿しくなって足許《あしもと》をみつめているぼくから視線をそらすと、アナウンサーは声をふるわせた。「ここは、人類の最初の探検隊が遭難したところであります。この方は深い哀悼《あいとう》の念のうちに、祈りをささげているのであります」

どなり返そうとしたが、ぼくの宇宙服には発信装置がなかった。しかたがないので、手をふりまわしてやった。

アナウンサーは吠《ほ》えた。「この方は、人類はさらに宇宙へ力強く進出すべきだと主張しておられるのです。いや、まことに正当なご意見であります」

精も根もつきはててロケットを出、宇宙空港に降り立つと、アナウンサーは、さっさと去っていった。テレビカーも新聞記者の影も見えなかった。旅行の放送が終《おわ》ってしまえば、もうぼくには何の用もないのだろう。

まったくつまらぬ時間潰《つぶ》しだった。

会社へ帰ろう。これで四日も無断欠勤をしたことになる。

ぼくはとぼとぼと歩きだした。水っぱなをすすった。考えてみるとあのときの薬は店に置いたままで、風邪はまだ治っていないのだ。そのへんの店で、もう一度買わなければならない。

だが……ぼくはやめておくことにした。ひょっとするとまた同じ災難にあうかもわからない。それにくらべれば、風邪なんて、たいしたことはないのだ。

# 誰か来て

広間の大時計が変に響く音を立てて三時を打ち終《おわ》った。今夜も誰も来そうもない。もうすぐ夜明けだ。わたしは無性に淋《さび》しかった。誰かと逢《あ》って話がしたかった。夜ごと夜ごと待つのにくたびれてしまっていた。

古びた置時計《おきどけい》や戸棚、黒ずんだ床にころがっているインク瓶、どれを見ても褪《あ》せている。家のなかは荒れ果てていた。わたしにはそれに手を入れる元気もない。ただむやみに人に逢いたかった。世間と縁を切って、もう何年になるだろう。夜ふけの烈《はげ》しい風に鎧戸《よろいど》が開いたり閉じたりする物凄《ものすご》さは、わたししか知らないとでもいうのだろうか。孤独。そうだ。わたしはたった一人だった。

今夜も期待は裏切られたのか。わたしは淋しさを押し殺すと、いつもの眠り場所へもどろうとした。

不意に足音がしたので、わたしはぎくりとなったが、つぎの瞬間、胸がはちきれそうにふくらんだ。来客だ。

階段の上から見ると、若い男が息を切らして玄関に立っている。手にピストルを持ったまま。しかも頬からは血を流しているではないか。何か悪事をして追われているのに違いない。

眼は血走っていた。

　しかし、そんなことはどうでもいい。わたしに話をする人間が必要なのだ。躍る胸をおさえてわたしは階段を駈《か》け降りた。

　若い男はやっとわたしの存在に気がついたらしい、頼む、うまくいってくれ。祈りながらわたしは男に近寄った。

　つぎの瞬間、男はギャーと叫び、身をひるがえすと外へ出て行った。遠くの方で「助けてくれえ」と叫ぶ声がした。

　駄目だったか。わたしはうなだれて、重い足をひきずると、眠るために地下への階段を降りて行った。石造りの寝所。わたしは自分の棺《ひつぎ》を開けるともぐり込んだ。

　孤独だった。

# 行かないでくれ

（おや）

ネオンの光を浴びて、ゆらゆら流れる男女のなか、ぼくはふと足をとめた。しゃれた商品の並ぶショーウインドーを、身を寄せあって覗《のぞ》き込んでいるふたりづれ。その男のほうは、たしかに学生時代の親友の、青木であった。

女のほうは見知らぬ顔だが、ほっそりとした美人だ。影のようにつきそっているその態度は——まず、彼の奥さんに違いないとぼくはふんだ。

（ちくしょう、うまくやりやがったな）

社用でまるまる五年、日本を離れていたぼくには、友人たちの消息はまったくわからなかった。青木の奴《やつ》はそのあいだにあの女と近づきになり、結婚したのかも知れない。

ぼくは人波をかきわけて、ふたりに近づいて行った。

「おい」

肩を叩《たた》く。

思いがけない速さで、青木は振り返った。振り返ったその顔に、みるみるほっとしたような色が浮かぶのを、ぼくは認めた。おおげさにいえば、まるで救われたみたいな表情であった。

「岡本か！」

青木は、ぼくの手をしっかりと握った。

「そうか……日本へ帰って来たのか！　いつ帰った？」

「十日前だ」

「そうか」

青木は何度も頷《うなず》いた。「そうか、そうか」

「そっちの人」

ぼくは、彼のつれを、目で示した。

「きみの奥さんか？」

どうしたわけか、たちまち彼の面上に、くらい影のようなものが走った。一、二秒のあいだ青木は黙っていたが、やがて、決心したようにいった。

「ああ、去年結婚したんだ」

「お茶でも飲まないか？」

ぼくは、そばの喫茶店のほうに、あごをしゃくった。日本にいれば当然結婚式に列席したであろうぼくとしては、ここでふたりのロマンスを聞かせてもらう権利ぐらいあると考えたのだ。

だが、あてははずれた。

ぼくとむかいあってすわったふたりは、ほとんど口をきかなかったのだ。青木のほうはそれでもぽつりぽつりとぼくの言葉に応じたけれども、奥さんのほうは、つつましやかに笑顔を見せるだけで、声ひとつ出さなかった。

「あす、昔の仲間が、ぼくをかこんで一杯やることになっているんだ」

気まずさを打ち破るように、ぼくはいった。

「きみも、ぜひ来てくれよ」

「ありがとう」

青木は頭をさげた。奥さんも、かすかに微笑して、会釈をした。

翌日の夕方、ぼくが会場についたときには、すでに七、八名の友人が集まっていた。

「こら、主賓が遅れるとは何事だ！」

ひとりがわめいた。みんな、もうだいぶ酔っていた。

「すまんすまん」といいながら、ぼくは仲間を見まわした。

「青木は来ていないのか？」

「青木？」

世話役の男が首を振った。「いや、たぶん彼は来ないだろう。まだ、そんな気にはなれないはずだ」

「何かあったのか？」

その男はうなずいた。

「おかしいな」ぼくは首をひねった。

「きのう会ったときには、そんなことはいわなかったが」

「会ったのか？」

「ああ、町角でね」何となく、座が異様な雰囲気になってゆくのを感じながら、ぼくはいった。「ショッピングをやっていたよ。美人の奥さんといっしょにね」

みんなの顔が、すっと青ざめた。重い沈黙が流れた。

「いや」ひとりがうめいた。「いや、そんなはずはない」

「どうしたんだ」

「――岡本」

ひとりが低い声でいった。「青木の奥さんは、先月、交通事故で亡くなったんだ」

「なに？」

つめたいものが背筋を走り抜けた瞬間、

「あ」

誰かが、小さな悲鳴をあげて、ドアのほうを指さした。

青木だった。

そのうしろには、奥さんがついていた。影のように……しかし、気をつけて見ると、奥さんの足は、床すれすれの空間をすべっているのだ。

全員が恐怖で顔をひきつらせているなかを青木と奥さんは、ぼくの前へ進んで来た。

「――青木」

「呼んでくれたので来たよ」青木は、ぼそぼそといった。「ぼくの話を、聞いてほしかったんだ……」

「……」

「ご承知のとおり、ぼくには身寄りがなかったし」奥さんに顔を向けて、「こっちもそうだった。だから、ふたりは強い愛情で結ばれていた。それが、車にはねられて――」

青木は手近のグラスに何か錠剤を入れて呑《の》み干した。「ぼくが駆《か》けつけたとき妻はもう瀕《ひん》死《し》の重態だった。ぼくは妻に、ぼくを残して行かないでくれと叫んだ」

みんな、じっと青木をみつめていた。

「妻の葬式が終《おわ》った夜、ぼくは自分のアパートにひとりすわっていた。すると、いつの間《ま》にか、また妻がぼくの横にいるんだ。それからずっと……口もきかず、手ざわりもないがぼくにつきそっているんだ。ぼくはうれしかった」

青木は椅子《いす》に腰を落とした。「だが妻はいつでもどこへでもついてくる……仕事のときも……会議のときも……ぼくにはどうしようもなかった。事情を知らない他人にいくら説明しようとしても駄目なんだ。ぼくは職を失った。これ以上はやって行けなくなった。だから……もう死ぬほかはないんだ」

青木は床に落ちた。奥さんの姿が消えた。ぼくは構わず走り寄って、親友の身体《からだ》をかかえあげ、叫んだ。

「しっかりしろ！　せっかく久しぶりに会ったというのに……行かないでくれ！」

青木の葬式をすませた夜、ぼくは友人たちと飲んだ。誰ひとり、ぼくに――いや、ぼくの背後に目を向けようとはしなかった。そこに何があるのか、ぼくには見ないでもわかっていた。

# 応待マナー

とにかく追いつめられていたのだ。学生時代から遊ぶことしか考えなかったわたしは、入社してから十年近くというもの、ろくに商品知識を得ようともしなかったし、努力もしなかった。要領だけでやって行けると思い、事実この間まではそれに成功していたのである。

しかし、時代の風はきびしかった。何の変哲もない毎日を繰り返しているだけでは、もはや社員として失格なのだ。そのうえ、セールスに出ろという命令が出たのだから、何をかいわんやである。

だから、わたしは応待技術速成修得所の門を叩《たた》いたのだ。

そのほかに、何ができただろうか？

「よくいらっしゃいました」

所長はいった。実に上品な微笑だった。「さて、どのくらいの知識と技術をお望みなんですか？」

「全部だ」

わたしは手もとのカタログやパンフレットの束をふりまわした。「この全知識と、それから応待のマナー、そのほか、営業に関することなら全部だ！」

「わかりました。でも」所長は微笑をくずさなかった。「そういうことなら、ある程度催眠教育をほどこさないと駄目ですね」

「催眠教育？　それは何だ」

「催眠術を使うんです。そしてあなた自身が気のつかないうちに、あらゆる知識やマナーが身についていてひとりでに動作や会話となってあらわれるのです」

「それだ！　そいつを頼む」

わたしは両手をさしあげた。こんな便利な方法があるとはちっとも知らなかった。もちろん費用は一回分のボーナスが吹っとぶぐらいかかったが、それはやむを得ないことだろう。

修得には、五日かかった。その間、わたしは眠らされたり、同じ言葉を復誦《ふくしょう》させられたり、訳のわからぬ映画をたてつづけに見せられたりした。


「おや、もう帰るのか」

課長がいった。「こっちはまだ整理で一時間はかかるというのに」

「お前、何かヒケツがあるんだな？」同僚がわたしを突っついた。「販売成績は抜群、しかもみごとなうえに商品のこととなると断然第一人者……どうしてお前がそんなにかわったのか、わからんよ」

「ありがとうございます」わたしは上品に微笑しながら頭をさげる。「でも、わたしはみなさまのお役に立ちさえすれば、それでよろしいのでございます」

「彼を見習え！」課長がどなった。「社内でも仕事のための応待マナーを崩さない！　あれくらい、熱心にならなきゃいかんぞ！」

わたしはまた頭をさげた。こっちが何も考えなくても、相手の言葉で自動的に、身体《からだ》や口が動くのだから、どうしようもない。この調子では、つぎの昇給はトップだろう……わたしは会社を出ると、まっすぐに家路につく。

だが、実はわたしはゆううつなのだ。家へ帰ってドアを押す。すると妻が出て来ていう。

「お帰りなさい……疲れたでしょう」

「どういたしまして」わたしの口がひとりでに動きはじめる。「わたしどもはあなたのお役に立つことなら、どんな苦労もいたしますので……毎度、どうもありがとうございます」

そして微笑。上品な微笑なのだ。これが毎日のことなのに、妻さえ笑って見ているだけなのである。

# ムダを消せ！

読んでいた本をバタンと閉じると、社長はデスクの上のインターホーンのボタンを押した。すぐに専務が入ってきた。最近の心労でひどくやつれて見える。

「おお、きみか」

社長はいった。「どうだ、情勢は」

「はっきりいってお先まっくらです」専務は首を振った。「一般管理費の恒常的増大、流動比率の悪化、借入《かりい》れ条件の……」

「もういい」

社長は手を振った。「いよいよ決心するときがきたようだな」

「は？」

「この本だよ」社長は指を突っ立てた。「この方針にしたがえば、すべては解決だ」

「しかし社長」専務は反論を試みた。「完全自由化の浸透による企業系列化の方向は、いまではむしろ統制経済にも似た様相を示しています。そんな重大時をかんたんにしのげるような良策が……」

「あるんだよ」社長は笑った。「いってみればかんたんたんなことだ」

「かんたん？」

「そうとも」と社長。「ムダの排除だ。徹底的なムダの排除だ！」

社長がはじめた合理化策は、まことに徹底したものであった。それまで古典的ムードのうちに、のんびりと毎日を送っていたサラリーマンたちは、突然シゴかれはじめて、目を白黒させた。

「こんな、馬鹿な話があるものか！」

「事務用品のリンク制ぐらいはわかる。しかし、伝票一枚書き損じても給料から差し引くなんて、あんまりだ」

「おれ、出張手当《てあて》でどうやらやってきたんだぜ。出張は社長決裁だなんて……」

「勤務時間ちゅう、更衣室にカギをかけるなんてひどいわ……」

「クレームの損害を個人負担？　バカな！　技師を何だと考えてやがるんだ！」

しかし、社長とその補佐たちは、いっこうに動じなかった。「やめたい奴《やつ》はやめろ」と社長はいった。「それだけラクになる」

やがて経理部の定員が八〇パーセント節約された。企画部は全廃。そして研究所が売り渡された。

すぐに回収できない投資は全面的にストップになった。よその会社の技術をうまく聞き出し、商品原価は急落した。会社はどうやら持ち直した……。

ある日、会社へ政府の人間がやってきた。彼は社長室に入ると、すぐにいいはじめた。

「現下の経済情勢は知っていますね？」と彼は目を光らせた。「全面自由化による競争で企業の体質改善が迫られています。国民的な視野から見て、もっとも効率よく、かつ社会に奉仕し得る企業だけが残らねばなりません。そうした意味で、残念ながらあなたの会社は落第です。わたしたちはあなたの会社が競争相手に吸収合併されることを勧告します。何ら技術の進歩に寄与せず、他社をダンピングによって苦しめるあなたがたは社会的見地から見て、大きなムダですからね。ムダは排除されねばならないのです」

# 委託訓練

「新入社員の委託訓練は終わったのかね？」

部長がいった。「何せ、うちとしては最初の試みだ。うまく行ったのならいいが」

「終わりました」わたし。「それに、とんでもない結果が出ましたよ」

「なに？」

「つまり」わたしは笑って見せた。「うちの連中は全部上位の成績で終了したんです」

「おどかすな」部長は肩をおとした。「何事かと思ったよ……しかし、それはよかったな」

「あとは、当社独自の訓練をやれば、それでいいんです。とにかく、便利な世のなかになりましたよ」


それは、新しい試みであった。ふつう学校を出て会社に入った連中は、そこでいろんな研修や訓練を受ける。が、そのために要する手間と人数は相当なものだ。訓練はやめるわけにはゆかないし、社員の数は足らないのが一般常識である。

そこへ、降って湧いたように、うまい話が持ちこまれた。何十社もの新入社員を集めて基礎訓練だけを叩《たた》きこもうというのだ。ビジネスマンとしての一般的なマナーや考えかたをひと通り教える。だからそのあとでそれぞれの会社が自社独自の訓練を行なえばよいというのである。

もちろん、こんなことをやったところはいままでにもたくさんあった。しかしその引受会《ひきうけ》社では受講者にきびしいテストをやって、成績表を作るというのだ。

そしてわが社もその会社を利用したのである。

いよいよ当社員としての訓練がはじまってみると、なるほど今年の新入社員たちは優秀だった。何より学生的な甘い考えかたがすっかりなくなっている。スケジュールはらくらくと消化されて行った。

しかし、ここに困った問題がおこってきたのだ。というのは、新入社員たちがぞくぞくと採用辞退を申し出はじめたのである。

わたしはあわてた。わたし以上に人事部長はあわてて、必死の引きとめ作戦がはじまった。しかし、どうしたというのだ。あらゆる方策は無効であった。まるで予定でもしていたように訓練の終わった日には新入社員たちは半数以上が退社することになってしまっていた。

「きみの訓練が悪かったんだぞ！」部長は青筋立ててどなった。「わが社にとって一大損失だ！」

だが、それから数日たったあと、わたしは部長に呼び出しを受けた。まさかクビになるわけはないが……さては左遷かな。

ドアを押すと部長の大きな声がした。「入れ！」

わたしは最敬礼して部屋に入った。

「この間はすまなかったな」部長はあかるくいった。「あの退社を願い出ていた連中ね、みんなもどってくることになったよ」

「もどって？」わたしはあんぐりと口をあけた。「でも……どうして」

「例の訓練引受会社が、成績優秀な奴《やつ》の潜在意識にはたらきかけて、退社させるようにしたんだ」

「……」

「よその会社から金《かね》を貰《もら》って、そちらにまわすようにしていたのさ」と部長。「学校の成績だけでビジネスマンの適性はわからない。あそこの成績のいいのを採用するのが、いちばんうまい手だからな」

# 面接テスト

　ぼくはA社に就職するつもりだった。なぜって、超一流企業なので潰《つぶ》れっこないし、給料だって、よそよりはずっといいからだ。

　ぼくの学校は一流校なので、たいていの会社は学科試験をやらず、面接だけで採否を決定する。しかし、A社は学科試験をやった。ちゃんとした会社というのは、そういうものだ。

　一週間たつと、面接をやるから出てくるようにという通知が来た。

　その日の朝、ぼくは身だしなみをととのえ、気を張りつめて、家を出た。

「なあ、にいちゃん」

　家を出て、十歩と行かぬうちに、うしろから声をかけるものがあった。

　ぼくは振りかえった。

　ひげをはやし、よれよれの服を着た、あわれっぽい中年男だ。

　ぼくは眉をひそめた。

「何か用ですか」

「返してくれ」

　中年男はいった。「おれの貸した金《かね》、返してくれ」

こんな奴《やつ》から金なんか借りたおぼえはない。

ぼくは横をむいて、歩きだした。

中年男はついて来た。ついて来ながら、いうのである。

「おれ、千円あんたに貸したじゃないか。きょう返すと、あんた、いったじゃないか」

ぼくはたまりかねて、男に向き直ると、いってやった。

「いいかげんにしてくれ！　ぼくはあなたなどから金を借りたことはない」

「嘘《うそ》つき！」

中年男は、ひげだらけの顔を歪《ゆが》めて、地団太《じだんだ》を踏んだ。「あんた、きのう競輪場で、おれに金貸せといったじゃないか。スッてしまったんで家へも帰れないんで、貸してくれといったじゃないか」

競輪どころか、およそギャンブルと名のつくものを、やったことがないぼくは、茫然《ぼうぜん》と突っ立っていた。

「あんた、はずかしくねえのかよ！」

男はいいつのった。「おれみたいな失業者から金借りて……踏み倒すのか？　え？　踏み倒すつもりだな？」

通行人たちが、じろじろとこっちをみつめている。

ぼくは困惑した。きっと何か人違いをしているのだ。

「千円返せ！」

男は絶叫した。「千円返してくれェ！」

いっそ、金をやろうか、と、ぼくは思った。たかが千円ぽっちで、こんな目に会ってはたまらない。

すでに、人だかりがしていた。

金を渡そうか。

いや……それでは、はた目には、ぼくがこいつから借金したのを認めることになってしまう。そんなところを、もしも知人に見られでもしたら……。

「いい加減に、いいがかりはやめろ！」

吐き捨てるようにいうと、ぼくは人垣をわけて歩きだした。

「返せ！」

中年男はどなったが、ぼくがもうそれ以上相手にしないと悟ったのか、いつの間《ま》にか姿を消してしまった。

つまらぬ時間潰しをやったおかげで、あぶなく遅刻するところだった。A社の面接場に入ったぼくは、あぶなく腰を抜かすところだった。試験官のなかに、あの中年男がいたのである。

「いや、きみはよくやったよ」

中央の試験官が微笑した。「あれはテストだったんだ。あんなことで大切なお金を使うようでは見込みがない。きみは金をやらなかった。……合格だ」

だが、それではまだ不充分だったということを、十年たった今、ぼくは悟っている。ぼくは鈍行コースだったのだ。

なぜなら、それはぼくが逃げたからなのだ。同期のいく人かは、テスト用の男があらわれたとき、ためらわず冷酷に、相手を警察に突き出したのだ。そして、その連中のほうは幹部候補生として採用されたのである。

# 忠実な社員

　源太郎の会社は、電気自動車をつくっていた。彼は宣伝係だから、毎日自社の車に乗って、走りまわった。あんまり走りまわって、揺られどおしだったので、とうとう胃がおかしくなってしまった。

「これは相当ひどいぞ」

医者はいった。「今の仕事をやめるわけにはいかんのかね」

「断じてやめません」

と源太郎は、きっぱり答えた。

「しかし、このままじゃ、先がみじかいぞ」医者は首をひねった。「もっとも、最近開発された人工胃に代えれば、大丈夫だろうがね」

　仕事に忠実な源太郎は、すぐに胃を人工のものに代えてもらった。

　今度は肺がやられた。スモッグでいっぱいの町中ばかり走ったからだ。

　源太郎は、ためらうことなく、人工肺を入れてもらった。

　やがて、会社は、宣伝の方法を、もっと科学的で大がかりなものに改革した。宣伝マンの源太郎は、ほんとうならご用ずみになるところだったが、彼の忠実さを知っている社長は、彼をセールス部門にまわして、様子を見ることにした。源太郎はよく頑張った。会社で一、二の成績をあげた。

が、いつもしゃべりつづけだったので、すっかりのどを痛めてしまった。これもりっぱな人工のセットが発売されていたので、入れかえてもらった。

今や源太郎は、社内の英雄だった。自分の肉体を仕事にあわせて働く模範社員だった。

(やはり、ぼくはまちがってはいなかったのだ)

源太郎は自信を持ち、いっそう仕事にはげんだ。

そのうちに、会社は新製品を出した。従来のハイウェイが自動管制システムにかわったので、それに合わせた車が必要になったのである。

高速で突っ走る無人車は、源太郎にとってあまり気持《きもち》のいいものではなかった。心臓がおかしくなり、自動管制システムが故障してはいないかとしょっちゅう見まわしているうちに、眼が不自由になって来た。

これも人工のものに交換した。

まもなく、電気自動車の時代は、終《おわ》りを告げた。会社はそれまでの研究をいかして、新工場を建て、磁力で浮きあがって飛ぶ車を売りはじめた。それはあまりよく出来た製品とはいえなかった。乗っている者は上下左右にゆすぶられ、ときどきスピードがかわるので、羽が生えてさばけてゆくというぐあいには行かなかった。

「ぼくが乗りましょう」

源太郎は雄々しく申し出た。「いかに乗心地《のりごこち》がいいかをみんなに印象づけるモデルになりましょう」

社長は感激した。

源太郎は毎日毎日、あばれ馬のような磁力車に乗って、全国をデモンストレーションした。にっこりほほえみ、手を振って。だが四肢はガタガタになってしまった。

これでは、つとめは果たせない。

思い切って源太郎は、全身を人工のものに代えた。頭以外は、ことごとく金属とプラスチックでできた改造人間になった。

源太郎が苦闘し、すこしずつ車が売れて行くあいだに、会社は製品を改良し、ようやく他社なみのものを作るのに成功した。

「よくやってくれた！」

社長は泣いた。

その社長が引退し、二代目になっても、源太郎は忠実だった。もとの上司や同僚が病気になったり、定年で退社したあとも、勤めつづけた。何しろ身体《からだ》は機械なのだ。いたんだらいくらでも代えられる。病気になど、なりっこない。

しかし、この源太郎も、ついに力尽きるときが来た。仕事のさいちゅう、突然めまいを起こして倒れたのだ。

社員たちは、会社の至宝である源太郎を、市内最高の病院へかつぎ込んだ。

「過労ですな」

院長は、コンタクトレンズをはめ直しながら呟《つぶや》いた。「脳が疲れ切っている」

「脳が？」

問い返す社員たちに、院長はうなずいてみせた。「人工の器官というものは、本来の器官よりもずっとたくさん脳に負担をかけるんです。それを、こんなに身体じゅう人工のものにしては……おしまいですよ」

「おしまい、ですって？」

「このままではね」

手術は、即刻おこなわれた。

一週間後、源太郎は出社し、社長室のドアを叩《たた》いた。

「おかげさまで、もとにもどりました」

源太郎は頭をさげた。「こうなれば、もうどんな仕事でもやれます。部品が痛めば交換するだけですから……百年でも、二百年でも会社のために働きます」

「ありがとう。きみはりっぱで模範的で忠実な男だ」

「ありがとうございます」

また頭をさげる源太郎の、その金属製の頭やプラスチックの顔、溶接のあとのある肩などを見ながら、二代目社長は、机のかげの人事カードボックスに手を伸ばした。

源太郎のカードを社員の部分から抜いて、ロボット従業員の区分に押し込む。ロボット従業員になれば、給料も手当ても出なくなるのだが……でも仕方がない。ロボットを人間と同等に扱えば人間の従業員がどういうかよくわかっていたのだ。

# 特権

朝陽《あさひ》を斜めに受けながら、わたしを載せた自走道路はすべって行った。

頭が痛い――が、勤務を休むわけにはいかない。そんなことをすればたちまちクビだからである。

巨大な建物のなかの細い廊下を通過しながらわたしは習慣的に時間を見た。定刻に五分前だ。わたしの身体《からだ》をとらえた光電管がこの建物のなかのどこかで時刻を記録しているはずだった。

執務室に入る。小さなスクリーンを持った機械装置がわたしのデスクだ。同じようなデスクはこの室には十あまりあるが、そのどれにも同僚がすわっていた。

「おそいな」

ひとりがいった。「ぼくは三十分前にきたぞ」

わたしは肩をすくめて席につく。

ベルが鳴った。仕事開始だ。スクリーンには三十秒おきにいろんな裁決を要する問題が出てくる。それを決定するのがわたしの役目だった。

もちろん、すべてをわたしがひとりでやるわけではない。完備された事例ファイルを走査機で調べていちばん適当なものを指示すればよいのだ。一言でいえばかんたんだが、時間が限られているので、かなりの熟練が必要だったし、ときどきは前例のない問題も出てくるので、その場合は条件を抜き出して、計算しなければならない。

頭が痛かったのでわたしは昼までに小さなミスをふたつばかりやってしまった。これは自動的に記録され、蓄積されてゆくのだ。一定点に達すると解雇である。

だがはげしい競争試験を通って獲得したこのポストをわたしは失いたくはなかった。だから昼の時間も仲間といっしょに雑談しないで、指先の訓練をつづけた。

午後四時ごろだった。突然わたしのデスクのブザーが鳴った。特殊ケースなのだ。いままでにまったく例のない問題という合図である。

スクリーンには若い男が映っていた。どことなくピントのずれた青年だ。

「ぼく、仕事につきたいんです」青年は叫びたてた。

「どうすれば職が与えられるのでしょうか」

「すくなくとも一万倍の競争率と、十五回以上の能力テストが必要ですね」わたしは答えた。

「そんなことはご存じでしょう」

青年はぽかんとした。「……それじゃ……仕事につけなかったら……」

「あなたは何ですか？　まるでこの世界のことは何も知らないようですが」

「ぼく、冷凍睡眠者なんです」青年は泣きそうになっていた。「五十年前、人工的に冬眠させてもらって、今日めざめたところなんです。あたらしい時代に生きるためと、それから預金をふやすために、ずっと眠っていたんです」

「それじゃダメですな」

「でも……ぼくは、給料がほしいんです」

「給料？」わたしはどなった。「冗談じゃない、われわれには給料なんかありませんよ」青年は茫然《ぼうぜん》としていた。

スイッチを切るとその姿はみるみる消えて行く。

まったく、何という奴《やつ》だ……わたしは首を振った。

この二〇一五年の世界で給料をもらって働くだ？　とあきれてものもいえない。すべてが自動化され、何もしなくても食べてゆける世界にあっては、働く権利は特権の代表のようなものではないか。無料でもまだいいぐらいだ。働いている人びとにたいする一般市民の羨望《せんぼう》があるからこそ、われわれは誇りを持って生きて行けるのだ。

わたしは立ちあがった。ベルが鳴っている。もう退勤の時刻だった。

# 夜中の仕事

得意先の接待がながびいて、帰宅したのは夜中すぎだった。

妻はもう眠っていたが、起こさないことにした。このごろ、家庭に閉じこもっているだけでは物足らず、何かやりたい何かやりたいといっている妻は、今日も相談がてら友人の女医のところへ遊びに行ったはずだ。きっと疲れているのだろう。

わたしも床に入ろうとしたとき、不意に妻が身体《からだ》をおこした。

「おい、寝てていいんだよ」

いったが、妻は返事もしない。半眼のままふらりと立ちあがると、食卓の前にすわった。すわっただけではなく、ノートと万年筆をとりだして、何か書きはじめたのだ。

「何をしているんだ?」

答《こたえ》はなかった。妻は黙々として、字をぬたくっている。

肩ごしに覗《のぞ》き込むと、それはどうやら小説らしかった。そんなものに興味のないわたしにはよく判《わか》らないが、会話や情景を、かなりのスピードで書きつづけている。

さては、志を立てて小説を書くことにしたのだな、と、わたしは合点した。

しばらく見ていたが、いつまでたってもやめそうにない。

わたしはいった。

「先に寝るぜ」

妻は依然として、こちらを見向きもせずに書きすすんでいる。

まあ、やりたければやるがいいさ……そう思いながら、わたしは眠りに落ちた。

翌朝、わたしは、妻の奇声に目をさました。

「あなた、これ何？」

妻は、食卓のノートをゆびさして、叫んでいた。「何よこれ……小説みたいだけど、どこかで読んだような話ね」

「おまえが書いたんじゃないか」

「冗談じゃないわよ！」

妻は本気で怒っていた。「なぜわたしが、こんなことをしなくちゃならないの？」

が……同じことが、その夜にも起こった。そのつぎの晩も、そのつぎにも、妻は夜中に起き出して書き、朝になると文句をいうのだ。しかも、小説のほうは着々と進んで行く。

二週間後、妻の友人の女医がやってきた。女医は、食卓に開いたままになっていたノートを見ると、顔を輝かしてとびついたが、すぐに、がっかりしたように呟《つぶや》いた。

「何かやりたいっていっていたから、わたしは催眠術をかけて、夜中に小説を書くように暗示した上、この人が有名な女流作家だと信じ込むようにしたんだけど……やっぱり一度読んだその作家の作品と同じものしか書けないのね」

# のんびりしたい

せかせかした調子のノックとともに出現したその客は、まさに高能率の見本だった。帽子をとりカバンを置き、ぼくの前にピタリと腰をおろすまで、二秒とはかからなかった。

「いらっしゃいませ、どんなレジャーをおのぞみですか」相手の態度につられてこちらもつい早口になった。「わたしどもの契約しておりますレジャー作成会社はおよそこの世で考えられるかぎりの――」

「のんびりしたいのだ」

客はぼくを上まわる早口でいった。「わしは忙しすぎる。忙しくてぶっ倒れそうで、神経がまいりそうだ。どこでもいい。仕事を忘れてのんびりできる場所はないかね」ちらりと腕の時計に目をとおした。「わしは五分後には別の人と会わねばならんのでこれで失礼する。名刺を置くから来週の土曜日の午後一時十五分からつぎの日曜の朝八時二十五分までのあいだ、わしがのんびりできるようなそんなプランを秘書のほうへ届けておいてくれ」

「承知いたしました」

客が出てゆくとすぐ、ぼくは契約しているレジャー作成会社の推進員を映話に呼びだした。

「カモだな」

推進員はにやりとした。「そんな人間は現代文明の忙しさに中毒しているんだ。昔ながらの大自然のなかにひたらせれば、きっと満足するだろうよ」

「手持ちの環境に、そんな都合のいいところがありますかね」

「むろん特注さ」

推進員はうなずいた。「どこか適当な自然公園と交渉して、そこの保安員の小屋を借りることにしよう。遊ぶところは何もなし。聞こえるのは風と水の音ばかり。天を仰《あお》げば雲はゆうゆう移って……」

「詩人になるのはそれまで」ぼくは相手をさえぎった。

「でも、それじゃ客がケガしたり、病気になってもわからないじゃないですか。どうするんです？」

「半径二キロ以内のありとあらゆるところにかくしテレビのセットをつけるさ」

推進員は何でもないことのように答えた。

「客がどこにいようと何をしていようと二十四時間、専門の監視員がまちがいを防ぐために見守るシステムがある。そいつを使えばかんたんさ」

「のぞき見趣味ですな」

「残念ながら客が女性のときは監視員も女性になるんでね」

推進員は肩をすくめた。「でもどっちみちこれはお客さまのためにさせていただくことだからな。文句をいわれる筋合いはないぜ」

「ごもっとも」

「それから現地への往復にはヘリコプターを使うことにしよう」推進員は思いだしたようにつけくわえた。「それだけ料金も高くなるから。したがって、われわれの取り扱い高もふえるというわけだ」

もちろんそういうことにした。


受信ボタンを押すと、推進員がうかんで来た。

「おい、この前自然公園へ送り込んだ客ね、あれ、もう料金はもらったのか？」

「銀行振り込みでもらって、そっちへ送りましたよ」ぼくは相手の妙な表情に気がついた。

「あれは、うまく行ったんじゃないんですか？」

「それが……どうもおかしいんだ」

「え？」

「今しがた、担当の監視員と会ったので話を聞いたんだが」

推進員は首をかしげた。

「あの客、半狂乱になって帰ったというんだ」

「半狂乱？」

「話によるとあの客は、到着して一時間とたたないうちにいらいらしはじめたそうだよ。ぶつぶついいながら歩きまわり、それから本を読もうとして放りだしたと思うと、小屋のなかをひっかきまわしはじめた。どうやら映話か電話をさがしていたんじゃないかというんだが、そのうちに今度はわめくやら、壁をけとばすやら——一時間眠ったと思うと、またはね起きて走りまわる……とにかく仕事が気になって一刻もじっとしていられないらしいんだな」

「…………」

「こんなに凶暴ではどうなるかと思っていたところ、迎えのヘリコプターがついたとたんに紳士にもどったという話でね……」

だが、ぼくは終《おわ》りまで聞いてはいられなかった。

客だった。

その当人がはいって来たのだ。帽子をとり、カバンを置き、ぼくの前にピタリと腰をおろすまで二秒とはかからなかった。

ぽかんと口をあけているぼくにその客は悲痛な声でいいはじめた。

「わしはのんびりしたいのだ。忙しすぎるのでぶっ倒れそうなのだ。どこでもいいほんとうに仕事を忘れてのんびりできる場所がほしいんだ」

# 土星のドライブ

事務所に帰りついて、いすにがっくり腰を落としたとき、映話が鳴った。

受信ボタンを押す。

レジャー作成会社の、なじみの推進員の顔がうかんで来た。

「まだ注文をとれないのか？」推進員はおそろしい声を出した。「外部セールスマンのなかではきみがいちばんお粗末だぞ。ほかの連中はもう世界一周とか太平洋横断とか、大きな仕事をとって来たというのに……このままじゃうちとの契約を取り消してもらうよりほかはないな」

「待ってくださいよ」ぼくは哀れっぽく嘆願した。「この一週間必死でまわっているんですよ。そのうちに注文をとってみせます。待ってくださいよ」

いいながらひょいと横を向くと、ぜいたくな身なりの中年男がはいってくるところだった。

客だ！

ぼくはあわてて映話を切ると、そちらのほうに向き直った。「いらっしゃいませ。どんなレジャーをおのぞみですか？　わたしと契約しているレジャー作成会社はあなたの潜在的欲求のすべてを満足させることが――」

ぼくはおしゃべりをやめた。客は一枚の写真を突き出している。「ここへ旅行したい」

ぼくはぽかんと口をあけた。それは土星の写真だった。あの、環《わ》を持った土星の写真なのだった。今のところ人間はやっと月世界に基地をつくり、火星に探検隊を送ったところだというのに――。

「それは――」

「この環の上でドライブしたい」客は平然といった。「マンガで見たんだ。この環の上をエア・カーで走りたい」

無茶苦茶だ。地球の十倍の直径を持つ星の上、空気なんかないところでエア・カーだと？ おまけにご存じのように土星の環は固体ではない。小さな天体の集まりなのだ。ドライブなんてとんでもない。

「しかしお客さま」

「やるのかやらんのか」命令することしか知らぬ口調だった。「きみんとこは何でもやらせると広告していたぞ。金《かね》はいくらでも出してやる」

「へえ」ぼくは思わず答えていた。「承知いたしました。さっそく準備にかかります」

客が帰るとすぐ、ぼくは例の推進員を呼び出した。

「そいつは気違いだ！」話を聞くと推進員はどなり立てた。「自分の無知を押し通すのになれているんだ。だいたいそんな――」

「ことわりましょうか」とぼく。

「とんでもない」推進員はにやりとした。「せっかくのチャンスだ。客がいうとおりにしようじゃないか。どうせペテンにかかったって気がつく相手じゃないだろう」

「たぶんね」

「どこかにでっかい模型を作るんだな。そのまわりにコースを組み立てて、そう、昔の競輪場を使えばよかろう。その上にドームを張って宇宙空間らしく見せる。客には宇宙服を着せて眠らせ、エア・カーのなかでめざめるように仕組めばいい。よろしい、さっそく工事にかからせよう」

そしてもちろん、レジャー作成会社は巧妙にそれをやりとげた。

「大変だ！」

スクリーンの推進員がわめいた。「この間の客が本を出したぞ！　わたしの土星ドライブ旅行という本だ。きみの名前も出ている」

「ええっ」

ぼくは突っ立った。「まさか！」

「ベストセラーだそうだ」推進員は手の本をふりまわした。「まったく世のなかのやつら、どうなってるんだ？」

ぼくが茫然《ぼうぜん》としたとき、ドアが開いてどっと人びとがなだれ込んで来た。みんな客だった。みんな手に本と、それに写真を持っていた。土星の写真だった。みんな口々に叫んでいた。

「ここへ行くんだ！　プランを組んでくれ！」

# 家庭管理士頑張る

## 1

「アスカン！」

耳のすぐそばでどなられて、調べものをしていたわたしは、飛びあがった。

「おどかさないでください！」

にやにやしながら立っているグループ・チーフの玉木さんに、わたしはくってかかった。

「それに、わたしには北原明日香という、ちゃんとした名まえがありますわよ！」

「まあ、そんなにとんがりなさんな。せっかくのかわいい顔がだいなしだ」玉木さんはぬけぬけといった。「明日香だから、みんなアスカンと呼ぶだけさ。ジンギスカンかペリカンの親類みたいでいいじゃないか」

「なんですって！」

「まあそれはそれとして――仕事だ」

玉木さんは不意にまじめな顔になり、わたしの机にファイルを置いた。「きょうから五日間、上田くんが出張することになっていたんだが、彼女、急病でね……。かわりに行ってほしいんだよ」

「……」

新米の二級家庭管理士にかえったわたしは、いそいでそのファイルに目を通した。

家庭管理を依頼してきているのは、M市の町はずれにある、高岡という旧家だ。最近広大な土地を処分して億万長者になり、流行におくれてなるものかとばかり、エレクトロニクス機器をどっさり仕込んだ家を建てさせた――とまあここまではいいが、残念なことにはその使いかたがよくわからず、家のなかは混乱してめちゃくちゃになっている。どうコントロールしたらよいのかを教えてほしい、というわけでわが社、つまり日本ホームサービスに連絡してきたのである。

わたしはためいきをついた。世のなかには家庭用機器の賃料だけで悲鳴をあげている人が多いというのに、なんというもったいない話だろう。

とはいうものの正直なところ、仕事としては、こんなにやさしい仕事はない。生活改善プランや家計管理などの――要するに本格的なことは何ひとつする必要はないのだ。家庭用機器を使いこなせない人たちに、その能率的な利用法を教えてあげるというだけの、単純きわまりない仕事なのである。

「できそうかね？」

玉木さんがたずねた。「こういうケースは経験のあさい家庭管理士には、いささかやっかいだと思うんだが……」

「じょうだんもほどほどにしてください！」

わたしはかっとなって叫んでいた。「そりゃわたしは国家試験にパスしてまだ三カ月にしかならないけど……でも、いくらなんでもこのくらいの仕事はできますわよ！」

「このくらいの仕事、ね」

玉木さんはひょいと肩をすくめた。「まあいいさ。それならばけっこう。頑張ってくれたまえ」

## 2

もう夕方だ。

M市のはずれでヘリコプター・タクシーを降りたわたしは、水耕農園地帯のなかをまっすぐ歩いていった。

目的の家はすぐにみつかった。いかにも新築したばかりという感じの、堂々たる五階建てのビルである。

わたしは玄関に立ってブザーを押し、その横のインターホーンにむかって上品な声で名乗りをあげた。「ごめんくださいい。日本ホームサービスからまいりました」

同時に、顔がわっとあつくなった。来客走査用の赤外線だが、出力を最大にしてあるとみえて、もうちょっとでやけどするところだった。

「ごめんください」

わたしはインターホーンからとびのいて大声をあげた。「家庭管理士ですよ！　日本ホームサービス……」

いい終わらぬうちにドアがひらいて、なかから奇妙なかっこうをした怪物がとびだしてきた。

「きゃっ」

悲鳴をあげてあぶなく身をかわしたわたしは、それが自動安楽いすにのった、もうかなりの年のおばあさんであることに気がついた。手に電撃棒をにぎりしめ、くるりといすのむきをかえると、再びこちらへ、わめきながら突進してくる。「また何かを買わせようというんじゃろうが、そうはいかんぞ。帰るんじゃ！」

わたしは無我夢中で、ひらいたままのドアのなかへと駈《か》け込んだ。駈け込んだところで、何かに足をとられてばったりと倒れた。床が一段高くなっていたのである。

「おばあちゃん！」

男の声がした。「おばあちゃん、やめなさい。この人はセールスマンじゃないんだよ。

こっちから頼んできてもらったんだよ！」

「おや、そうかい」

顔をあげると、そこは応接間らしく、中年の夫婦と、四、五人の子どもがこっちを見おろしていた。

高岡家の人びとにちがいない。

「はじめまして」

わたしがからだをおこしながら情けない声を出した瞬間、壁ぎわにあった黒い機械がすーっとすべってきた。たちまち触手をのばすと、床に落ちたわたしのハンドバッグをつまみあげ、へやのすみにむかって走りだした。

整理機だ！

男の人が走り寄って、サッカーさながらに機械をけった。機械がひっくり返ったすきに、すばやくわたしのハンドバッグをとりもどしてこちらへやってきた。「あぶないところでしたな。あの変な機械にゆだんすると、とんだ目にあいますよ。わたしはもう今までに背広を十三着もディスポーザーにほうり込まれましたがね、なに、近ごろはうまくあいつをけとばせるようになったので、それほど被害は出なくなりました」

ムチャクチャだ！

わたしはあきれて口もきけなかった。この人たちは、あれが整理機だということさえ知らないらしい。整理機の作動時間中はものを不用意に床に置いてはいけないのだ。不要物と判断して捨てられてしまうのだ。

おまけに、機械をけとばすなんて！

「はじめまして。わたしが高岡で、こっちがわたしの家族です」男の人はハンドバッグをわたしに返しながら、ぺらぺらとしゃべりはじめた。「まったく機械というのは不愉快ですな。時間が来たらひとりでに照明があかるくなったりくらくなったりする……さっぱりしたものを食べようと思うのに油っこい料理がかってに出てくる……自動掃除機はうるさく動きまわるし、少し長いあいだ映話で話していると切られてしまう……」

それから、われに返ったようにいった。

「これは失礼。ともかく、よく来てくださった。待ちかねていたんですよ。さっそくですが、家のなかの温度をなんとかしてくれませんか？」

「え？」

気がつくと、へやのなかは異様に寒いのだった。どう考えてもマイナス五度以下に違いない。みんな、オーバーを着込んでがたがたふるえているのだった。

「せっかく家を建てるんだから、最高級の設備を入れてもらうことにしたんですがね」

高岡氏は、わたしを案内しながらそういった。「しかし、どうもあんまり高級すぎて、わたしたちにはコントロールできないんですよ。いろいろいじりまわすまえに、もっと早く専足をとめた。

「ここです。ここが、中央コントロール室とかいうところです」

高岡氏が示すままにドアのなかをのぞき込んだわたしは、げんなりとなった。

まったく、宝の持ちぐされだ！

それは、わたしが今までに見たこともないような、りっぱなコントロール・システムだったのである。各へやの主要な設備はすべて中央コントロール室に接続されており、コンピューターの指示ひとつで活動したり停止したりするようになっているのだ。あとはただ、家族の生活時間に合わせてプログラミングしセットすればいいだけの……はっきりいえば現代最高の設備なのであった。

が……それらのコントロール用のダイヤルやツマミの類《たぐい》は、何も知らない人たちが手当りしだいにいじったらしく、数値の調節も作動時間指定もでたらめなものになっていた。早い話が、冷暖房調節装置の外気との温度差指示ダイヤルは、半年ずれて、しかも熱帯用のところでねじ切られている。

知らないのだ。

ここの人たちは何も知らないのだ。こんなすばらしい設備を持ちながら……これでは機械のほうがかわいそうだった。

教えてみせる。

どんなことがあろうとわたしは、この家の人たちに、家庭用機器類の正しい使用法を教えてみせるわ。

中央コントロール・システムを調整しながら、わたしはかたく決心した。

## 3

その翌朝から、わたしは気違いじみた努力を開始した。

まず第一に家の人びとに、いろんな家庭用機器のはたらきを教え込まなければならない。

「わかります？」

朝食のまえに集まってもらった高岡家の人たちに、わたしは図面をひろげてみせた。

「この家のエレクトロニクス機器は、こういうふうに配置されています。それぞれが集積回路によって自動的に作動しますが、この動き自体は中央コントロール室のコンピューターのプログラムにしたがっているので、相互に干渉しあうことはないのです」

みんな、だまっていた。

「たとえば、へやの掃除ですが」

わたしは声をはりあげた。「自動掃除機は整理機がひととおり家のなかをまわって整頓をすませるまではけっして作動しません。同様に超音波洗浄機は、調理機の電力が切れるまで、スイッチを入れても始動しないのです。これによって各機器の相互連関が有機的であり、経済性が保たれていることがわかっていただけると思います」

みんな、やっぱりだまっていた。

「ではひとつ、家族追跡装置のはたらきで実地にそれを見てみましょう」

わたしは押し入れのようなドアがついた家族追跡ルームの前に立ち、ノブをまわした。なかから、どっと汚れた衣類があらわれてわたしにふりかかった。

「すみません」夫人がいった。「そんなにむずかしいものとは知らないので、せんたく物を入れておいたもので……」

「せんたく物？」

わたしはぽかんとした。「だって、これは一回使えば捨てる生地の……」

「そんな、もったいないことはできませんよ！」

高岡氏がわめいた。「いくら流行でも、限度というものがある！」

「――そうですか」

わたしは、その横にある電動安楽いすに手をかけた。「それではこれと、立体テレビのスイッチの関係について」

始動ボタンを押したが、動かなかった。

「ああその部分品、さっきはずしたよ」ひとりの子どもが注意した。「ぼく、ロボットごっこに使ったんだ」

「ロボットごっこ？」

おばあさんがどなった。「あほう、これはわしのセールスマン撃退車だぞ！　何をするんじゃ！」

「でも」

「やめなさい！」高岡氏が叫んだ。「ロボットごっこに使うんだったら、ほかの機械から部品をはずしたらいいじゃないか。おばあちゃんの遊び道具をこわしちゃいかん！」

「おなか、すいたよ」いちばん小さい子どもが泣きはじめた。

「このおねえちゃんがいじめて食べさせてくれないんだよオ」

「そんな……」

叫ぼうとしたわたしに、高岡氏は会釈してみせた。「さわがしくて、すみませんな。でもなにぶんわたしら、あなたのいうことが何が何やらわからないものですから……とりあえず食事をしてから、またお話を聞かせていただけませんか？」

それでもわたしは頑張った。

なんとかして高岡家の人びとに、家庭用機器はどう扱ったらいいのか、どんなしくみで動いているのかを教えなければならないのだ。家族のだれかれかまわず、手があいている人をみつけるとわたしはかけ寄って、手近にある機器類の扱いかたを説明しようとした。

だが、むだであった。むだどころか、だんだん悪くなるばかりなのである。高岡家の人びとは、やっかいな説明を聞いてまでも機械を扱う気はないのだ。たまにそんな気になったと思うと、今度は本来の目的とまったく違うことに使うのである。

一日たち、三日たつうちに、わたしはだんだんノイローゼになっていった。何をしようとしてもどうにもならないのだ。この家の人たちに機械の扱いかたを教えるのは、ほとんど絶望的であった。もともと家庭用機器などとは縁のないくらしをしていた人びとなのだ。いくつかの機器についての性能は理解してもその総合的な使いかたということになると、まったく考えようとはしないのだった。

貴重な機械が片っぱしからこわされ、そのたびにわたしは必死で修理した。修理しても修理しても追っつかなかった。このままではこの家のエレクトロニクス機器が使いものにならなくなってしまうのはあきらかだった。

もうこうなれば、非常手段しか残ってはいなかった。この家の機器類を守り、家族の人たちに機器のほんとうの扱いかたを教えるには、最後の手段しかないのであった。

四日目の夜、わたしは中央コントロール室にとび込んでなかからかぎをかけ、あらゆる機器をストップさせた。照明も消してから、家じゅうにつたわるスピーカーで宣言した。「もうこれ以上はがまんできません！　わたしは、これからみなさんに、ひとつひとつの機器について学んでいただきます！　そのあいだ、ほかの機器はみんなストップさせますから、ほんきになって勉強してください！」

それから、目に見えぬ家族たちにスピーカーで説明し、機器類をリモートコントロールで作動させて、ひとつずつ使い方を教えていった。相手が聞いているかどうかわからなかったが、安眠装置や壁内収容家具群や立体テレビなどの機器群がすべてストップしているのだから、聞くよりほかにすることはないはずである。

奇妙にひっそりとなった家のなかの空気を感じながら、わたしは数十種類の家庭用機器の扱いかたとその応用のしかたを説明していった。終《お》わったのは、もう夜があけはじめようとするところであった。

よろめきながら中央コントロール室を出たわたしは――しかし、家のなかには、だれひとりいなくなっていることに、はじめて気がついたのである。

## 4

「結局、その人たちは、アスカンの強引な説明におそれをなして、別の、住みなれたタイプの家へ引っ越すことにしたらしいよ。」

しょげ返っているわたしに、玉木さんは手紙を見せた。「ほら、このとおり、お礼状が来ている」

わたしは、顔をあげた。

「お礼状ですって？」

「そうなんだ」

玉木さんは、かすかに笑った。「もともと流行だからというので建てたものの、ああいうタイプの家は、あの人たちの生活とあわなかったんだ。といって、建築にかけた費用は惜しい。家庭管理士にたのめばなんとかうまくやってくれるだろうと期待してわが社へ依頼したんだが、派遣されたきみがあんなふうにしゃにむに機器の使いかただけを教え込もうとしたもんで、すっかりいやになってしまったんだな。おかげでふんぎりがついて、家を売る決心がついた――ということさ」

「……」

わたしは、あいた口がふさがらなかった。世のなかには、いろんな人がいるものだ。

「だがまあしかし、今回は偶然にもうまくいったからいいが」玉木さんはちょっとこわい顔になった。「使いこなせる力もないのにエレクトロニクス機器の完備した家にはいった家族――こうしたケースは、生活習慣や生活プランづくりなどの、あらゆる問題を考えて処理しなければならない。それを、きみは機器使用法だけの単純な仕事だと解釈したらしいが――

軽率だったね」

「――すみません」

「まあいいさ」

玉木さんはわたしの肩をたたいた。「そう早くベテランになってしまわれては、こっちの仕事がなくなってしまう。ま、ぼちぼち経験を積むんだな。専門家というのは、そうかんたんになれるもんじゃない」

そして、大きな声で笑いだした。

いつのまにか気が楽になっていたわたしも、それにつられて笑いだしていた。

# 自動車強盗

車が新御堂筋《しんみどうすじ》に入り、梅田《うめだ》の近くまで来たときには、雨はもうどしゃ降りで、ワイパーがはげしく往復するフロントガラスは、まるで裏から見た滝そのままであった。

（ほんとうにうまく車がつかまってよかった）ぼくはシートに身を沈めたまま、ほっと安堵《あんど》の息を洩《も》らした。

（たまたま、あの道の横合いから出て来たこの車に、むりやり押し込むようにして乗ったんだが――この雨じゃ、もうどこへ行っても車なんか、つかまりっこないだろうな）

遅れては、困るのだった。午前中いっぱいかけて取材した記事をどんなことがあっても、午後三時には社で原稿に仕上げなければならないのだ。

このぶんなら、まず間違いはないだろう。

が。雨はいっそうひどくなるのに、車はちっともスピードを落とさないのである。ちらりと運転台へ首をのばしてメーターを見ると、何と七〇キロも出ているではないか。

「もう少し速度をおとしてもいいんだぜ」ぼくは何気なく運転手に声をかけた。「この雨じゃ、スリップでもしたら――それこそ一巻の終《おわ》りだ」

しかし、運転手はしっかりとハンドルをにぎりしめ、前方をみつめたまま、一言も答えようとはしない。のみならず、ぼくの身体《からだ》にはぐっと加速の反動がかかった。

「どうしたんだ？」

不安になったぼくは叫んだ。

「こんな無茶な運転って、ないだろう？　もう少し安全速度でやってくれよ！」

運転手はやはり前方を凝視した姿勢ではじめてぼそっと呟《つぶや》いた。

「急げといったのは……旦那のほうですぜ」

「それはもういい！」

ぼくは身体を乗り出した。「もう大丈夫、間に合うんだ。だから――」

ぼくは息を呑《の》んだ。速度計は一〇〇キロのあたりで揺れている。

「もう遅いんですよ」

運転手は不意に振り返って、白い歯を見せた。「もうスピードをおとすわけには行かないんでさ。このまま、まっすぐ突っ込んでゆくだけですよ」

「突っ込むって――これじゃ天国へ突っ込むほかないじゃないか！」

ぼくは運転手の肩に手をかけようとした。「もう判《わか》った。ぼくが無理に急がせたのが悪かった。あやまるから、さあ、もっとゆっくりやるか、でなかったら降ろしてくれ！」

「駄目ですよ」

運転手はぼくの手を振りほどいた。「この車に乗ったときから、お客さんの運命はきまっているんですよ。あとはわたしといっしょに、行くところへ行ってもらうだけですよ」

「やめろ！」ぼくはわめいた。

「やめるんだ！」もう一度運転手の肩をつかもうとしたとき、どういう仕掛けになっているのか、目の前に奇妙な隔壁がせりあがって来た。思わず手をひっこめると、それはたちまち運転席と客席を、ぴしゃりと仕切ってしまったのである。

何だ！

これはいったい何だ！

ぼくは恐怖に顔をこわばらせて目の前の、その透明な隔壁を、それから窓の外にしぶいて飛び去る雨滴を見た。

気違いなのだ。

この運転手は気違いなのだ！

そういえば、ついさっきは乗り込むのに急で気がつかなかったが、車内のようすも、たしかにふつうのタクシーではない。たとえば、シートひとつとっても、ぼくがまったく見知らないやわらかな金属網のようなもので出来ているし、ドアのノブは星形だし、こんなにスピードを出しているはずなのに、ほとんど震動がないのである。

「頼む！」

ぼくはたまりかねて隔壁を叩《たた》いた。「助けてくれ！　助けてくれえ！」

その視線が前方へ転じた。前方の奔流のようなフロントガラスのむこう、ハの字になって迫り、飛び去って行く道路が、先のほうで消失しているのだ。

雨のためか工事の手抜きのせいか、どっちにせよ高架になった道路が途中で崩れているのだ——ととっさに考えた瞬間、ぼくは星形のノブに手をかけて、何とかあけようとした。

あかなかった。

わっ、と目を前のほうに向けると、その切れ目はたちまち眼前に近づいて来て、車はそのまま突っ込んで行った。

ぼくの絶叫と、水のなかへでも飛び込むようなおかしな衝撃が意識いっぱいに爆発した。

気がつくと車は、何事もなかったように走りつづけている。

だが、何事もないのは、車だけだった。窓から外を見たぼくは、あぶなく腰を抜かすところだった。

雨があがっている！

いや、あがっているどころか、道は濡れてさえいないのだ。しかも、その道を来る対向車は、どれもこれも薄っぺらな流線型の、異様な車ばかりなのだ。

それだけではない。

高架になった道の両側には、同じかっこうをした巨大な円柱がぎっしりとひしめいて突っ立っている。よく見るとそれは円柱ではなく、ビルであった。

二百階以上ある雲をつくような、べらぼうに背の高いビルなのだった。

ぼくがぞっとして声も出せないうちに、車はゆっくりスピードをおとして、道の片側へ寄って行った。

停止する。

「お望みどおり、降ろしてあげますよ」運転手はこちらへ向き直ると、いやな笑いかたをした。「そのかわり、お客さんの持っている現金をいただきたいんで」

「現金を？」

「そう」

運転手はまた不気味な微笑をうかべた。「現金を全部」

「馬鹿な」ぼくはかっとなって叫んだ。「いいかげんにしろ！　こんな目にあわされて、ここはいったいどこだ？　何のつもりでこんな真似をしたんだ？　そいつを話してくれないうちは一円だって渡せるもんか！」

「じゃ、しょうがありませんな」

運転手は一丁の、へんな武器を出した。「お渡しにならないのなら、この中性子銃でおなくなりになっていただくだけで」

ぼくはぽかんと口をあけた。

そのときだった。突如、サイレンが、すぐうしろでひびき渡ったのである。

「パトロールだ！」運転手は舌打ちした。「運のいいお客だぜ。あんた」いうとハンドルの横のボタンを押した。同時に、ぼくは座席ごと、道に放り出され、車はそのまま去って行った。

「おけがはありませんか？」

ぼくを助けおこしながら、見馴《みな》れぬ制服を着た男はいった。

「わたしたちは警官でしてね、このごろはあんな悪い奴《やつ》がたくさんいるもので、忙しくてやり切れませんよ」

「あいつは――」ぼくはまだ茫然《ぼうぜん》となったまま訊《たず》ねた。「あいつは何ですか？」

「自動車強盗ですよ」

警官は説明した。「自動車に客を乗せて、その所持金を奪いとるんです。昔は運転手がお金をとられたそうですがね。近頃は反対でして――」

「昔？」ぼくは反問した。「それはどういう意味ですか？」

「ここは一九九九年の世界なんですよ」警官はうなずいてみせた。

「悪い奴は車を昔のスタイルに改装し、タイム・マシンを仕込んで過去へ行き、そこで現金を持っていそうな人間をつかまえるんです」やり切れないというように溜息《ためいき》をついた。

「いま、この世界は古銭ブームでしてね……一獲千金を狙う奴が多いのも無理はありません」

# ミス新年コンテスト

あたらしい年がはじまるというだけで、どうしてそんなに大さわぎしなきゃならないんだ？　二十一世紀のこんな時代に、なにも過去の習慣を守りつづける必要はないじゃないか――世のできごとなら何でも批評しなければ気のすまない連中は、毎年おなじことばを繰り返す。

だが、ぼくはそうは思わない。

意味があろうがなかろうが、おまつりさわぎがあれば、せいいっぱいにさわげばいいのだ。なにもめんどうな議論を持ちださなくても愉快にやればいいのだ。だからぼくは、政府が主催する新年パーティには、かならずでかけることにしている。

それに、今年は、なぜかここ十年ばかり中断されていたミス新年コンテストが復活されたばかりか、ぼく自身、審査員のひとりに選ばれたのだ。

行かない法があるものか。

観客がわあわあと叫び立てるなか、飾り立てたコンベヤーの上に立った女たちが、つぎからつぎへと流れてゆく。いずれも最新流行の人工皮膚でつくられた肌着をつけているので、ヌードそのものと見違えそうだ。しかも、美容整形技術が発達し、若返りのための医学が普及しているせいで、体の線がそのままあらわれているにもかかわらず、出場者のだれもかれもが、もうまるで完ぺきといっていいほどの美人だった。

「困りましたな」

ぼくの左横にいた審査員が、ひたいの汗をふいてつぶやいた。「これじゃまったく――いずれがあやめ、かきつばただ。とても順位をつけることなんか、出来やしません」

「でも、やらなきゃならないんです」

右がわの、十六、七歳ぐらいの生意気そうな少年が、突然、きいきい声を出した。

「それがやれないようじゃ、審査員を辞退すべきじゃないですか」

左横の審査員は、むっとした表情でだまり込んだ。

ぼくもいささかおもしろくなかった。なぜこの少年が審査員になっているのか知らないが、こんなに若い人間に、はたして女性を審査するというようなことができるのだろうか。

だが、しかたがない。

ぼくは必死で、手もとの評点ボタンを押しつづけた。審査員ひとりひとりが与えた評点は自動的に集計されて、司会者の手にある得点盤に記録されるようになっているのだ。

拷問《ごうもん》のような長い時間が過ぎると、やっと司会者が片手を高くさしあげた。十年前までおこなわれていた例によって、入賞者は下位から発表されるのである。

「第三位……」

司会者がひとりの出場者をさしたとき、右がわの少年が立ちあがった。

「異議あり！　その人に出場資格はありません。その人は三十年前に、いちどミス新年になっています。あれからちっとも年をとっていませんがわたしは知っています！」

観客がどよめいた。

「ほんとうですか？」

司会者がたずね、その出場者は赤くなってステージを降りた。

「第二位！」

「それは人間ではありません。精巧につくられたロボットです！」また少年がいい、X線透視鏡をふりまわした。

「第一位！」司会者は自信なさそうな声で、まだ十四、五歳の少女をゆびさした。

観客の目は、例の少年にあつまった。

「異議があります」少年はおずおずといいだした。「彼女は……わたしの母親でして……ミスではありません」

「バカな！」

「そうなんです」少年は肩をすくめた。

「若返りの手術を受けているので、わたしは実は七十一歳でして」正面ステージの少女をゆびさした。「彼女は、九十五歳なんです」

もう収拾がつかなかった。怒った観客はどなり、口笛を吹き、コンテストは滅茶苦茶になってしまった。

「こんなことになる可能性があったので、十年前にコンテストは中止されたんですな」左横の審査員がつぶやいた。「そうとも知らず、のこのこ審査にやって来て……」

みなまでいわせず、ぼくが引き取った。

「まったく、おめでたい話です」

# 物質複製機

手紙の地図をたよりに、やっと探しあてた家は、まるでぼろぼろで、今にも倒れそうだった。小柄な、貧乏にとことん痛めつけられたという感じの男が出て来た。

「よく来てくれました！」

男は、ぼくの手をつかんでふりまわした。

「すぐに、わたしの発明をお目にかけます。さ、どうぞ、どうぞ」

ガラクタが散乱している実験室の隅っこに腰をおろし、ぼくは、男が用意をするのを見守った。

ふつうの人間なら、こんなありさまを見ただけで、とても見込みがないと判断することだろう。だが、ぼくは違う。ぼくの商売は、発明売り出し屋だ。世にうずもれようとしている大発明をみつけだし、それを安く買い叩《たた》いて、どこか大きな会社に売り込むのだ。

発明家のほうは涙金を受けとって、それでおしまい。ぼくはぼろもうけをするという寸法だが、なに、世のなかというものは、うまく立ちまわった奴《やつ》が勝つのだ。

研究ばかりに没頭している世間知らずに、大金をつかませる必要はないのだ。

「用意ができました」

　男の声に、ぼくはわれに返った。ついたてのようなもので仕切られた、大きな鋼鉄の台であった。その周囲の至るところに、計器やコードがからみついている。

「これが、物質複製機です」

　男はいった。「片方に、何か物体を置いてスイッチを入れます。すると、もう一方のほうに、同じものが出来あがるのです。これは、空気中の原子が、対応点に同じ組みあわせを作りあげるためで、はじめのものと少しもかわりません。この光学的特性は……」

「わかった。はやくやってくれ。うるさい理論は結構だ」

「――では」

　男は、片方に、万年筆をのせ、スイッチを入れた。フラッシュのような光がひらめいた。あまりのまぶしさに、ぼくの目はくらんだ。

　気がつくと、台の反対側には、もうひとつ万年筆があらわれている。

「ふーむ」

「これだけでは、まだご満足ではないでしょう」

　男は、手を打ち鳴らした。

　女がひとり、実験室に入って来た。男に似ているが、どちらかといえば美人に属するタイプである。

「わたしの妹です」

いいながら、男は、女に、台に載るようにいった。

ふたたび閃光《せんこう》――がおさまると、女はふたりになっていた。

「すごい!」しんそこから驚いて、ぼくは叫んだ。

「その技術、買おう!」

男は値段をいった。高かったが、それだけのことはある。他の発明売り出し屋にみつかる前に、自分のものにしなければならない。

ぼくは、その場で、設計図もろとも、その設備いっさいを買いとった。

翌日、ぼくは専門の技師をつれて、その場所へ行った。

半信半疑の技師を前に、ぼくはきのうと同じようにして、スイッチを入れた。

はげしい光……それが消えると、ぼくは台の上を見た。

何もおこっていなかった。

馬鹿な! 何度も何度もやってみたが、同じことだった。

「この設計……いったい何です?」技師が笑いだした。「無茶苦茶ですよ。これはペテンですな」

ペテン? ぼくが茫然《ぼうぜん》となったとき、隣家のおかみさんが、おずおずと顔を出した。

「ここにいた人は、きのうの晩おそく引越《ひっこ》しましたよ」とおかみさんはいった。「一カ月ほど前から、ふたごの妹さんたちといっしょに暮らしていたんですがね……」

# 獲物

ガタン、と電車が揺れた。ひどい音がした。そのおかげで、目の前がまっくらになったような気がした。

が、それも一瞬――。

おれはやはり車内に立っていた。すし詰めの満員のなかで、足をゆがめ手を突っ張って、進行の感覚に身をまかせていた。

しかし、今朝は幸運だった。

うまく、カワイ子ちゃんの、真正面にくっつくことができたのだ。毎朝毎朝おれは、よさそうな女をみつけては接近し、電車が終点につくまでたのしむことにしている。そのくらいのことは、許されても当然なのだ。安い給料でガミガミいわれ、何の夢もない鈍行コースをたどっているおれには、せめてそのくらいのことがなければ引き合わないのだ。

それにしても、今のこの相手は、逸品だった。

ほっそりと瘦《や》せて見えるくせに、結構肉づきがいい。目鼻立ちもりっぱなものだし、半開きの唇ときたら、夜のあえぎをそのままのこしているみたいだ。

相手は、おれのほうを見ていなかった。放心をよそおって、視線を遠くへ投げていた。

許しているのだ。

おれの行為を待っているのだ。おれはいつものように指をすべらし、彼女の肌を、薄いスーツごしに撫《な》でようとした。

しかし、そのためには、あまりにも混みすぎていた。おれのたのしみのためには、身体《からだ》の細部の自由がきくぐらいの、ちょうど適当な混みようを必要とする。今の突っ張りあいは、そうしたコンディションにはほど遠かった。

だが諦めることはない。

こんな獲物を前にして、何もしないという法はない。

おれは、自分に密着している彼女の肉体を、ひとつひとつ意識することにした。

おれの胸は、相手の盛りあがったそれを押しつけていた。呼吸するたびにそのままこちらにつたわってくる。これを手のなかでもてあそぶときの感触を、おれは想像した。

彼女の髪は、おれの顔のすぐそばにあった。ほんのりと花の香りをただよわせて、おれの頭の奥を刺激する。かすかな汗の匂いがまじっていて、目がくらむようだ。おれはこの匂いにくるまって快感の絶頂に達するときを想像した。

その下腹部から大腿部《だいたいぶ》が、おれにぴったりと当てられていた。まごうかたない若い女の肉体。弾力に富んだ豊かさだ。震動のたびに体温ごと擦れあっている。おれのものはすでに硬直していた。それが相手の谷間にあたっているのだ。お互いに何もかも脱ぎすてて、ベッドのなかにいる自分を、おれは想像した。

おれの興奮は、もうほとんど限界といってよかった。興奮したおれには、車内の雑音や電車のひびきも耳に入らなかった。

おれの目には、車内のだれもかれもが、影像のように位置を保っている他人に過ぎなかった。

おれは、おれだけの世界にいた。おれは空想をつづけ、彼女はやはり、放心の瞳で、おれの肩ごしにどこかを見ていた。

おれは、しあわせだった。

ながいあいだ、自分の不遇に腹を立て、まるで復讐《ふくしゅう》のように毎朝のたのしみに没頭して来たのが、やっと酬《むく》われた感じだった。

おれと彼女以外のすべては、もうおれには存在していなかった。

この瞬間がいつまでもつづけばよい、とおれは思った。いや、今このまま死んでしまってもいいとさえ思った。


ラッシュの大惨事！

旅客機、国電の上に墜落

けさ七時半ごろ、羽田空港へ着陸のために近づいていた××機が墜落、国電に激突した。折から通勤ラッシュのため、詳細はまだ不明だが、死者は旅客機国電あわせて数百名にのぼると見られている。墜落の原因は今のところわかっていない。現場は地獄絵さながらで……

# はねられた男

信号は青だった。だから、安心して横断しようとしたのだ。

たちまち、派手なスポーツカーが、うなりながら迫って来た。

ブレーキのきしみ。

鈍いショックと同時に、わたしの身体《からだ》は宙に舞いあがった。それから一回転。アスファルトに叩《たた》きつけられて、何が何やらわからなくなってしまった。


「気がつきましたか？」

目をひらくと、男と女の顔が、わたしを覗《のぞ》き込んでいた。

「ひととおり手当《てあて》をしましたから、もう大丈夫です」

そうか……と、わたしは思いだした。車にはねられたのだったな。

と、すると、ここは病院だろうか。

そうではなかった。

見知らぬ部屋のなかだ。

「心配しないでください」

男はまたいった。「ぼくは今はマネージャー業をやってますが、医師の資格も持ってるんですよ。大丈夫です」

「病院へ……つれて行ってくれ」

ぼくはうめいた。「ちゃんとした設備のある病院へつれて行ってくれ」

「それは困ります」

男は微笑した。「そんなことをしたら、娘があなたをはねたことが、世間に知れてしまう。うちの娘はテレビタレントでしてね、売り出しのさいちゅうなんですよ。今がいちばん大切なときなんです」

いわれてみて女に目を向けると――たしかに、何度かテレビの画面で見かけたことのあるタレントだった。

「わかるでしょう？」

男はささやいた。「深夜のことでもあり、目撃者はいないんです。だから、もっと悪質な連中だったら、もう一度あなたをひいて完全に殺し、それから死体をどこか人に発見されないところに捨てたかも知れないんですよ。しかし、ぼくたちはあなたをここへこうして連れて来た。その好意だけでも判《わか》ってほしいんですがね」

わたしは黙っていた。

「どうでしょう」

男はささやいた。「あなたが全快するまで面倒も見るし、あとで充分なお礼もしますから……この事故のことは、黙っていてくれませんか？」

わたしは考えた。

うまく行けば、たしかに相当なお礼はもらえそうだ。わたしでなかったら、あとでこの連中を脅迫して、さらにたくさん巻きあげるかも知れない。

とはいうものの、やはりわたしの良心がそんなことを許さなかった。第一、ここで中途半端な手当てを受けるより、エキスパートのたくさんいる大病院へ行ったほうが、ずっと確実に全快するだろう。

「——ねえ、どうです？」

「おことわりします」

わたしは、きっぱりといった。「とにかくわたしをまともな病院へつれて行ってください」

男はためいきをついた。

「しかたがありません。おっしゃるとおりにしましょう」

ベッドの横に置いてあるグラスを、わたしの唇に持って来た。「すぐに準備にかかりますから、これで元気を回復しておいてください」

わたしは何の気なしに、それを飲んだ。すぐに激痛がおそい、全身がしびれて行った。

「どうせ殺すとわかっているのに、どうしてあんなことをいったの？」

娘がたずねた。「いくら金《かね》をやって口止めしておいても、あとで密告するか脅迫しに来るのはわかっているんだから、殺すほかはないんでしょう？」

「まあね」

スコップの手をとめて父は応じた。

「しかしパパとしては、彼が自分の頑固さで死を選ぶことになったと……そういうふうに考えたいんだよ」

男の死体を庭の穴へ蹴落し、汗を拭いた。

「これで十九人目ね」

娘は呟《つぶや》いた。「これから、もっと運転には気をつけるようにするわ」

# 落武者《おちむしゃ》

振り返って仰《あお》ぐと、すでに天守閣は、夜空に炎をふきあげていた。

おしまいだった。何もかもが、おしまいだった。

樹にすがり、草を踏みしめながら、彼は一歩また一歩と進んだ。くらやみのなか、あちこちで、敵兵たちの叫び声が聞《きこ》える。すでに敵は、本格的に、残兵を追いつめはじめているらしかった。

疲れていた。

とほうもなく疲れていた。ここ数日、ろくに寝ないでたたかったのだ。

全身が傷だらけだが、その痛みよりも、疲労感のほうがはるかに大きかった。

だが、休むわけにはいかない。腰をおろせばそのまま、泥のように眠り落ちてしまうだろう。そうなれば、たちまち敵に発見され、首をはねられるのだ。

それに、このあたりの農家の百姓どもだって、気をつけねばならない。落武者をみつけたときのあの連中のおそろしさは、いろいろ話に聞かされている。

休んではいけないのだ。しかも、どういうわけか、このところずっと、彼は、誰かに見られているような気配を感じていた。まわりに誰もいないはずのときでさえ、たしかに、どこからか観察されているような感じがするのだ。

もうそこは、かなり深い森で、坂道になっていた。気力だけで、彼は進みつづけた。

突然――。

彼は、あかりを顔に浴びた。「見つけたぞ……」という声がした。同時に、竹槍《たけやり》らしいのが、彼にむかって突き出されて来た。

百姓どもだ！
（チイッ）
舌打ちして、彼は刀を抜くと、それを叩《たた》き斬《き》った。

つづいて、別の穂先。それも斬った。

斬るうちに、かっと怒りがこみあげてきた。こんなところで土民の手にかかってたまるものか……そう思うと、不思議に力が充満して来た。

彼は、刀をふりあげた。

（違う）

不意に、どこからともなく、奇妙な声がした。（違う！　そうじゃない！　おまえはやられるのだ！）

馬鹿な！

彼は、刀を死にものぐるいで振りまわし、百姓どものなかへ突進した。

切先《きっさき》が、ひとりをとらえた。ガチャン！　と金属的な音がして、そいつは地面にぶっ倒れた。

（やめろ！　やめるんだ！）

また声がした。どこかで、どっと笑うざわめきもした。

やめてたまるか。

彼はようやく馴《な》れて来た視力をたよりに、斬って斬って斬りまくった。百姓どもは腕をもがれ、腹を割られては、のけぞった。

やっつけたのだ。

が……彼はぞっとして、足もとの死骸をみつめた。月あかりにうかぶその百姓どもは血を出していない。血どころか、歯車や機械の類《たぐい》がちらばっているのだ。まるでカラクリ人形のような……恐怖が、ぞっと背筋を駈《か》け抜けて行った。

「やはりだめですな」

偏光ガラスのこちらがわから眺めていたひとりがいった。「ロボットに、昔の人間の意識を与えて歴史のショーをやるというのは、なかなかいい着想でしたが……」

「どうもうまく行きません」

げらげら笑っている見物人をゆううつそうに見て興行主は呟《つぶや》いた。「あの落武者は百姓に惨殺《ざんさつ》されるよう調整したのに……これじゃ、ぶちこわしです」

いうと、動力スイッチを切った。たちまち武者姿のロボットは、そのまま森のセットのなかで停止し、燃える城や夜空や叫び声などの立体映画は消えてしまった。

# 安物買い

すべてのものには、それ相応の値段というものがある。

旅行だってそうだ。あんまり安くあげようとすると、ろくなことはない。いや、場合によっては、とんでもない目にあうのだ。

ぼくがそのことを思い知ったのは、十年前の――月世界観光のときであった。

小さいころからごたぶんにもれず、星や宇宙の話が好きだったぼくは、月世界観光コースが開設されたときから、行きたくて行きたくてしかたがなかった。やがていろんな会社が月面へ客を案内するようになったが、残念ながらぼくにはどうすることもできなかった。つまり――それだけの経済力がなかったのだ。何しろ月までは四十万キロもあり、それを往復する原子力ロケットとなると、運航費だけでも莫大《ばくだい》なものになるのである。ぼくはなさけなかった。こんなことなら生きている甲斐《かい》がないとさえ思った。

そんなぼくの前に、きわめて安く月へつれて行こうという男があらわれたのだ。

「自前のロケットを使うんでさ」と男はささやいた。「会員を募っているんです。もしもご心配だったら、契約条件をよく読んでくだせえ」

なるほど、何もかも大丈夫のようだ。月と地球の往復運賃、月面およびロケット内での食事やベッド、宇宙服の使用料……全部コミの上に、万一事故がおこったら遺族に——といって当時のぼくには家族がなかったが——ひと財産と一生の生活保証までついている。それが、ちょうどぼくの預金額ぎりぎりで行けるのだ。こんなチャンスをのがす手はない。ぼくは会員になった。

はじめての宇宙旅行は……何と感激にみちたものだったろう。青くかがやく地球、永遠の虚空にまたたく星々、そして、ぎらぎらと陽《ひ》をはねかえす月面に築かれた基地……ぼくはただもう酔いしれたように、宇宙服を着てさ迷い歩いた。

が……そのうちにぼくは気がついた。酸素がだんだん残りすくなくなって来たのだ。空気のない月の上で酸素がなくなれば一巻の終《おわ》りである。ぼくたちは乗って来たロケットへ走り寄った。「酸素は有料です」と男はいった。「契約条件には酸素代ははいっていません。あと払いで結構ですが、お支払いいただけますか？」

その通りであった。うっかりして気がつかなかったのだ。「いいとも！　支払うとも、はやく頼む！」

「よろしゅうございます」男はボンベをとりだした。「でも何ぶんここまで運んでくるのは大変でしてね……一時間ぶん百万円になっております」

やはり、信用のおける旅行業者のところへ相談に行くべきだったのだ。そうすればこんなことにはならなかったろう。

地球へもどってから毎月、ぼくはいまだにそのときの酸素代を支払いつづけている。今までに払ったぶんを合計すると、もう二、三回は月へ行けたはずなのだ。

# よくある話

男は、女を愛していた。それこそ、全身全霊をあげて愛していた。今まで女というものを知らなかったので、のぼせきっていた。

男は、手先が器用だった。ことに、複雑で小さな機械仕掛けをつくるのがうまいのだ。その才能を活用して発明家になるつもりだったのだが、もはや、そのことさえ、忘れ果てていた。

男は、女にすべてをつぎ込んだ。女が求めるままに、高価なドレスでも、スポーツカーでも買ってやった。

親が残してくれたささやかな財産は、みるみるうちに減ってゆく。

ようすのいい女だった。透き通るような肌と、魅惑的な眸《ひとみ》と、ちょっと意地の悪そうな唇で……。

だが、ちっとも男を愛してはいなかった。

機械キチガイの男と一生をともにするような気は、はじめからなかった。男は、自分のぜいたくを支えてくれるための存在にすぎなかったのだ。

男の持金《もちがね》はなくなって行き、それとともに女もつめたくなった。

女にだまされていたことに、男が気づいたときは、何もかも手おくれだった。

男は大粒の黒真珠のペンダントを女に贈っていった。

「できることなら、これを、X線にかけたりしないでおくれ」

そして、その夜、破産宣告書を前に置いて自殺した。

女は、別の男と結婚した。

(あの人、どうして、あんなことをいったのかしら)

あたらしい生活に入り、豪華な自分の部屋でペンダントをとりだしながら、女は思う。

(X線をかけるな、ということは、ひょっとしたら、これがイミテーションだからなのだろうか)

宝石商に鑑定を依頼してみようか。

いや。

女は、じっと手のなかのペンダントをみつめた。

大粒の、異様な輝きを持つ黒真珠。

それには、男の恨《うら》みがぎっしりとこもっているようでもある。

男は死にぎわに、復讐《ふくしゅう》を誓ったに違いない、と女は考えていた。

わななのだ。

このペンダントには、きっと、自分を破滅させる力が秘められているのだ。

女はいまさらながら、男が手先が器用だったことを思いだした。あれほどの腕を持つ男のことだ。この黒真珠に、どんな仕掛けも組み込むこともできるだろう。

X線。

女は、ぞっとした。きっと、この真珠のなかには強力な爆発物か何かが包まれているのに違いない。X線があたると、爆発するような何かが……。いえ、ひょっとしたら、それどころか、肌につけていると、皮膚から毒がしみ込んでくるのかも……。

女はあわてて、そのペンダントを鏡台の引出《ひきだし》にしまい込もうとし……だが、やめた。他のものとぶつかりあって、その衝撃で何かがおこるのかも知れない。

考えあぐねた末、女は、それを、そっと飾り棚に置いた。

夫のほうは、自分の妻が、他の男から黒真珠をもらったことを知っていた。が、妻がかつてその贈り主にどんな仕打ちをしたのかは知らなかった。

(どうしてあれを、あんなに大切にするのだろう)

妻の部屋を覗《のぞ》き、そこの飾り棚に安置されているペンダントを見るたびに、夫は思うのだった。

ときどき、夫は何気《なにげ》ない口ぶりで、そのことをたずねる。

しかし妻は、やや狼狽《ろうばい》したような表情になるだけで、何も答えなかった。

はじめ信じあっていたふたりの仲に、少し、少しずつひびが入りはじめた。隙間風が流れ込むようになった。

それでも妻は依然として、ペンダントを始末しようとはしなかった。へたなことをすれば、どんな事故がおこるかも判《わか》らないのである。

月日が流れた。

よそよそしい生活が続いた。夫は家庭をかえりみず、妻は孤独だった。

孤独がこうじて妻は病気がちになった。

夫は親身にはならなかった。他の男のプレゼントをいつまでもだいじにしている奴《やつ》など、どうにでもなればいいのだ。

今度は妻が、夫を恨む番だった。

痩《や》せおとろえ、死期が迫って来たことを知った妻は、夫を呼んで呟《つぶや》いた。

「わたしが死んだら、あの黒真珠をX線にかけてね」

これで、つめたかった夫への復讐ができるわ……女は満足して息を引きとった。

# 動機

国会議員のA氏が収賄容疑で逮捕されたとき、世間はあっと驚いた。

A氏は苦学力行、裸一貫から身をおこして会社をつくり、それを今日の大企業に仕立てたのち、政界入りを果《はた》したという、立志伝中の人物だ。A氏は、けっしてゼイタクをしないことでも有名だった。ばくだいな収入があるはずなのに、若いうちはのんだという酒も今はたしなまず、妻も情人らしいものもなく、郊外の小さな家にひとりで質素に暮らしているという、道徳教育の見本のような男だったのである。

さらに意外なことには、いくら調べても、A氏には、自分の持家《もちいえ》以外に、たいした財産もなかったのである。

世間は再び沸いた。ワイロの金《かね》は、何に使ったのだ？　いや、それまでの収入は、いったいどうしてなくなったのだ。

十日たち、二十日たった。それでもA氏は依然として、そのことは白状しなかった。

「もういいかげんにしたらどうです？」

係官はいった。「正直のところ、わたしでさえもが、あんたが収賄したということを信じられない気持なんです。おまけに、ろくに財産もないなんて……きっと、何かわたしたちには予想もつかない用途に使ったんでしょうな」

Ａ氏は黙っている。係官が声を荒らげようとしたとき、別の係官が入って来た。手に封筒を持っている。

「きのう、あんたの家に、この手紙が来ていたよ。……どこかで見たような字だが……、親展と書いてある」

封筒を見たＡ氏の顔色がかわった。奪いとるようにして封を切り、読みくだすと、がっくり首をおとした。

「何です？　これ」はじめの係官が声を出して読んだ。「――お払い込みがないので、今月をもって契約を解除させていただきます……か。いったい何の契約です？」

「おしまいだ」とＡ氏はうめいた。

「これで何もかもおしまいだ」

変な顔をしている係官たちに、Ａ氏は呟《つぶや》くように話しはじめた。

「あれはわたしが十八歳のときでした。そのころわたしは毎晩酒を飲んでいましてね。酒なしでは眠れなかった。身体《からだ》の調子は悪くなるし、仕事もやる気がしない。それでも、やめられなかったんです。そんなとき、一通のハガキが舞い込んだんですよ」

「ハガキ？」

「ええ。あなたがまちがいなく酒をやめることのできるクスリがあります、と書いてあったんです。値段は当時のわたしにとっては高かったけれども、わたしは払うことにしました」

「で、やめたんですな？」

「そうです。たしかに酒は飲めなくなりました」A氏は顔をゆがめた。「しかしそのクスリの服用をやめると、ひどい禁断症状がおこってくるんです」

「飲みすぎによる中毒ですな」

「だと思います。そのうちに、手紙が配達されました。今の症状をなおすクスリがある、というわけです。それはおそろしく高価なものでしたが、服用しているうちに、もっとひどいことになって来ました。そのたびに手紙が来てあたらしいクスリのことが知らされ、わたしはそれを払うために、必死で金をもうけました。もうけているうちに、事業はどんどん大きくなりましたが、いつまでたっても事態はよくなりませんでした。今じゃクスリのききめが切れると、死んでしまうに違いありません。月に何億というクスリ代がいるんです。その最後のやつを、今朝飲んだところです……」

「とすると、あなたの今の成功は、そのクスリによるわけで、そのクスリのために破滅もやって来た……しかもあなたは、その奇妙なクスリ屋がどこにあるか知らないということですね？」

「ええ、調べたんですが、金はちゃんと届くのに、その住所には、そんな会社はないんです」

係官は顔を見合わせ、つぶやいた。

「これは、人ごとじゃないぜ」

ふたりがポケットから出したハガキには〝タバコをやめるクスリがあります〟と書かれていた。

# 酔っちゃいなかった

おれはやっとのことで加速剤を手に入れた。一秒間が三十秒ぐらいに感じられる例の薬だ。おれの計画はこれで完了である。

奴《やつ》のお陰で、おれは人生を滅茶苦茶にされてしまった。きわめて合法的に、奴はおれからあらゆるものを奪ったのだ。どうしても奴を殺さなければならん。こんなささやかな復讐《ふくしゅう》なら神だって許してくれるだろう。

善は急げという。おれはさっそく決行することにした。奴のいる場所はわかっている。町最高のクラブだ。おれは予定どおりそのクラブに遠くないバーへ出かけていった。バーのマスターは顔なじみだ。

「よう、ケン、久し振りじゃないか」

「くさくさするんでね、一杯もらうよ」

「ああ、ゆっくりしてくれ、まだ宵《よい》の口だし、客も来ねえだろうから」

まったくその通りだ。このバーはもっと遅くならないと客が揃《そろ》わないのだ。おれの狙いはそこにあった。カウンターに肱《ひじ》をついてカクテルをなめながら計画をもう一度検討してみた。やっぱりこの方法以外ではうまく行きそうもない。何故《なぜ》ならおれにはふんだんに動機があるので、奴が殺されでもしたら嫌疑は真っ先におれにかかってくるのだ。完全なアリバイが必要だった。

カクテルのお代《かわ》りをして、おれは待った。もう一人客がくればいい。マスターの証言だけでは不十分だから。

ようやく男が一人、ドアを押して入って来た時、おれはふらりと立ちあがった。その実まだ少しも酔っちゃいなかったが。

「おや、どっちへ？」

「おトイレさ、こっちだったかね」

「えらくまわったもんだな、そうだよ」

おれは椅子《いす》を分けて便所に行く。この便所は一人しか入れない普通の型だ。ドアのノッブを握って、おれはいった。

「何時ごろだ、今」

「七時半だ」

マスターと客が同時に答える。うなずいて戸の陰へ入り、同時に例の加速剤をとり出すとぐっと呑《の》み込んだ。

みるみる周囲の色が変わり、赤くなって来た。光の波長のせいだ。まるで単色の世界のようだが、こいつは予期していたことだ。おれはさっと飛び出した。マスターも客もじっとして動かない。連中の眼には入らないはずだ。こっちの動きがあまりに早いのだ。

舗道を駆けるのはひと苦労だった。歩くかっこうのまま突っ立っている通行人やゆっくりと動いている自動車を縫って、おれはたちまち奴のいるクラブに到着した。

凍りついたままのボーイには目もくれず、ドアを押して入る。

いた。奴だ。鈍いモノクロームの風景のなかで、葉巻をくわえて何かいおうとしたまま立っている。相手が笑ったままの姿勢なのが傑作だった。おれをこんなにしておいて、こんなところで遊んでやがるんだ。

おれは手袋をはめ、テーブルに置いてあった果物ナイフをつかんだ。苦しむだけ苦しませてやるんだ。まず奴の首を切った。それから腹を刺し、胸を突いてやった。不思議に血は出ない。どうだ、思い知ったか、おれはナイフを捨てて奴を見た。残念ながら奴はまだ葉巻をくわえて立っている。おしまいまで見ているわけにはゆかない。おれは再びドアを押して夜の歩道を走った。バーへもどり、便所に入ってから手袋をとってポケットに入れ、鏡をのぞいてみた。何の異状もないようだ。そのまま薬がきれるまで待っていればいい。

やがて周囲はしだいにもとの色にもどって来たが、おれはその時には便所のドアのノップを握っていた。

「出たぜ」

マスターと客が同時に振りむいて、あっと叫んだ。何だ、どうしたんだ。

「どうかしたのかね」

おれはいいながら、二人の視線をたどって自分の服に目をやった。

血だ、べったりとついている。あわててとり出した手袋にも、血が点々と散っている。おまけにこのバーのドアまで続いているのだ。その果てはあのクラブへ……。

(一体どうしたのだろう。何故もどって来た時に見えなかったんだ)

おれは近づいて来るマスターと客を見ながら茫然《ぼうぜん》と考えていた。おれの服も手袋も、たしかに血で真っ赤だった。

# 晩秋

もうすっかり秋だ。鰯雲《いわしぐも》が幾条も地平線へ伸びている。窓から見おろす校庭には金色の日光が跳ね返っていた。

もう何年前のことだろう。この校庭で若い日々を過ごしたのは。その頃の記憶は依然としてわたしのなかに生きていた。苦しい思い出はとうに昇華し、ただ明るい陽光と、うずくような友情だけが胸に灼《や》けついているのだ。あの時ああしていたらなあ。そんなことばかり考えるのだった。

わたしは教室を出て廊下を抜けると階段を下りた。かびくさい匂いまでが、たまらなく懐しい。

ここを卒業してから、わたしは全力をあげて社会に立ちむかった。それ相応の成功をおさめたが、今は何もない。妻は死に、ふとしたことから地位を失い、友人さえもなくなっていた。今のわたしには思い出以外の何もない。あの日がふたたび還《かえ》っては来ないものだろうか。

時計は確実にぼくの時間を奪ってゆく。昨夜頑張りすぎたせいか、頭がはっきりしないのだ。あと十五分しかないというのに、五題のうち、一題しか出来ていないのだ。試験官の眼が、じっとこちらを向いているために、自分自身の姿勢さえ気になるのだ。どうしても思い出せない。あと十分。駄目か。

ああ、秋光が窓にみなぎっている。校庭の照り返しだ。毎日のこの苦行よ、これが一生つづくのだろうか。ぼくはたまらない。小さな子どもの頃、陽《ひ》のあたる庭で、ひとりで独楽《こま》をまわしていた記憶がある。あのあかるいきらめきに、もう一回もどりたい。あの頃は何もしなくてよかったのだ。幼児、何というなつかしい響《ひびき》だろう。

ちっとも独楽はまわらない。誰かに助けて貰《もら》おうとしても、家の者はみんな出掛けてしまっているんだ。きらきらきら。落ち葉がしきりにぼくのまわりに落ちる。外へ遊びに出たら、あの子がいじめるし、ここにいてもつまらない。

早く大きくなりたいなあ。ひとりで遊べるくらい、大きくなりたいなあ。だって、淋《さび》しくってたまらないもの。

スイッチが切られた。治療室の戸を開きながら、医師はものやわらかに患者にたずねた。

「どうでした？　楽しかったですか？」

患者は淋しい笑いを浮かべると、黙って椅子《いす》に腰をかけた。医師は椅子に近づき、まだ感慨のさめ切らないような表情の患者をみつめていたが、やがて、はっきりした声でいった。

「あなたの意欲は過去にむかっていたはずです。現実逃避はそこから来たのでしょう。だからこそ、わたしはあなたを思い出の世界の、行きつけるところまでお送りしたわけなんです。どうでした？」

患者は今はしっかりした足取りで立ちあがった。

うなずきながら彼は答えた。

「ええ、わたしは思い出の世界へ行ってきました。どこまでも、どこまでもね。なつかしい記憶のなかで、ほんとうに生きていました」

患者は遠いところを見ているような眼をして話しつづける。

微笑をうかべて医師はそれにうなずいた。

「だけど、わたしは間違っていました。結局、未来を本気でみつめなければ、いつまでも助からなかったんですな。小さな頃、本気でそう考えていたのに。何かして未来を求めなければならないんでしょう。ええ、わたしはもう一度やりますよ。未来こそがすべてです。わたしはおおしく頑張って行くつもりです」

医師の返事を待たず、患者はドアの方へ出て行った。開かれたドアのむこうの、秋の陽が降りそそぐ道へ彼は出て行った。

医師は黙ってその背をみつめていた。老いて背が曲《まが》り、痩《や》せ果てた患者が、ただ気力だけで歩いてゆくのをじっと見送っていた。

# 怨霊《おんりょう》地帯

## 1

「スズキ！　おいスズキ！」

気がつくとカーン中尉がぼくの顔をのぞきこんでいた。

ぼくは自分のくらい心のなかで乱舞していた手足のない死人の列を、苦痛とともに追い払った。

「うなされていたか？」

ぼくがたずねると、カーン中尉は声も出さずにうなずいてみせた。

ふたりが黙ると、重装車の天蓋《てんがい》を打つ雨のひびきはいっそう執拗《しつよう》になった。腐った樹々や気根を育て、泥の厚味を増して、われわれの道を閉ざそうとする悪意にみちた雨だ。

目をやると、カーン中尉もいつの間《ま》にか首をたれて眠ろうとしている。が、眠りにおちた瞬間にいつもの悪夢と出会うらしく、そのたびに恐怖にも似た目を開いて、しばらく喘《あえ》ぐのだった。

「何かしゃべろう」

中尉がいった。「黙っていると眠ってしまうし、眠れば夢だ……いや、眠らなくてもぽん やりしているだけで、俺《おれ》は亡霊にうなされる」

「そうしよう」

ぼくはうなずいた。「こんな調子では小休止が終わったときにはまいっているだろう」

だが、そうはいったものの、ぼくたちは何から話しだしてよいものやら、さっぱりわからなかった。進攻作戦の開始いらい、ぼくたちはせまい重装車のなかにいて、ろくに身体《からだ》を休める時間もなかったから、たえず睡魔にとらえられていたのだ。何をするよりもまず眠りたかったのである。

とはいうものの、ぼくたちには眠ることさえ許されていないのだった。眠ればかならずぞっとするような夢を見る。まるでどこかにぼくたちの意識を観察する者がいて、思考がとだえるとともに悪夢を送りこんでくるような感じなのである。しかも、その悪夢というのがただの悪夢ではないのだった。ぼくたちの潜在意識の底ふかく沈んでいる、原始的な恐怖そのものが怨霊となってたちあがってくるような気味の悪いものなのであった。

「俺はもともと物質主義者だ」

重苦しい雨の音を打ち消すようにカーン中尉がいいはじめた。「今までにこんな目にあったことはない……いや、ほかの車の連中だってそうだろう。それがどうして、こんな心理状態になったのか……俺にはわからん」

　そう、雨はたえまなくステンレス・スチールの機体をぬらし、樹々にしみこんでいるのだった。何もかも腐ってゆくような空気のなかで、われわれも腐ってゆくのかも知れなかった。

「たしかに俺はヨーロッパ世界の人間さ」ぼくが答えないので、カーン中尉は、またいった。「だから俺はきみのような東洋的思考というものはわからない。わからないが、それでも、どこか共通の接点みたいなものはあり得ると信じているし、事実今まではそれで成功してきた。だが……ここでは何もかもが謎だ。何もかもが俺の考えかたと異質なんだ」カーン中尉は唇をゆがめた。

「俺たちは、なぜこんなアフリカまでやって来たりしたんだろう」

　ぼくは返事をしなかった。もともとこんどの戦いはカーンたち西欧人が平和の使徒の名のもとにはじめたものではないか？　かつて朝鮮で、あるいはベトナムでやってきたことを、このアフリカでもやろうとしたのではなかったのか？

「そういえばこの二、三日、ゲリラはやってこないな」

　返事のかわりにぼくはいった。「一従軍記者のぼくにはわかりかねるが、どういう理由なんだ？」

「さあね」

カーン中尉はものうげに答えた。「だが俺にとっては、奴《やつ》らが来てくれるほうが気がまぎれて助かるよ……すくなくとも、毒矢の恐怖に耐えながら敵を迎え撃つほうが、今のようにのべつ悪夢にうなされているより、よっぽど俺たちの性に合っている」

「そうかも知れんな」

ぼくは努力して笑い声をたてた。「こんなふうにまるで……」

だがそれ以上はいう勇気がなかったのだ。われわれがこの土地に呪われているのではないか、この土地の精霊たちに苛《いじ》められているのではないかという疑い、その疑いこそは、けっして口に出してはならぬものなのであった。

この科学の時代にそんなことはあり得ないと信じながらなおかつ、心の底の底ではわれわれはそれを怖《おそ》れていたのである。怖れを口に出すことで現実化したくないと感じていたのである。

小休止終了を告げるブザーが鳴った。重装車の乗員は救われたように、ふたたび自分の持ち場にもぐりこむ。

樹々と水と泥と悪夢に満ちたジャングルのなかを、国連軍第四二機甲師団は、ゆっくりと進みはじめていた。

## 2

歴史の足どりというものは遅々としているように見えて、そのくせおそろしいスピードを持っている。

かつて暗黒大陸と呼ばれ、その後二十世紀のなかばから後半にかけて、不安定な小国家が乱立していたアフリカは、いま、世界史のなかへ姿をあらわそうとしていた。先進諸国の援助のもとに、急速に巨大な連邦国家の形をととのえようとしていたのだ。近代的な都市がぞくぞくと作られ、列車が走り、ジェット機の生産工場や原子炉さえもが築かれようとしていた。

だが、それはそのまま既存の文明ができるということを意味してはいない。現代的なものが入りこめば入りこむだけ、アフリカはアフリカだけの性格をあらわにして行ったのである。

それは、かつてアジアが西欧文明の洗礼を受けたときに酷似していた。アジアがアジアとしての特長を残しつつ、西欧文明をとり入れようとしたその中途半ぱさのゆえに、日本以外はことごとく西欧の植民地にされて行ったあの時代に、あまりにも似ていたとはいえないだろうか。みずからを恃《たの》むこと強きがゆえに弱体化して餌食にされたアジア諸国の運命は——しかし、こんどのアフリカの場合には成立しなかった。

というのも、先進諸国は互いに牽制《けんせい》しあい、モラルをかざしあって、あえて変貌するアフリカに手を出そうとはしなかったからである。したがってアフリカは自分の好きなやりかたで、自分なりの近代化を自由におこなうことができたのだった。

だが——そうして生まれて来たアフリカ文明とは、既存の文明とは、あまりにも異質のものであった。対外的顧慮なしに進められた改革は、たしかに形の上だけは普遍的なものであったが、その実質において、世界の常識とはまるでかけはなれたものになってしまったのである。

人間の値打ちが極度に低く、各部族間の対立意識が根づよく残り、呪術がいぜんとして勢力をふるっているそうした土地が、わずかの間に、世界的な意味での文明社会に変身するわけはなかったのだ。

いや、逆にそうした土地へ流れ込んだ科学技術や政治理念や、その他もろもろの文明の成果は、かえって歪《ゆが》められて利用されることになった。つまり近代化をすすめるはずの武器が、旧来の伝統を確保する手段として使われたのである。

はじめのうち、先進諸国はこうした風潮を同情と好奇心と、いくぶんの軽蔑をこめた目で見ていた。かれらがいつわれわれに追いつくだろうか、という気持《きもち》でおもしろ半分に眺めていた。

たしかに、いくつかのブロックはみごとに自力で近代化を達成し、列強のなかに食い入ろうとしている。が、全アフリカの三分の一におよぶ地域は、まったく独自の世界を作りあげたのだった。文明諸国の目から見ればおよそ野蛮でありながらそのくせきわめて高い技術を持つアフリカ連邦という名の別世界を組みあげて行ったのであった。

しかし、こうした異質の世界を自分たちの仲間にくわえるほど、先進諸国はまだ寛大ではない。だからこそ、やがてアフリカ連邦とその他のアフリカの国々との間に衝突が起こったとき、待ちかまえていた国連軍が上陸し、アフリカ連邦の首都をめざして進撃を開始したのである。

戦いは、それが核攻撃をおこなわないことを計算に入れても、装備と兵員でまさる国連軍がかんたんに勝利をおさめるはずであったし、事実、アフリカ連邦軍は潰走《かいそう》をつづけていた。連邦の首都が陥落するのは、もはや時間の問題とさえ思われていた。

しかし……。

進むにつれて国連軍のスピードは落ちて行ったのである。高原を、ジャングルを、国連軍は巨大な重装車で切り拓《ひら》きながら力まかせに進んでいたのだが、やがて、士気がすこしずつおとろえだしたのである。

悪夢のせいだった。眠ったときはもちろんのこと、考えごとをやめたときでも間断なく襲ってくる不気味な妄想、ひとりひとりの人間の心の底から湧きあがってくる恐怖の影のせいなのだった。それが、敵の手によっておこなわれている攻撃なのか、あるいは味方全員の気のせいなのか、それさえ判《わか》らなかったが、兵たちは誰いうともなく、その悪夢の原因に名をつけていた。

呪い——。

しかもその呪いは、味方が敵の首都に近づくほど、ますます、力を強めているようだったのである。

# 3

進んでも進んでも熱帯雨林はつづき、雨はまるでぼく自身の意識のように、たえまなく鳴りつづける。

今ではぼくたちは、半狂乱に近い状態になっていた。揺れる重装車の内部で疲れにたえかねてうとうとすると、たちまち肉を裂かれ、骨を折られる数千万の男女の絶叫がきこえてくるのだ。血をたたえた地獄の池に浮き沈みする腐った肉は、青白い微光を発しながら、それでもまだ生への執着を捨てきれず波のまにまにただよっている。と思うと巨大な燃える炎の車が、くらい虚空をゆっくり旋回しているのが見えたりする。

汗ぐっしょりになって目をさますと、くらい重装車のなかにカーンたちが、運転も忘れて眠っており、げえげえと吐きながらあえいでいるのだ。あえぎながらも眠らずにはいられないらしく、ときどきかっと目を開くと、すぐにまた横たわってしまうのだった。

われわれの部隊の進む速度は、今ではほとんどゼロに近かった。ときどき思いだしたように発進の号令が発せられ、そのたびに乗員はあらい息をついて何百メートルか車を走らせるのである。

おそらく落伍《らくご》した車も何百台とあるのだろうが、外へ出て見るわけには行かない。というのも、重装車から身体を出して外気にふれると、なかにいたときに感じるその何十倍もの強さで、怨霊たちが殺到してくるからであった。

怨霊。

そう、ぼくたちはもうそのことを疑ってはいなかった。まちがいなくぼくたちはこの土地へ足を踏み入れたことで、アフリカ全土をおおう呪いのなかに落ちてしまったのだ。

一日、また一日とすぎてゆくその間にも、ぼくたちの神経はますますおかしくなって行った。今のところ敵の首都にむかって進んでいる兵団のなかで、わが四二機甲師団がトップに立っているのはたしかだったが、それは主として、機械自身の能力のせいにすぎなかった。

いつの頃よりかぼくは、その悪夢がぼく自身の深層意識によるものではないかと思いはじめていた。そういえばカーン中尉やほかの連中は、たいてい悪魔とか魔女とかにいじめ抜かれる悪夢にとりつかれているらしい、真正の無神論者であるドライバーの軍曹は自分の死後、自分の身体がいろんなものに食われる幻想に悩まされているらしかった。

なぜだ？

なぜなんだ？　しかし、そうした疑念さえも持てないほど、もうぼくたちはいためつけられていた。雨のしぶく泥のなかを、のめりながら先行車につづくその毎日の毎時間が、それぞれ死んだほうがましなような苦痛の継続となって行った。

それでもぼくたちは進んだ。進むことによって心理の痛みはますますひどくなることはよくわかっていたが、ひょっとするとある日突然、あらゆる幻想が消えてしまうのではないかというはかない期待だけをたよりに、ただ進むほかはなかったのである。

そしてある日――。

現実と幻想がたえまなく交錯する意識のなかでぼくはたしかに砲声を聞いた。つづいてショックとともに、すぐそばで爆発音がした。「敵が攻めて来たぞ！」

「敵襲！」ぼくは夢うつつにわめいた。

「しずかに」

いったのは、すでに指揮者席についていて展望鏡をのぞきこんでいたカーン中尉だ。

ふたたび砲声があがると、こんどは下部座席にいた軍曹が叫んだ。「あれは……敵じゃありません。味方の砲ですよ！」

「なに？」

乗員たちがたずね返したとき、カーン中尉は何を思ったか、突然どっと立ちあがって天蓋に手をかけたのである。

「なにをするんだ」

ぼくは中尉にとびついた。「そんなことをしたら、みんな気が違ってしまうぞ！」が、中尉はかまわなかった。太い腕で天蓋を突きあけた。

雨がいっせいに降り込んで来た。いや、雨だけではない。圧倒するような目に見えない恐怖の影が、無数の断片となって、わっとぼくの頭にからみついてきた。

ぼくは絶叫をあげた。目の前にはたしかに白い布をまとった死骸が何千、何百と飛んでいる。しかしそれは、雨滴の充満した空から雪片のようにつぎからつぎへと舞いおりて……。

「しっかりしろ！」

カーン中尉がぼくをなぐった。「前をよく見るんだ！」

前を？

その瞬間、ぼくは幻覚をはらいのけるのに成功した。

前。

そう、前方には何百台とつづく味方の重装車があったのだが、そのなかの一台が列からはなれて、狂ったようにジャングルのなかへ突っ込んで行くところだったのである。樹々が倒れ、泥がはねあがるなかでその重装車は、しかしすぐに停止した。その天蓋から半身を出している将校が、白熱弾をすぐ前の小さくもりあがった塚のようなものめがけて投げるのが見えた。

たちまち、その車の前方がかっと閃光《せんこう》を放った。つづいて土けむりがばっとあがったそのとき——。

消えたのだ。

あの、真綿をしめるような恐怖の圧力が消えたのである。もちろん、そのすべてがなくなったわけではなく、いまだにうっすらと残ってはいるものの、つい今しがたまでの圧迫感は、まるで嘘《うそ》のようになくなっていたのだった。

吠《ほ》えるような歓声があがった。すべての重装車は天蓋をはねあげ、乗員たちはとび降りてその車のそばへ走りだした。ぼくもカーン中尉につづいて他の乗員とともに、泥をはね返しながら走っていった。

びしょびしょになりながら、ぼくたちがその車のそばへ駈《か》けつけたとき、しかしどうしたことか殊勲者たちは茫然《ぼうぜん》とした表情で、えぐりとられた土を見ていたのである。

かれらの前には、複雑な機械装置の残骸らしいものや、溶けたガラスの破片などが一面にとび散っていた。が、ぼくたちにショックをあたえたのはそんなものではない。そこにはそう、血まみれのぐにゃぐにゃした灰色のものがばらばらになって散乱していたのだ。それもおそろしく多量で、いくつかのかたまりは降りしきる雨のなか、まだぶすぶすと焦げつづけている。
その灰色のものこそ――そう、何百という人間の、脳そのものであった。

# 4

「かれらは、人間そのものを武器として使っているらしい」

重装車長会議からもどって来たカーン中尉は、ながいあいだ黙っていたが、ようやく重い口をひらいてしゃべりだした。

「かれらは、人間の感情をそのまま増幅して電波のように放射し、他人におなじような気持をおこさせる、そんな技術を開発したんだ……しかもそれを武器に仕立てるために、何千何万という人間の脳を生きたままとりだし、放射装置と生存用装置もろとも、土の中へ無数に埋めていったらしいんだ」

「……」

「生きたまま地中に、それも脳だけになって埋められた人間が何を考えると思う？」カーン中尉は歯をくいしばった。

「恨むことしかできない、怨霊となることしかできない……われわれはそれを受けつづけて自分の恐怖をめざめさせて来たんだ」

ぼくたちは黙っていた。

「あの重装車は恐怖にたえかねてケガの功名で装置を破壊したんだ」中尉はにが笑いをうかべた。「われわれは、これからもあれとおなじことをする。いちばん圧迫の強い地点を攻撃して脳をばらばらにするほかはない……。ほかはないが……」

頬がするどくゆがんだ。

「なぜわれわれは、こんなやつらどもとたたかわなくちゃならないんだ？」

沈黙が車内に充満した。雨の音がまたはげしく天蓋にひびきはじめていた。

# II

# 敵は地球だ

## 1

夜明けまぢかな世界連合理事会議場には疲れ切った空気がただよっていた。平生は激しい言葉で応酬しあう各州代表たちも、今は白っぽい光の下で魚のように押し黙っている。

「どうなのですか？」議長はわずかに焦りを見せながら、大円卓に就いている出席者を眺めまわした。

「このままでは何の決定にもなりません。アフリカ州代表のほかにご意見はないのですか？」

だが居並ぶ代表たちは蒼白《そうはく》な面持《おももち》のまま一言も発しなかった。昨夜何の準備もなく召集されてこれで九時間、会議は何の進展をも見せなかった。

突然、たくましい腕をあげるとアフリカ代表が立った。

「みなさん、今はためらっているときではありませんぞ。一刻の遅れは一刻の損失を意味する。これは開戦か妥協か、どちらかなんです。そして私は開戦を主張している……月世界の都市群などに月面の領有はおろか、自治権だって認める必要はないんだ。独立だと？　月面都市連合だと？　それじゃこの数十年間、月に都市を作るためにわれわれが払って来た努力はいったいどうなるんだ？　われわれは人類のために高い費用を月にそそぎ込んで来たんじゃないですか。それをあっさり横どりされるくらいなら、叩《たた》き潰《つぶ》した方がましだ。そう思いませんか？」

議長はしゃべりまくるアフリカ代表を鋭い目でみつめていた。……戦争はおこしたくない……と彼は考えていた。……月面ならば、無制限戦争がおきても、人類自体の存亡にかかわりはないだろう。だが、この数十年つづいた平和を捨て、三十年あまりの、月世界植民の歴史を捨てさることは、世界連合の名においてできないのだ……。

アフリカ代表を除くすべての代表が、同じことを考えているのに違いなかった。だからこそ誰も賛成も反対もせず、意見を留保しているのだ。

……だが、もう決着をつけるほかはない……議長は決意を顔にうかべると、おもむろに身体《からだ》をのばした。

その時だった。議場のドアを突き開けて一人の世連職員が飛び込んで来た。職員は一通の通信文を握ったまま、悲鳴に近い声を出した。

「かれらは直接行動に出ました！」

代表たちがどっと立ちあがると、その職員をとりかこんだ。

「どうしたって？」

「月面の……」職員はあえいだ。

「世界連合管理下にある宇宙基地は、片っぱしからやられています！」

「それ見ろ！」アフリカ代表がどなった。

「もはや全面衝突は避けられない。議長！　世界連合軍に総動員令をくだすべきですぞ」

「待て！」議長は汗を手の甲で拭った。

「まだ、見込みがあるかも知れない……もう一度、もう一度だけ勧告してみよう」

　それは、地球に住む人間として、最後の親心だったのかも知れない。三十年の昔はじめて月に降り立った一群の人々、太古以来の死の世界と勇敢に格闘をつづけ、水も空気もない昼夜二百五十度の温度差をはね返しながら、塩基性のマグマの上にひとつ、またひとつと拠点を作って行った開拓者たちに対して、世界連合はいったいどれだけのことをしたというのだ？　なるほどたしかに巨額の費用はつぎ込んだが、それは開拓者たちが築きあげた都市や研究所を利用して、そこへ地球のための宇宙基地を作るために使われたのではなかったか？

　議長には、月に永住する開拓者とその子孫たちが、月を自分たちのものとして、独立を宣言した気持がよく判《わか》るように思えた。だが、それは一時の感情的な宣言としか考えられなかった。人口一万にも満たない月面都市群が、これから受ける圧倒的な攻撃を考えると、せめて今ひとたびのチャンスを与えてやりたかったのである。

## 2

〝静かの海〟から〝晴《はれ》の海〟にかけて、かつて威容を誇った世連管理宇宙基地群は、もはや救援の電波ひとつ出してはいなかった。巨大な地球の光を浴びて、つい数時間前まではひしめき並んでいたロケット群も、今では融解し去った金属塊に過ぎず、小型プラズマ弾の炸裂《さくれつ》した地点には、無残なすりばちが、妖《あや》しい色に変わった斜面を見せているばかりである。

この生物の影ひとつない廃墟《はいきょ》の空を、一隻の長距離自動原子力ロケットが、矢のようにかすめて行った。

ロケットからは間断なく、月面都市に帰順をすすめる勧告電波が発信されていた。ひと区切りを終《お》わると周波数を移し、それが終ると更に高い周波数へと、あらゆる状態の受信装置でも聴取できるように配慮されていた。

〈月面都市ノ諸君ニ告ゲル……月面都市ノ諸君ニ告ゲル……コノママデハ月面ハ完全破壊サレテシマウ。諸君ノ誰ヒトリトシテ生キ残ルモノハナイデアロウ。マズ武器ヲ捨テヨ。攻撃ヲヤメヨ。ワレワレハキミタチトオナジニンゲンダ。話シアオウ……〉

ロケットは月面の永住都市が散在する〝雨の海〟へと方角を転じ、高度を維持したまま目標へ接近しようとした。〈月面都市ノ諸君ニ告ゲル……〉

だがロケットがコーカサス山脈を越え、オートリクス火口へ近づいた時、すでに行手《ゆくて》には不気味にかがやく迎撃ミサイルが浮きあがっていた。瞬間、自動的に反転したロケットは十分の一秒とたたないうちにマッハ十五の速度に達し、敵から離脱しようと上昇した。この速度を以《も》ってすれば、いかなる追撃でも振り切れる筈《はず》であった。

だが、白くかがやくミサイルはさらに速かった。上昇中のロケットはたちまち数個のミサイルに包まれた──。

「やられた！」

「信じられん」

超遠距離用レーザースクリーンを見あげていた若い将校たちが声をあげた。

「月面都市があんなものを持っていたとは聞いたことがないぞ」

「このぶんじゃ、赤ん坊の手をひねる、という具合には行かないな」

突然ベルがはげしく鳴り渡り、壁のランプがともった。

「こちら統合作戦本部。世界連合はただいま、月面都市を反乱者として公式に認めた」

「全面戦争か？」

ひとりが白い顔を振りむけた。

「とうとうやって来たな」

「すでに第一陣は月面にむかっている」スピーカーは何の感情もこめない声をながしていた。

「各部署は待機態勢から臨戦態勢にはいれ」

もはや誰ひとり無駄口を叩かなかった。将校たちは壁に点滅する標示灯に向き直り、洪水のように殺到してくる命令や情報が電子頭脳によって分類され、担当ポストへ中継されてゆくのを、食い入るような目で監視していた。


月の手前五千キロで別動隊とわかれた母艦の大集団は、それぞれの間隔をしだいに開きながら、まっすぐ目標地点に向《むか》って落下をつづけていた。

「まだ迎撃の気配もない」総司令はスクリーンに刻々と迫ってくる月面を見ながら、首を振った。

「奴《やつ》らには本気で戦う意志があるのだろうか」

「あろうがなかろうが、木っ端微塵《みじん》に吹きとばせばいいでしょう」参謀が皮肉な目を総司令に向けた。

「たかが一万人にも足らない反乱の徒です。このへんで地球戦団の威力を見せておいた方がためになりますよ」

総司令はわずかに唇の端を歪《ゆが》め、それから計器盤に目をやると叫んだ。

「ロボット水爆発進用意！」

命令はたちまち全母艦につたわり、総司令は目を閉じて低くいった。

「発射！」

母艦の腹から吐き出された数十台のロボット水爆は、ほんのしばらく母艦と並んで落下し、たちまち尾部に焔《ほのお》を閃《ひら》めかせて、眼下の、〝雨の海〟へ突っ込んで行った。その圧倒的な自動操縦爆弾の大群は、それぞれその弾頭にメガトン級の水爆をそなえていることを考えなくても、ぞっとするような眺めであった。

この爆弾が、おそらくは反乱都市を跡形もなく爆砕するだろう……と総司令は考えていた。それでも生残《いきのこ》りがあるようだったら、中性子弾で皆殺しにするほかはない……。

突然はげしく艦が揺れ、総司令たちは身体をぶっつけた。

「どうした！」

「レーザー網です！」うわずった声が返って来た。

「自動水爆のいくつかがひっかかった模様です」

「レーザー網？」参謀が総司令を見た。

「奴らがそんなものを持っていたのか……」

変動する人工重力を感じながら、総司令は宙の一点をみつめていた。

……これは演習ではないんだ……と総司令は考えていた。……われわれは生意気な月面都市を叩き潰そうとだけ考えて来た——だが、ひょっとすると敵は——予想外の戦力を持っているのかも知れない……。

## 3

暗い空には、永久にまたたくことのない星々が非情につらなり、その直下では刃物のように切り立った山々が、するどく太陽の光を弾《は》ね返している。

その山裾《やますそ》から、灰色の荒涼とした大平原がひろがっていた。〝嵐の大洋〟と呼ばれてはいるが、空気も水もないこの月世界に、本物の海がある訳はない。ただ沈黙と死が支配する不毛の土地にすぎないのだ。

この、広さ百二十万平方キロに及ぶ〝嵐の大洋〟を、エンケ、ケプラーの二火口の山裾を迂回《うかい》しながら、いま一千台の戦車が進んでいた。斜めになった太陽光線を浴びながら、ずんぐりした形状にも似合わず、薄くつもった灰の層を蹴散らして、北へ北へとおそるべきスピードで進撃していた。

かれらの攻撃目標は、いま本隊が爆撃をつづけている〝雨の海〟からユーラ山脈を置いた〝露《つゆ》の入江〟である。六つの都市があつまる〝雨の海〟とちがって、こちら側には小規模の研究所や基地が、かなり離れて数多く散在しているのである。上空から攻めるよりも地上軍でひとつひとつ全滅させてゆくほうが早かったのだ。

戦車には人間はただの一人も乗ってはいなかった。本来ならばかれらの主人であるべき月の住人を殺し、焼きつくす一千台の戦車――だがビームシャワー砲を据え、陣形を組んだまま、次第に散開してゆく殺人機械の大群は、傾いた陽《ひ》の中で、不思議にも悲壮で美しかった。

Ｒ一四八二号は全戦車の先頭に立って、索敵電波と電子ビームを一秒間四百回の割合で交互に発信しながら進んでいた。こうしないと索敵電波に乗って敵の誘導弾が瞬時におそいかかってくる。ビームを重ねている間はその心配もないのだが、そのために彼の得る映像ははげしく明滅する連続画像となった。

その画像を五秒ごとに後方の指揮車のほうへ送りながら、Ｒ一四八二号は〝露の入江〟の奥深く突っ込んで行った。

やがて、西方にメーラン火口が姿を見せはじめた。

〈とまれ！〉

指揮車の命令に応じて、Ｒ一四八二号は減速し、静止した。

〈ここから先は〝寒の海〟だ〉指揮車の圧縮された変調波が波打った。〈われわれは〝露の入江〟の敵を捕捉し撃滅せよとの命令をうけてやって来た……方向を転じていま一度さがしてみよう……先頭車、索敵電波の比率をあげよ。赤外線地表走査及び有機物検出装置を併用せよ〉

一千台のロボット戦車は地をふるわせて方向を転じ、片側に迫ったユーラ山脈の高峰を見ながら、南下をはじめていた。

Ｒ一四八二号は全性能をあげて敵を発見しようと努めながら、再び速度をあげはじめた。その行手に音もなく半球形の泡のようなものが、地中から盛りあがって来た。

Ｒ一四八二号は反射的に砲をまわすと、十九の砲口から電子ビームのシャワーをあびせかけた。半球形の表面が六千度の高温にかっと輝くと、次の瞬間、数百倍の光球となり熱線を八方に照射した。

誘導プラズマである。

前面の高温に耐えながら後退したＲ一四八二号の機体は、はげしく後続車とぶつかり鈍い衝撃を受けた。

いまや誘導プラズマは、至るところの地中から浮かびあがって来ては、最初のものに誘発されて、次から次へと膨脹《ぼうちょう》し緩燃を続けていた。

Ｒ一四八二号の耐熱被覆は、だが、なおもこの高温から内部の装置を守り抜いていた。それは、他の戦車も同様だった。プラズマの数は加速度的に増えていったが、一千台の戦車はみずからも輝きながら、最後の勢いをふるって、この罠《わな》を突破しようと絶望的な努力をつづけていた。

しかし、この高熱に、ソフトな岩から成っている月の表面は耐え切れなかった。やわらかくなった地表は、内部に溜《たま》っていたガス泡のあとの空洞へむかって崩れ落ち、戦車は一台また一台と粘っこい地面の陥没に呑《の》み込まれて行った。

ロボット水爆の効果を確認する間《ま》もなく、中性子爆弾を抱いた母艦の大集団は原子力エンジンを鳴らし、巨大な銀色の尾翼の間から噴射炎を吐きながら、雁行《がんこう》して下降をはじめていた。

「あと百キロです」

声にうなずくと、第四八号母艦の艦長は、横でスクリーンを見ている老教授にむかっていった。

「なつかしいですか？」

「うむ」教授は呟《つぶや》いた。

「見える……〝神酒《みき》の海〟……ヒッパルコス……プトレメウス……」

「われわれの目標は〝雨の海〟です。独立宣言した月面都市はほとんどあそこに集っているはずですからね」

「惜しい……」教授は呟いた。

「あの月面都市や……月で生まれた〝月っ子〟たち……かれらはもう居ないんじゃな」

「多分、さっきの水爆で全滅したでしょうね」

艦長は無表情に言った。

「もし残っていても中性子爆弾で……おや？」

艦内を、狂ったように警報が鳴りひびいていた。十秒とたたないうちに艦長室の温度はたちまち上昇しはじめふたりは悶絶《もんぜつ》して床に落ちた。テーブルが、カーテンがくすぶりはじめ、四八号母艦は内部の膨脹圧と誘爆で、くらい宇宙空間に砕け散った。

雁行していたロケットの大群のなかをくぐり抜けてゆく白熱の物体があった。それはあとからあとから同じようなコースを通り、降下してくる地球戦団の本隊を無慈悲に焼きつくしては月を一周し、また舞いもどってくる人工衛星の群であった。核融合反応によってつくられた人工小型太陽は、近寄るものをすべて融解させ爆発させるだけの高熱を保持していた。

## 4

〈ワレワレニハ、地球ヲ攻撃スル意思ハナイガ防衛ハツヅケル〉

月の表面から送られてくる電波は、もうこれで五時間も続いていた。

〈無益ナ攻撃ハヤメヨ、キミタチニ勝チ目ハナイ。ワレワレノ独立ヲ認メ、月ノ領有ヲ認メヨ〉

「馬鹿な！」将官のひとりがどなった。

「奴らにひとつの星をそっくり進呈してたまるものか！」

「だが……妙だな」もうひとりが呟いた。

「戻って来た者の報告では、〝雨の海〟の月面都市の大部分はドームを破壊されて真空中に露出されているという……どこに残っているのだろう。どこから放送しているのだろう」

「考えている必要はない」はじめの将官が首をあげた。

「すでに第二陣が月面近くまで迫っている筈だ……たとえ全滅しても、その前に味方はあいつらどもを皆殺しにしてしまうだろう」

「月面都市のあのおだやかな長老たちは、いったい何をしているんだ？　かれらはこんな戦争をおこなう訳がないのだ」

「まともじゃないのさ」別のひとりが呟く。

「月へ行ってくらしているうちに、おかしくなったのさ」

その声にかぶせるように、月からの声が再び鳴りはじめていた。

〈ワレワレノ独立ヲ認メヨ、ワレワレノ月ノ領有ヲ認メヨ〉


数万のミサイルと迎撃ミサイルが爆発したあと、地球戦団の第二陣は電子ビームのシャワーを放ちながら、月面へ接近しつつあった。迎え撃つレーザー網や放射性ガスのかたまりに数を減じながら、それでも刻々とアルプス山脈のふもとの、なかば廃墟になった月面都市へ突進していた。月面上五万メートル以下になると、人口太陽衛星の威力ももはや通じなかった。

　だが、都市の上空まで来ても、襲来した大船団からは、もう何の攻撃兵器も放たれなかった。強力な磁性バリヤーを通過したときに全乗員の神経の電位パルスは強烈な影響を受け、脳に変調を来たして、全員がげらげら笑うか茫然と虚空を見つめているばかりだった。ただの金属とサーミットのかたまりとなった地球戦団の艦船は、月面に激突するか、都市の残骸に突っ込むかして、ガラスのように飛び散って行った。

「やったぞ」スクリーンを見ていた少年がいった。

「これで敵はおそらく十万人近くが死んだはずだ」

「まもなく第三陣が来るだろう」やや年上の少年が計器盤に手を置いたまま言った。

「だがあの馬鹿者たちには、われわれの本当のこの都市は、月の裏側にあること、そこから地中ケーブルで〝雨の海〟に連絡して発信していることに、決して気がつくまい」

「地球側はまもなく、形だけでも折れてくるだろう」

　別の少年が笑った。

「そうなるまでわれわれは地球人を殺すだけ殺してやればいいのだ」

「そう。われわれの科学水準、われわれの月裏の工場群には、地球人は足許《あしもと》にも及ばぬ筈だ」

　その時、この月面都市連合幹部室に二十歳ぐらいの青年が入って来た。軽く答礼するとその青年委員長は訊《たず》ねた。

「市民たちの裏側への退避は終わったか?」

「地下電磁カーで収容しました」ひとりが答えた。

「しかし、クーデターに反対した一部はとどまり、死亡したもようです」

「仕方がないな」青年委員長は頷《うなず》いた。

「地球生まれの人々がわれわれ〝月っ子〟のクーデターに反対する気持はわかる……だが、月はわれわれのものなのだ。月に生まれ、月に育ち、生まれながらに科学知識と集団生活のルールを叩き込まれたわれわれが統治すべきなのだ。こうした特殊環境に育ったわれわれは、地球ではみな一流の科学者で通るレベルに達している。しかし地球には永久に行けない……」

委員たちは黙った。地球の六分の一の重力で育った彼らはいずれも二メートルをはるかにこえ、骨組みもきゃしゃであった。彼らはそれ故にこそ地球人を、地球人の干渉をはねのけるためにクーデターを敢行し、独立を宣言したのである。

「さあ」通信台の前の少年委員がつぶやいた。

「またはじめるか」

〈ワレワレハ、地球ヲ攻撃スル意思ハナイ……〉

宿命の月――地球の相剋《そうこく》の、これは序曲であった。

# 虚空の花

## 1

はてもなくひろがる虚空の中を、いま数万の円盤状戦闘艦が散開しつつあった。

地球とへだたること四・二光年。

すでにプロキシマ太陽系の領宙である。

敵は、自分たちの母星であるプロキシマ第二惑星を中心として、必殺の迎撃態勢をととのえていた。この一戦が、ふたつの種族の存亡をかけた決戦であることを、両軍の乗員たちは知りつくしていた。

「戦闘態勢完了」

回路担当乗員がさけんだ。

「全装置作動用意よし」

だれも、ひとことも口をきかなかった。五名の乗員は指令室のそれぞれの持場《もちば》で、じっと計器を監視している。

艦が戦闘態勢に入り、回路担当乗員がそれを確認すると同時に、全乗員の頭部にはめこまれたヘルメットは、自動的に乗員の脳細胞と連結したのだ。いまや艦を統御する人工頭脳は五名の乗員の神経組織をも、自己の機構の一部と化さしめて、戦闘の瞬間を待ちうけている。

だが艦長A－5だけは別であった。艦の自動指揮系統とはまったく独立して、事態を冷静に観察するために、彼だけは独自の存在として艦長席にすわっていた。

その手には、レバーがにぎられている。万一、艦内うめこみの人工頭脳が破壊されたときに、艦内の自動制御系統を、人工頭脳の手から切りはなし、艦長によるコントロールに切りかえるためのレバーであった。このヒューズにも似たシステムがなければ、艦は損傷をきたした人工頭脳にあやつられて、みずから死地にとび込んでしまう危険があった。

しかも、その切りかえの瞬間の判断は、すべて艦長にかかっているのだ。一秒の差が、この装備係数の高い戦闘艦全体の運命を決定するのだ。

このとき、艦長は孤独であった。目に入るすべて——仲間たちまでが、ことごとく人工頭脳に掌握《しょうあく》されている——自分だけがひややかな観察者として、じっと戦闘を見守らなければならない宿命を全身に感じながら、異端の席を占めていなければならないのだ。

しかし、艦長A－5は百戦錬磨のもののみが持つあの冷静さを決して失うことはなかった。いな、その修正のあとが無数に残った硬い頰には、かすかに金属的な微笑さえ浮かんでいたのである。

人間の文明は、何と加速的に発達してきたことだろう。

人類がはじめて地球の衛星である月に降り立ってから、まだ百年とたっていない。

しかもその間、科学技術の発達は一刻として、とどまることはなかった。いや一刻ごとにそのスピードを増していたのだ。

太陽系内の植民が終わるのに、三十年はかからなかった。爆発的に増加する人間は、月に火星に金星に、そして外惑星の衛星群に、住みついて行った。

やがて、アインシュタインの一般相対性原理が修正されるにおよんで、人間は恒星と恒星の間に横たわる深淵《しんえん》に挑戦した。

それは、重力場の利用であった。光よりも速いもの——瞬間にはたらく重力を利用することで、人間はいまや一太陽系にしばりつけられた虫けらではなくなったのだ。

だが……。

人類はそこではじめて人類以外の高等生命体と遭遇したのだった。それがお互いの宇宙船を破壊するという出会いにはじまったのは、不幸なことであったろう。

いまでは何ら妥協の余地はないのだった。相手の勢力の拡張にとどめを刺すこと、自分たちの存在をおびやかす敵をひとり残らずたおすこと以外に、解決はなかったのである。

徹底的な戦闘がつづけられた。はじめ劣勢だった地球側は、たちまち世界連邦を組みあげ、地球戦団を組織するとともに、じりじりと敵を追いつめて行った。戦場はすでに相手の母星のすぐそばに迫っており、プロキシマ太陽系に発生した種族は最後の決戦を試みようとしていたのだ。

とはいえ、それは何と機械的、非人間的な闘争であったろう。両軍の乗員たちは、おたがいに相手がどんな形状をしているのか、どんな生命形態なのかということさえ知らなかったのだ。戦闘員たちは敵に捕えられる前に、みずからを爆砕しなければならなかった。自分の種族の弱点を、絶対に知られてはならなかった。それが宇宙におけるたたかいの掟《おきて》なのであった。

## 2

動揺こそなかったが、艦内の人工重力が、たえず変化しているのを、艦長A－5は感じていた。指揮艦の統合作戦にしたがって、艦は巨大な弧を闇黒《あんこく》の宙に描きながら、敵に接近しつつあるのだ。艦の高指向性異種生命探知装置は、前方二光時に敵の大群が集結していることをしめしていた。

艦がいま、自軍のどんな位置にいて、どんな役目をになっているかは、乗員たちにも艦長にも、いな、人工頭脳にも決してわからなかった。そんなことをすれば、みずからの陣型を知らせることになるからであった。

突如、艦のGがゼロになったのを艦長は感じた。

自由落下状態——。

それは、重力場推進艇にあっては、全速突入を意味している。

かすかな震動があった。ひとつ、またひとつ……重力場の歪《ひずみ》をしめす、探知光子ロケットの発射だ。

つづいて、低いうなりがひびきはじめた。艦の周囲に電磁バリヤーが発生し、保護膜をつくりあげたのだ。

〈きたぞ〉

艦長はこぶしを握りしめた。〈戦闘開始だ!〉

たちまち、艦がどっと揺れた。重力衝撃をうけたのだ。ランプは明滅し、天井のハイ・ステンレス・スチールはほのかに熱気を放ちはじめた。

いま人工頭脳は、全力をあげて応戦につとめていた。引力の裂溝を回避し、高速による虚無化を避けながら、与えられた能力のすべてをあげて、重力衝撃波を発射しつづけていた。

装備度四、〇〇〇——乗員ひとりあたりの平均装備が、優に、かつての小国家一年ぶんの予算にあたる高性能艇は、ジグザグに進みながら刻一刻と敵に迫っている。

カチリと音がしたのを、艦長は聞いた。

〈交戦間隔だ！〉

数万の地球戦団の戦闘艦は、円錐陣を維持しつつ、敵のまっただなかに突っこんでいた。お互いの間隔はもう一光秒以内になっているので、重力衝撃波は使えない。

カーン単位の水爆が、いたるところで、爆発した。沈黙の空間のなかに、巨大な白熱塊がふくれあがる。

だが、これはほんの序幕であった。たちまちサーチライトのような面レーザーが、空間を掃いた。

敵も負けてはいなかった。地球戦団の真只中《まっただなか》に一恒星にも匹敵する質量を転移させてきた。それはたちまち凝結すると、小型の超新星となって、地球戦団を吹きとばした。

おかえしは中性子の嵐だ。

両軍はちりぢりになり、全体の統一性はまったく失われて行った。乱戦である。数万の宇宙船どうしが、亜光速度で駈《か》けめぐりながら交戦をはじめていた。

〈今だ！〉艦長はグイとレバーを引いた。同時に艦全体を統御していた人工頭脳の接点はいっせいに断たれた。各部門が独立して作動を開始していた。

乗員たちの目の前にカッと金色のランプがともる。

たちまち条件反射によって、乗員は思考停止の状態になった。いや本当は、思考停止などではない。彼らの頭脳はいま、彼らの肉体をこえて、艦の担当系統を指揮しはじめたのであった。艦の各部が、そのまま乗員の肉体とおなじようになったのだ。小さな情報は、側壁の人工ノイロンからパルスとなって、乗員の反射弓からはじきかえされ、情報の一部は大脳に入って、乗員の無意識のうちの指示ボタン作動となってあらわれる。それは、艦長の目のまえにある計器や指示灯への連絡とともに、関連部門への瞬間的な連絡の役をはたしているのだった。

艦長Ａ－５は、捉敵スクリーンを見守っていた。

たちまち、しみのような点があらわれると同時に、彼は攻撃指示ボタンを押す。その電撃は担当乗員に入り、乗員は無意識のまま敵を攻撃していた。機械と同じ、いや機械よりもはるかに優秀な識別力と判断力は、いささかの狂いもなく、敵をつぎつぎと爆砕させて行った。

どちらが優勢なのか、艦内のだれにも、わからない、そんな時間がしばらく続いたあと、ようやく敵の出現頻度が落ちたのを艦長は感じた。

〈よし〉

彼はレバーを押した。この分では指揮艦の統合力は回復しているであろう。艦は、ふたたび瞬間的、戦術的な行動パターンから、大局的で戦略的な要請にしたがって、指示する人工頭脳そのものに還《かえ》っていた。

音もなく指示灯の色がかわると、乗員たちはヘルメットをかぶり、シートにうずまったま
ま、力を抜いた。

# 3

それは、艦の全回路が、戦闘用から一挙に休息態勢に移ったことを意味している。

沈黙がおとずれていた。宇宙の、涯《はて》もなくひろがるくらやみだけが持つ、あの底知れぬ静けさが戦闘艦R一〇、四二五号を支配していた。

艦長A－5は、昏々《こんこん》と眠る仲間たちをしばらくみつめてから、眼前の計器群に目をおとした。

主エンジン停止。

防御バリヤー作動停止。

イオン噴射孔が開放されているが、これは方向転換のためだ。

艦のおもな動力は、ことごとくストップしていた。

戦闘は終わったのだ。

彼は、高指向性異種生命探知装置をのぞき込んだ。カリッ、カリッと鳴りながら回転するその装置は、半径一光年以内に、まったく人間以外の生物が存在していないことをしめして

いた。

艦長A－5はそっと席を立った。指令室から自分の個室へと歩みはじめる。

〈終わったのだろうか〉

彼は、ふっと思った。〈これで地球人と対決したプロキシマの生命体は、母星もろとも完全に死に絶えたというのだろうか〉

それにしては、あまりにあっけない幕切れである。いや、こんなことがあってもいいものであろうか。

艦長A－5は、いまだ一度も見たことのないプロキシマの異種生命体のことを考えた。もはや二度と見ることのない人類以外の高等生命……。

それは、いまの段階に到達するまでに、実に長い年月を要したのにちがいない。やつらが蛋白質《たんぱくしつ》生命か弗素《ふっそ》生命か珪素《けいそ》生命か、いまとなっては推量以外に何の方法もないが、それにしてもひとつの生命が一惑星上にめばえ、進化に進化をつづけて、文明の高みに這《は》いあがってくるまでには、おそらく何億年という年月が必要だったろう。その何億年かの歴史は、わずか数年の戦闘で、跡かたもなく消えて行ったのだ。

〈よそう〉

艦長は首を振った。〈そんなことを考えて何になるというのだ？　生物というものは、すべて自己の存在をおびやかすものを倒してこそ、優位に立つのではないか？　そういう感傷

はいっさい無用なのだ〉

が、そのとき、ふたたび、ブザーが鳴りはじめていた。艦はまたもや艦内うめこみ人工頭脳の管理下にはいり、全機器が動きはじめたのだ。

〈反撃か？〉

艦長は身をひるがえすと、たちまち艦長席にとび込んだ。

計器を見る。が、その目は異種生命探知装置に釘付《くぎづ》けになった。

ない！

どこにも敵の存在の影はないのだ。

しかし、艦ははげしく揺れ、また震動した。敵が存在していようとなかろうと、いま地球戦団は襲われているのだ。

ほんの一瞬、ろうばいした艦長は、しかし、すぐに立ちなおっていた。

いっさいの事情が了解できた。

〈報復だ！〉

と艦長は思った。〈プロキシマ生命体は絶滅した……しかし、彼らの文明の遺産までが消滅したわけではないのだ。プロキシマ生命体が作りあげた報復のための攻撃隊が、いまわれわれを襲っているのだ……〉

そう……すでに存在しない種族の遺産、もはやたたかったところでどうしようもない無数の自動攻撃艇が、餓狼《がろう》のように地球戦団の追尾に迫ってきているのだった。プロキシマ生命体の執念にもにて、その自動攻撃艇の大群は、油断していた地球戦団につかみかかってきたのだった。

　応戦態勢をととのえる間《ま》もなく、地球戦団は片端から撃破されて行った。ようやく陣形を組み終わったとき、戦団はわずか五分の一しか残っていなかった。

　事態はいまや絶望的だった。

〈こんな馬鹿な話があるものか！〉

艦長A－5は狂ったように変動するGに身をまかせながら考えていた。

〈すでに滅んだ種族の遺産によってやられるなど……いったい何のためのたたかいなんだ？〉

また衝撃があった。

艦内の温度はじりじりとすこしずつあがりはじめている。

バリヤーはもうずたずたになって、何の防護の役もはたしてはいない。艦の外被が高熱のため白く光っているであろうことを、艦長はさとった。

どっとドアが破れると、そこから熱風が吹きこんできた。

乗員たちはたちまち苦悶《くもん》の表情をあげて、ヘルメットをかぶったまま計器の中にくずれ落ちた。

〈おしまいだ〉

艦長は突っ立っている。指令室をなめる炎のために、彼の服はぼろぼろに焦げ、プラスチックの皮膚は焼けて、金属の肌があらわになっていた。陽電子頭脳も熱さのために、ほとんど狂わんばかりになっていた。

〈おしまいだ〉

艦長はまた思った。〈私は預《あずか》っていた人間たちを殺してしまった。私の指揮を信頼して乗り込んだ人間たちを死なせてしまった〉

突然、はげしい怒りがこみあげてきた。人間によって生み出され、人間の仲間として教育された最高級アンドロイドとしての誇りがよみがえってきた。

〈しかし……私はやらねばならないのだ〉

炎の中でレバーを引くと、A-5号は位置についた。

〈このままでは、やつらはわれわれ地球戦団を突破して、われわれの太陽系を襲うだろう。そこに残っているのは、わずかな防衛軍にすぎない。プロキシマの遺産は、われわれの故郷を完全に破壊しつくすだろう。そんなことをさせてはならない。決してそんなことになってはいけないのだ〉

地球こそ、かれらと人間の共同のふるさとではなかったか？　ゆたかな緑と水にめぐまれた静かな星、そして地球を中心にひろがる太陽系内の植民地……人間とアンドロイドが協力して作りあげた、彼らの世界なのではなかったか？

　人間は、ロボットを生みだした。生みだされたロボットは、しだいに人間としての形態をととのえて行った。それが人間そっくりのものとして完成された最高級アンドロイドたちであり、かれらは決して裏切ることのない人類の盟友として、協力を惜しまなかった。

　だからこそ、人間たちはこの地球戦団に参加したのだ。創造力と情感ではアンドロイドをはるかにしのぐ人間たちが、みずから機械の一環となって、自己の脳細胞を、最高級アンドロイドの指揮にゆだねてまで、プロキシマとの戦闘にくわわったのだ。

　その人間たちを私は死なせてしまった……A－5号は火の荒れ狂う指令室をちらりと見渡した。

〈まだ、やれるぞ〉

　艦長A－5は、残された力のかぎりをつくしてスイッチを入れた。〈プロキシマの亡霊たちを、ここで食いとめてやる！〉

　茫々《ぼうぼう》とひろがる虚空の中、いまは半身不随になった円盤状戦闘艦の大群を突き抜けて、異形の戦団が矢のように駈け抜けて行こうとしていた。

　突如、地球戦団の一隻が、その行く手に死力をふるって突っかかった。

　おそるべきスピードを持つ、宇宙船どうしの衝突によって、花のような爆発が音もなくひろがった。

一瞬後、地球戦団のすべてが異形の船団にぶつかって行った。

すべてが終わったあと、渺々《びょうびょう》の宇宙空間には、ただようおびただしい残骸が、ゆっくりと拡散して行くばかりだった。

# 最初の戦闘

## 1

「いよいよきみの番が来たぞ」

呼びだされた私を前に、基地司令は静かに言った。「目標はＡＳＳ－一一三だ」

私はにやりとした。

「地下都市ですな？」

「そうだ」

基地司令は指をからみあわせると、机に置いた。「敵のもっとも強力なロボット兵生産工場がそこにあるという情報が入っている。きみの任務は、その工場を破壊することだ」

「わかりました」

「今さら言うまでもないが」司令は唇をわずかにほころばせた。「きみたち分身隊員は現代科学のなし得るありとあらゆる訓練を受けている。分身隊員になれる人間は一万人にひとりかふたり、しかもその適性者を一人前にするまで、二年ちかい年月と、ロケット十数台に相当する費用がかかっている」

「はあ」

私は答えたが、基地司令がなぜそんなことを言いだしたのか判《わか》らなかった。

「おそらく戦闘にかけては、きみたちはまず人間としては最高の能力を持っているだろう」

司令は鋭く私を見た。「だが、きみたちに課せられているのは心理的な耐性だ。きみは何十回も死にまさる苦痛を受けなければならないだろう。死んだほうがましだと思うことが何十回もあるだろう。きみと、きみの分身たちは完全に共通した感覚を持っているのだからな。分身ひとりがやられるたびに、きみはその苦痛を浴びるだろう」

「わかっております」

「だが、きみは決してそれに負けてはならないのだ」

司令は言った。

「きみの本体が狂ってしまうことは、すなわちきみの分身の戦闘能力がなくなることを意味する。いや、きみにかけてきたわれわれの努力は、それですべておしまいになってしまうのだ」

基地司令は立ちあがった。

「では行きたまえ……成功を祈る」

暗くせまい室内はパイロットランプがわずかに明滅しているだけで、死のような沈黙が支配している。壁の計器は、私をのせた攻撃機がいま地下二千メートルの地点にあることを示していた。

「ただいま敵地下都市の直下五百メートル」

機長が言った。

「もうこれ以上は探知される危険があって近づけない」

「結構です……ここから攻撃を開始することにしましょう」

「大丈夫か」

「五百メートルなら岩盤による減衰を考えても充分です」私は微笑してみせた。「分身用意をして下さい」

「うむ」

機長はうなずき、インターホーンにささやいた。

「分身用意」

「……分身用意よろし」

「では」

分身室に入ろうとした私の目が、機長のそれと合った。

「ウィスキーの用意をしてある」機長が言った。「終わったら、ふたりで飲もう」

私は目でうなずいた。私が初陣だということを知っている機長が、それとなしに、私を落《おち》着《つ》かせようとする、その心が一瞬、胸につたわって来た。

分身室に入った私は、まず装備をもう一度点検してみた。バリヤー発生装置、耐熱カバー、反射増幅ヘルメット……すべては完全である。

「用意できております」

オペレーターの声が頭上のスピーカーを通じて聞こえて来た。「分身数と持続時間をお知らせ下さい」

「分身、五十」

私は答えた。「持続時間は……そうだな、三十分間にしてもらおうか」

「諒解《りょうかい》」

「ただいまより位置につく。秒読みをはじめてくれ」

私はヘルメットをかぶり、人体の形をしたくぼみの中に立つと、熱線銃をしっかりと握りしめた。

秒読みの声がひびいてくる。「二十五……二十四……二十三」

いよいよはじまるのだ、と私は思った。この二年間、白兵戦のためのありとあらゆる訓練を受けて来たその成果が、いまテストされようとしているのだ。

分身技術……それはまだわが軍のなかでも最高機密に属していた。

近代の戦争はこのところ、しだいに大規模なものとして発達して来た。ひとつひとつの兵器はますますその威力をたかめ、一時に動員される兵員は増えるばかりだった。

だが……そうした一面ばかりでは、戦いというものは出来ないのだ。

いぜんとして大部隊の行動が不可能な場所や、特別の作戦にあっては白兵戦の能力は必要だった。いやますます重視されねばならなかった。

分身技術はこうした要請によって開発されたものである。ひとりの人間の全身の構造を機械に記憶させ、任意の地点で、そこの空気中の、あるいはその付近にある原子を使って、まったく同じものを複製させるのである。

もちろん、こうしたやりかたによる複製人間は、三十分か一時間もたつうちに、やがて原子結合力が弱まり、身体構造が狂いはじめる。一定の時間がたつと、そのままもとの空気に還《かえ》ってしまう。つまり消滅してしまうのだ。

だが、戦闘に際してはそれで充分なのであった。特定の地点に戦闘員を出現させ、行動を行なわせるまでの間、それが持続しさえすればよいのだ。

しかもこの欠点は、やがて複製を一時に何十、何百体と作りあげることができるようになってほとんど克服された。

問題はその本体である。

こうした戦闘にあっては本体の能力がすべてを決する。本体となるべき人間は徹底的にきたえられ、最高度の戦闘力を身につけていなければならなかった。

それだけではない。本体と各分身の間には、まったく同じ感情、感覚が存在する。各分身をいちじに把握し、かつ、それぞれの分身が殺されるときの苦痛に耐え抜くだけの心理的耐性ができていなければならなかった。

「八……七……六」

秒読みはつづいている。

私は前方の虚空を注視し、自分自身の闘志をかき立てた。

「五……四……三」

やるぞどんなことがあっても……敵のロボット兵生産工場をぶっ潰《つぶ》すまでは……私は目をかっと開いた。

「二……一……ゼロ！」

同時に、私は全身がまるで散乱したかのように感じた。敵の地下都市内部にひろがった五十の私自身の分身を、はっきりと感じとっていた。

## 2

白光が走った。同時に私は身を伏せ、手の熱線銃の曳金《ひきがね》を引く。正面に並んでいた二体の殺人ロボットの頭部が、かっと白熱すると砕け散った。

どこかの門の前らしい。

私は走った。

たちまちまっかなものが私をどっと包み込んでいた。熱膜だ、熱膜にひっかかったのである。耐熱服も何の役にも立たなかった。私は絶叫を残して、その場にぶっ倒れた。


私はコンクリート壁の中に居た。

〈しまった！　壁の中で造成されてしまったのだ！〉

私は腕の熱線銃の曳金を引いた。ゆっくりとコンクリートが溶けているのがわかる。手がらくになるにしたがって、私は腕を動かして熱線銃の向きをかえ、しだいに自分のための空間を作っていった。コンクリートの壁はじりじりと熱を吸いとり、私の身体《からだ》はぐんぐん熱くなってゆく。

〈もう一息だ……あと一息〉

そのとき、コンクリートを抜け、私の身体はらくになった。が、そこはどこか構築物の支柱ででもあったのだろう。たちまち頭上から巨大なコンクリート塊が落下して来た。とびのいたが、右足は潰れた。うめきながら私は這《は》いつづけた。血が流れるにつれて意識が遠くなって行く……。

私は廊下に落ちた。

反射的に私は四方に熱線をお見舞《みまい》してからあたりをうかがった。

大きなカーブをえがいた、はば三メートルぐらいの廊下である。

突然、行く手に十数体のロボットが出現した。銀色にかがやく頭部、手には超音波銃らしいものを持って、あっという間《ま》に近づいて来た。

私の銃が鳴った。たちまち第一列はけし飛んだが、つづいて十数体の第二列があらわれて来た。ロボット防衛隊のまっただなかにとび込んだのだ。と、すると……ここは工場に近いのかも知れない。

私は熱線銃の曳金を引いたまま、ぐんぐんと先へ先へと進んで行った。

不意に背後でかすかな物音を聞いた私は、振返《ふりかえ》ると同時に跳躍していた。移動式の原子分解銃だ！　落ちざまに私の身体はその波にとらえられ、瞬時にして消えてしまっていた。


私は町の中に居た。

悲鳴と叫喚がまじり合って私を包んだ。防護服を着た人々がどっと殺到して来た。

「殺せ！」

声が聞《きこ》えた。「敵の制服だぞ！」

私はバリヤー発生装置に触れた。おぼろな白いもやのようなものが私を包み、突っ込んで来た人々は黒焦げとなり、黒焦げのまましばらく進んでから倒れて死体となった。

私は進んだ。人々が大きな輪をつくりながら後退する。

蜂《はち》の巣に似た住宅にかこまれた広場のようなところだった。

「言え！」

私はひとりの男を追いつめると叫んだ。「ロボット生産工場はどこだ！　言え」

「地、地下の……」その住民は紙のような顔色になって叫んだ。「下部核構造の……」

だが、そこまでだった。天井から降りそそいだ中性子シャワーによって、私は住民もろともその場に即死していた。


私は研究所のようなところに居た。

「敵だ！」

とひとりの技術将校が叫んだ。

「どうしてここへ！」

「とらえるんだ！　とらえて調べ出せ！」

ロボット兵のひとつがショック・ガンを向けた。神経にショックをあたえて昏倒《こんとう》させる捕獲用の武器だ。命中すれば私はこの連中の手にかかり、あるいは分身技術についての秘密をさぐられる糸口を作ってしまうかもわからない。

だから私は相手の動作より早く、みずからに銃を向けていた。バッと噴出する熱線とともに、私の身体は灰に化して床へ崩れ落ちていた。


ひとり、またひとりと仲間がやられてゆくのを私ははっきりと感じていた。やられるたびに私の肉体をその痛みがつらぬいて行く。

だが、それと同時に、私は仲間たちがわずかなチャンスを利用して、敵のロボット兵生産工場を聞き出しているのも共感することができた。

ひとつひとつの情報はごくわずかであっても、いくつも集ってくると、全体の様子は手にとるようにわかるものだ。

私は階段を駈《か》けおり、コンベアーの下をくぐって、下部へ下部へと走っていた。非常事態を告げるサイレンが、迷路のように入り組んだ、ここ生産部門にもひびき渡っている。

いまや、敵の工場の所在地は判《わか》っていた。地下ふかく作られた都市をつらぬく細い円筒形のコアの部分、その下部に敵の生産設備があるのだった。

そしてその構造内部には、幸運にも仲間がふたり、すでに入っている。

とはいえ、私は急がなければならないのだった。ふたりの仲間がはたして工場設備を破壊することができるかどうかは、誰にも保証はできないのだ。そのふたりがやられてしまうまでに私は応援に駈けつけなければならないのである。

仲間の多くが、今私と同じように、地下の大都市を下へ下へと向《むか》っていることが私にもわかっていた。


仲間たちが救援に駈けつけていることは私にも判っていた。

私と、もうひとりの私は、敵に発見されないように注意しながら、機械と機械の間を抜け、自動装置類や自己制御系を横目に、工場の中枢部へとせまって行った。

このあたりは殺人ロボットの影はない。動きまわっているのはみな作業用ロボットばかりで、たとえ人間が入って来ても、何の注意も払わない連中だった。もちろん、だからこそ精密な自動監視機械がその全能力をあげて異物の侵入をキャッチしようとしており、いったんキャッチされたが最後——どっと殺到してくる殺人ロボットの手によって消されてしまうことになるのだ。

私は探知装置をにぎりしめ、ワナがないことをたしかめては一歩、また一歩と入り組んだ機械のジャングルの中を進んだ。

進むにつれて汗がねっとりと防護服の内側に流れ落ちてゆくのがわかる。

私はちらと横手の私を見た。会話をかわす必要はない。心と心で意思は通じるのだ。

私は——いや私たちのすべては——焦りはじめていた。造成されてからこれで十五分、身体が少しずつ変調を来たしていることがわかる。あと五分もすれば私の意識は狂いはじめ、さらに十分もたてば私自身は消えてしまうのであった。

〈急げ！〉

私たちの熱線銃をにぎりしめた手がぴくぴくと震えた。

〈ここだ！〉

ついにひとりが指令装置を発見した。同時に工場の中へ無数の殺人ロボットが殺到して来た。

〈射《う》て！　射て！〉

〈守ってやれ。あいつを守ってやれ〉

〈防げ！〉

私は銃を構えた。十数人の私の熱線銃が火ぶたを切り、ロボットたちの勢いはほんの少しおとろえたようだった。

その間にも指令装置にとりついた私は、防護服のポケットから小型の原子爆弾をとりだすと、みずからの手でそれを仕掛けた。

〈やったぞ！〉

ひとりの私の意識につづいて、私たちのすべてが爆発の高熱のなかで骨まで完全に溶けたのを感じた。

# 3

気がつくと、まわりは暗かった。私ははげしく息をつきながら、くぼみからよろめき出た。

沢山《たくさん》だ。

もう沢山だ。

ひとりの人間がひとつの死を迎えなければならないのは当然のことであろう。

だがひとりの人間がそのシチュエーションに従ってありとあらゆる死とその苦痛を迎えなければならないとすれば……。

これは冒瀆《ぼうとく》ではないのか……神のつくりあげ給《たも》うた人間が、その尊厳をみずから否定することではないのか。

たしかに訓練で私は私自身の死を何度も体験して来た。だが、それはあくまで訓練であり、周到につくられた状況のなかでの心理テストの域を出なかった。今のようにほとんど同じ瞬間に、それもさまざまなやりかたで殺される、そのことはあらかじめ覚悟していたものの、いざとなればやはり耐えがたいショックだった。

死んだ。

私が……五十人の私が、私の中で死んで行ったのだ。

私はシートに腰をおろし、しばらく目をつむっていた。

徐々に、ごく徐々に、私はもとの私にもどりはじめていた。

これでいいのだ。

これが私の任務なのだ。そのためにこそ訓練されたのではなかったか。

常人ならとうの昔に狂っていたであろうこうした状態のなかで、混乱こそしているが、私はここにこの通り、ちゃんとすわっているではないか。

スピーカーはまだ静まったままである。

もう消去の時間は終わっているのだが、まだ何も言わないところを見ると、おそらく私の心境を察して黙っていてくれるのであろう。

私は身体をおこすと、しっかりした声でインターホーンに言った。

「分身作戦完了……所期の目的は達成。敵の地下ロボット工場は指令装置を含めて爆破した」

ドアが開いた。

機長だった。

「おめでとう」

と機長は叫んだ。

「爆発の震動によってきみが成功したのはわかっていたんだ。これできみも一人前だな……さあ、ぼくと一杯飲もうじゃないか」

私はうなずいた。ひどく疲れていた。

これから私は、さらに何十回も何百回も、いや何千回も死の体験をしながら闘いつづけてゆくのである。そのことを考えると……。

だが、私はそんな心を思い切りよく振り払うと、機長に笑顔を向けて言った。

「やりましょう。ウィスキーは久し振りでしてね」

# 最後の火星基地

## 1

　通信将校が持ってきた敵の回答に目を走らせると、連合船団総司令官は、それを黙ってかたわらの参謀長に手渡した。

「拒否ですか」

　一読するなり参謀長は唇をむすんだ。

「このまえの投降勧告のときとまったくおなじ回答です。もはや総攻撃のほかはありますまい」

「……多分な」

　総司令官はつぶやくと、手をうしろに組んだまま、スクリーンに目をやった。

　星々をちりばめた底知れぬ宇宙のくらやみのなか、毒々しい色の火星が浮かんでいる。

　点々とちらばる光は、味方の宇宙船だった。総司令官の命令一下《いっか》、火星にただひとつのこされた敵基地を襲おうと身構えている大船団なのだ。

「勝負はすでにわかっている」

総司令官は誰にともなく言った。

「なぜ降伏しようとしないのだ？　すべての敵の組織は解体された……もはや新科学帝国は太陽系内のどこにも存在してはいないのだ。抵抗したところで、それがいったい何になるというのだ？」

作戦室の誰ひとり口をきこうとはしなかった。総司令官の言葉は、そのまま全員の胸のうちだったのである。

「たしかにあの基地はおそるべき相手だった」総司令官はまた言った。「最初の十年間というものはあの基地のためにどれだけ損害を受けたかわからない……が、いまのわれわれには制宙権も兵力も資材もあるのだ。時代はすでにかわっているのだ。いまのわれわれにとって、あの基地を叩《たた》き潰《つぶ》すのは、赤ん坊の手をひねるよりもやさしいことだろう」

総司令官は目を閉じた。

「だが……わしは惜しい。あの基地にたてこもっているのがどんな連中か知らないが、かれらを皆殺しにはしたくないのだ。それほどの力を持つ人々が、荒れ果てた太陽系の復興に参加したら、どれだけの仕事をするかを考えると……」

「総司令官」

参謀長が低く言った。

「よくわかっております」

総司令官は黙った。夢を見ていたような瞳に光が宿りはじめ、口は一文字に結ばれた。

「やらねばならぬ」

総司令官は背をしゃんと伸ばし、それからするどい声で言った。

「総攻撃開始せよ」


ながい戦争だった。

それは、人類の宇宙開発にともなって必然的におこったものともいえる。

宇宙を開発し植民し、さらに足跡《そくせき》をひろげてゆく仕事——それは最高の科学技術と憑《つ》かれたような開拓者精神があって、はじめて可能な建設作業だった。

おおくの科学者が動員された。動員された科学者は水星や金星や火星で、あるいは小惑星や木星の衛星上で、全能力をかたむけて、自分のつとめをはたしつづけた。

やがて、地球外に都市がぞくぞくと作られ、人々が宇宙へ宇宙へと出て行ったとき、こうした科学者は一種の貴族的な存在になっていたのである。たえまなく生命の危機がやってくる地球のそとにおいては、科学者の指示いがいに安全へのパスポートはない。

人類の植民地が確立されたころ、これらの科学者たちは、いつか身分構造や階層序列のわくのなかにはめこまれていた。あたらしい組織が生まれてきたのだ。

　科学によってこそ、人類はみずからの世界をつくることができる……その考えかたはまたたく間に全太陽系にひろがって行った。やがておなじ主義を持つ人々があつまり、政治団体化して行ったのである。だが、最新の科学に通暁《つうぎょう》した人々の集団へ昔ながらの政治屋が入りこんできたとき、人間のコースは大きくねじまげられたのだった。

　新科学帝国。

　だが、政治屋にコントロールされた科学の国は、もはや最初に意図されていたものではなかった。科学のためというスローガンのもとに、人間は支配され抑圧され、実験の犠牲にさえされるようになってきたのだ。美名のもとにあらゆる残酷な行為が合法化され、それがまた体制を維持する作用をした。反動は簡単に鎮圧され、新科学帝国は羊頭狗肉《ようとうくにく》の専制国家に変質して行った。

　権力は権力をよぶ。

　最初の戦争がおこった。ついで、危機を感じた国々が連合して立ちあがるにおよんで、たたかいは一挙に太陽系全般にわたる大規模なものにかわった。

　はじめのうち、たたかいは新科学帝国がわが有利だった。お手のものの新兵器をあたえられ、自分たちの正当性を信じている人々によって、地球の諸都市も地球外の植民地も電撃的に制圧された。

　だが……人々はやがて新科学帝国の欺瞞《ぎまん》に気づきはじめたのだ。新科学帝国のめざすものがけっして科学による人間の幸福などではなく、むしろ人間を奴隷化し、科学のいけにえにする専制国家にすぎないということをさとりはじめたのだ。すでに本物の良心的な科学者は支配者の手によって消され、科学貴族とは名ばかりの老人や野心家をいただく集団であることを知りはじめたのだ。

かつて新科学帝国のスローガンに共鳴し、その下に組み入れられることに歓呼をあげた人々は、急速に逃げ出していた。あと数十年も新科学帝国が生きのび、そこで徹底的に仕込まれた人々が中核としてあらわれてくれれば、事態はもっとかわっていたかも知れないが、帝国の膨脹《ぼうちょう》は急激にすぎ、みずから崩壊の要素を持ってしまったのである。

反攻勢力はしだいに結束されて行った。ひとつ、またひとつと新科学帝国の拠点は崩れさり、ついにすべてが瓦解《がかい》したのである。

いまやのこっている敵はただひとつ、火星のその基地だけであった。

## 2

スクリーンには何百という光点がひしめいている。

その点のすべてが敵の宇宙船なのだ。数個ずつ群をなしているのは、それが無人艇をひきいる宇宙船であることをしめし、その間隔が少しずつ開いて行くのは、敵が刻々と近づいてくることを意味していた。

衝突はもう十数秒後にせまっている。

「いつもの戦法だ」

いつの間にか総司令官の横にきていた参謀長がつぶやいた。

「この数年間、かれらは一度もあたらしいやりかたをしたことがない。どうしてだろう……なぜ敗れるとわかっている戦法をとるんだろう」

総司令官はかすかに眉をひそめて参謀長を見た。が、何も言おうとはしなかった。それを考えるには、決戦のときはあまりにも間近に迫っていたのだ。

〈あとで考えよう〉と総司令官は思った。〈そんなことはたたかいの終わったあとで考えればいいことなのだ〉


宇宙空間にミサイルが流れた。それは永遠の暗黒の中、最後のたたかいをいろどるように花を開いた。

ふたつの船団はいま、それぞれ電磁バリヤーをはりつめたまま、すさまじいスピードで接近しつつあった。攻撃側は集結して円錐型をつくり、敵は網を張るかのように散開して相手を押し包もうとしていた。

何万ものプラズマが虚空に散り、何億のレーザービームが交叉《こうさ》した高熱の渦のなかにおたがいのバリヤーが触れあって、目もくらむばかりの閃光《せんこう》をつくり、溶けた金属が飛沫《ひまつ》となってひろがってゆく。

が、つぎの瞬間、すでに勝敗は決していた。攻撃側の船団はその一部を失っただけで、敵の網を突破していたのである。規模の小さな船団にたいしては必殺の罠《わな》である包囲網もこれだけの大船団にたいしては、ほとんど威力を発揮しなかったのだ。

しかし、ほっと息をつく間もなくつぎの迎撃陣が船団を待ちかまえていた。

ふたたびプラズマが交錯し、レーザービームが宙を掃いた。包囲網は潰滅《かいめつ》し、船団は火星のすぐそばまで近づいていた。

そしてみたび——。


「またあらわれたのか！」

総司令官はスクリーンから目をはなすとさけび声をあげた。

「何という奴《やつ》らだ。こんなことが何回もつづいた日には——」

「いや……ちょっと待って下さい」

スクリーンをみつめたまま、参謀長が総司令官を制した。

「どうも様子がおかしい。敵は浮かんでいるだけのようです」

「まさか」

「いえ本当です」

べつの参謀が応じた。

「たしかにあの戦団はすこしずつ動いてはいます。が、ぜんぜん統制がとれていません。まるで、基地から自動的に打ちあげられたものの、そのまま宙にただよっているという感じです」

「………」

作戦室の全員が声もなく顔を見あわせたときである。

突然、壁のスピーカーが鳴りはじめた。

「緊急連絡が入りました」

連絡将校の声だった。

「さきほどの交戦宙域を掃討中の第五船団が、敵宇宙船を多数捕獲したという報告がありました。それによれば敵宇宙船の乗員は……」

「どうなのだ？」

「いずれも五歳から八歳ぐらいの子供だったそうです」

「子供だと？」

ひとりがさけんだ。

「馬鹿な！　宇宙船が子供に操縦できるものか」

「私もそう言ったんです」

連絡将校の声がかえってきた。

「でも……事実でした。それどころか乗員の四割が女の子だったということです」

「女の子？」

「はい」

「で、その子供たちは」

総司令官が早口でたずねた。

「どうしたのだ。保護したのか？」

「いいえ」

「まさか……」

「かれらは全員自決していたそうです」

連絡将校の声がくもった。

「どうにも手当てのしようがなかったということでした」

重苦しい沈黙が室内に満ちた。みんな、何となくうしろめたいものを覚えていたのだった。

たとえ相手がパイロットであり戦闘員であったとしても、それが小さな子供だったということはやはりショックだったのだ。

と、すると……いま行手《ゆくて》にひしめいている宇宙船には誰が乗っているのだ？

「いそごう」

不意に総司令官があらあらしく言った。

「あの船団に接近し調査するのだ」


その船団は火星から三千キロのあたりをゆっくりとただよっていた。調査船が近づいても、その船団からは何の反応もなかった。ばらばらになって宙にうかんでいるどの宇宙船も、エアロックを開いたまま、むなしく船内の灯《も》を洩らしているばかりだったのである。

宇宙船内部に人間がいないことは確実だった。あきらかに新科学帝国最後の基地は戦闘員を使いはたしてしまったのだ。ひとりでに打ち出された宇宙船は、操縦者もいないままに宇宙空間をさまようほかなかったのだ。

いまはもう見るべきものもない。数千隻のロケットは噴射焰《ふんしゃえん》を曳《ひ》きながら、赤さびた火星の地表へと降下して行った。

## 3

かつて多くの人々が暮らしていたであろうドームのなかの都市には、いま音もなく荒廃がしのび寄ろうとしていた。ロビーや個室や廊下にはいぜんとして淡い灯がともり、エア・コンディションはまだ動いていたが、人間の姿はどこにも見られなかったのである。

だが、まだ工場は動いていた。地下ふかくえぐられた巨大な生産工場は、まだ住民がいるかのように、ひとりでに食品や武器を生みだしているのだった。

総司令官は参謀たちと一緒に、いまは遺跡にも似たその工場を見てまわった。複雑にからみあった機械やダクトや導線の類《たぐい》は、一種ぞっとするような迫力を、まだなまなましく抱いたまま、無心にはたらきつづけているのだった。

基地は、地下へ地下へと幾層にもつくられていた。

「もう上へあがろうじゃないか」

総司令官が提案したときだった。

どこかで、かすかな声が聞《きこ》えてくるように思えたのである。

それは、まるで赤ん坊が泣くような声であった。それも、ひとりやふたりではなく何百人という赤ん坊が泣きたてているような声なのだ。

「まさか」

顔を見あわせてひとりが言った。

「こんなところでそんなはずが……」

「待て」

参謀長が工場の隅にある赤色に塗られたドアを指した。

「あのあたりから聞えてくるような気がするぞ」

どっ、と全員がドアに走った。力をこめて押すと、それは簡単に開いた。

階段だった。そしてその下からはまぎれもなく赤ん坊の泣き声がひびいてくるのである。

無言で、みんなは走りおりた。

やがてうねうねとつづく階段の最後の段を蹴ってバルコニーのようなところへ出、眼下にひろがるものを見たとき、かれらは思わず棒立ちになったのである。

そこは、透明な壁でいくつにも分割された巨大なフロアだった。

いちばん手前のブロックには、ようやく歩きはじめたくらいの赤ん坊が、何百人となくつたい歩きをしている。

右手のほうではもう少し大きな幼児たちが、そのずっと奥には生まれて間もない赤ん坊がずらりとベッドに横たえられているのだった。もはや誰も世話する者もないらしく、大声で泣きわめいている。いや、よく見ると泣いているのはごくわずかで、あとはもはや声も出ないのかひっそりと横たわったまま——大部分は死んでいた。

「あれは！」

だしぬけに参謀長が胴間声《どうまごえ》をあげ一番むこうのブロックを指した。

そこにあったのは、ミルク色をした高さ一メートルぐらいの円筒だった。

まわりにはいくつも管がからみついていて、なかに何かうす桃色のものが浮いている。そんなものが何千もならんでいるのだった。

「あれは何だか知っていますか?」

参謀長は、うわずった声でわめいた。

「あれは人工子宮ですよ!」

「人工子宮?」

「そうです」

と参謀長はあえいでいた。

「あの筒のなかにあるのは発育中の胎児なんです。そしてあの筒のむこうにならんだ箱が何だかわかりますか? 冷凍保存された受精卵なんですよ! ここの、この汚ならしい連中は、人間をこんなやりかたで育てて戦士に仕立てていたんですよ!」

「…………」

「ここで育った連中は、おそらく父とか母とかいうものさえ知らなかったでしょう」

参謀長は唇をゆがめた。

「そしてものごころつくや否《いな》や、戦闘員としてだけの訓練を受けさせられたんだ。ほかのことをいっさい教えず、ただたたかいのための、死ぬための知識さえあたえるなら、誰だって五歳で宇宙船をあやつることはできますよ」

総司令官はだまって参謀長の言葉に聞き入っていた。

それですべてつじつまがあう……と総司令官は考えた。何度もなんどもおなじ戦法しか使わなかった戦闘員……おそらく、もう小さい子供に教えるのはエキスパートのおとなではなかったのだろう。

そして、小さい子供を乗せた宇宙船、その子供さえ乗せていなかった宇宙船……子供の成長よりも消耗のほうがはげしかったためのとうぜんの結果なのだ。

「すぐに、この子供たちを助けだそう」

総司令官は言った。

「まだいくらかは助かる見こみがある。われわれはこの赤ん坊や幼児に人間らしい教育をあたえてやらねばならぬ。それがわれわれの義務なのだ」

「……わかりました。さっそく部下たちに命令します」

どうやら多少はおちついたらしい参謀長は重い吐息をついて言った。

「これが戦闘国家というものかも知れませんね。たたかいのため、勝利のためにすべてが組織化されている……でも、考えてみれば、まだ事態はよかったのかも知れませんよ」

「よかった？　事態が？」

総司令官はおどろいてたずねた。

「なぜだ？」

「ここに生まれ、ここで育てられた子供こそ、新科学帝国の中核になるはずだったんですよ」

と参謀長は答えた。

「もしもそうなっていたら世界は……」

「人間のものではなくなっていただろうな」

総司令官が言った。

# 防衛戦闘員

## 1

　食堂に足を踏み入れると、周囲の市民たちがはっと身をこわばらせるのがわかった。みんなぼくの姿に恐怖をおぼえながら、そのくせそうした気持《きもち》を、何とかおもてにあらわすまいと努力しているようであった。

　が、そうした反応にぼくはなれている。どんな都市へ行っても、防衛戦闘員というものは、いつもおなじような態度で迎えられるものだ。

　あたりの雰囲気にはかまわず、ぼくは手近なテーブルに席を占めると、給食係員に合図した。

「いらっしゃいませ」係員の声は少しふるえていた。「何をさしあげましょうか」

「要員食」

「承知いたしました」

　料理はすぐに来た。重要な任務にたずさわる人々のために、特に作られた食事である。味はそれほどよくはないが、食品としては最大の効率を持っている。

　ぼくは食事をとりながら、食堂の中がへんに静まり返っているのを意識した。市民たちは、ぼくの一挙一動をじっと見守っているのである。

　たしかに、ぼくの容姿はふつうの人間とはかけはなれていた。外部から見ただけでもぼくの肉体のうち、自然のままに残されているところはほとんどないのだ。頭蓋骨《ずがいこつ》は耐熱ステンレス・スチールと断熱材の積層板に置きかえられているし、眼球は強化された上に増幅眼に包まれ、筋肉はすべて加速能力をあたえられていた。いやそればかりではない、数時間の呼吸停止に耐えられる装置、機器を指揮するため、全身に植えこまれた発信装置などを見れば、人は誰でもぼくをロボットの一種と思うに違いないのだ。

　しかし、こうした異様な形状をした装備こそが、ぼく自身の能力を保証し、都市の安全を保障するシンボルなのである。こうした姿でない、防衛戦闘員などというものはありえないのだ。だからこそ、われわれはどの都市においても、市の管理委員と同等の格式と権限をあたえられるのだが——しかし、それがかえって一般の市民に、複雑な感情を持たせることになるのは、どうしようもないことだった。

　手早く食事をすませて立ちあがろうとしたぼくは、そのとき自分のテーブルにひとりの老人がついたのを見て腰をおろした。

　ぼくは何かいおうとしたが、しかし自分の職務を考えて、相手がいいだすのを待つことにした。

「お話しさせていただいてもいいでしょうか、防衛戦闘員さん」

「……どうぞ」

「ありがとう」

老人は微笑した。

「実は──私の息子も、いま防衛戦闘員になっておりますので」

「…………」

「息子はいま、どこの都市を担当しているのか、私には知らされていません」老人は首をふった。「しかし、防衛戦闘員のかたを見るとついなつかしくなってしまって……」

「そうでしょうね」

ぼくは冷静に答えた。

「防衛戦闘員は、自分の配属先や、本当の氏名を他人にいってはならないことになっていますから……でも、きっとどこかで元気にたたかっていますよ」

「ありがとう、ありがとう」

老人は目をしばたたいた。「でも、私は息子に会ってもわからないかもしれません。防衛戦闘員がみんなあなたのような姿になるとしたら……」そこで、ぼくに悪いと思ったのか、急に話題をかえた。「ところでお伺いしますが、敵は本当にこの都市にむかって攻めてくるのでしょうか」

「それは何ともいえません。でも、心の準備だけはいつでもしておいて下さい」

「…………」

「再三、放送で申しあげているように、敵軍の主力はロボットです。いったんこっちが崩れれば、都市は完全に破壊され、生物は皆殺しになるでしょう。ご自分のためにも、訓練どおり動けるよう準備していてください」

「……わかりました」

老人はいった。ぼくの話がきまり文句になってしまったのが淋《さび》しそうだった。

ぼくは、何とか相手を力づけるようなことをいってやりたかった。が、それ以上いうことはぼくには許されていないのである。


食堂を出たぼくは、防衛機構の点検をかねて都市をまわった。といってももちろん、全部を見てまわるわけではない。そんなことをしていたら何カ月もかかってしまう、それほど都市は大きいのだ。

現代の都市は、昔のようにでたらめで雑多で平面的なものではない。それはそのままドームと、地上から地下まで数百のレベルを持つ巨大な構築物なのだ。内部にはベルト・コンベアもあれば、学校も公園も、さらには工場や娯楽施設もある。いわば、都市自体がひとつの有機体なのだ。人々は人工照明のもと、都市で浄化された水をのみ、都市で調整された空気を吸って生きている。

おそらく、今の人間は都市をはなれては一日も生きることはできないだろう。都市の快適な環境になれ、都市の生活様式になじみきった人間は、自然の中では決してひとり立ちできないだろう。

それがいいことか悪いことか、ぼくが考えてもしかたのないことだ。

ただ——ぼくにはいえる。だからこそ都市は、どんなことがあっても破壊されてはならないのだ。ひとときおり重要なブロックを見てまわり、最上階までやって来たぼくは、展望窓から外を眺めた。

ひろがっているのは一面の森林だ。その間にところどころ他の都市の大きなドームが盛りあがっている。澄んだ空にはひとつ雲が浮かんで——。

ぼくはそうした風景にしばらく心をうばわれていた。そう、防衛戦闘員を志願する以前には、よくこうした展望窓から外を眺めていたものであった。

## 2

時代はかわっていた。

かつて人々は、水爆や中性子爆弾の恐怖におびえていた。ほんのささいなあやまちによっても、いつ人類が絶滅するかわからなかったのである。

だから戦争がおこったとき、人々はすべてがこれで終末だと信じたのである。今のところは局地戦だが、まもなく全面的な最終戦争に転化すると考えたのだった。

しかし、いつの時代でもそうであるように、ひとつの型の武器というものはそれが表看板になったとき、もはや本物の武器ではなくなっている。

偶然かそれとも意志の結果によるのか、人類絶滅のための兵器は、敵も味方もいまだに使用していなかった。むろん、いつ頭の上で最終兵器が花開くかわからないという恐怖は残っていたが、たたかいは、いつか永続的な局地戦の匂いを帯びはじめていたのである。

主役はロボットだった。ロボットの消耗戦がはじまっていた。人間の形をしたロボットや、機械に人工頭脳を組み込んだロボットがいたるところで激突した。

このままなら、戦争は単なる無人機器の衝突がつづくだけだったろう。しかし、戦争は時間とともに、そのおそるべき本質をあらわしてゆく。

量において圧倒的優位を誇る敵軍は、やがてしだいにわが連邦の領土に侵攻しはじめていた。ありえないはずのことだったが、ふたたびロボット軍団は、人々の住む都市をひとつひとつ完全に破壊していったのである。

それは、機械による大量殺人そのものであった。ロボットはまだうめいている女の頭を叩《たた》き割り、泣きながら逃げる幼児を黒こげにし、すべての設備を踏みつぶした。いったん破壊された都市に、生存者を発見することは奇跡に近かった。

しかもなお――好個の目標にもなりながら――都市の移動は不可能だった。昔なら人々は簡単に都市を捨てて逃げたであろうが、今ではそんなことは妄想にすぎなかった。

都市は――そう、守るほかはないのだ。

連邦政府はこのために、それまでひそかに準備して来た防衛戦闘システムを、一きょに実行に移したのである。

都市は専門家の指導のもとに、防衛機構をみずから備えることになった。ロボット軍団を潰滅《かいめつ》させないまでも、本物の軍団がやってくるまでの間、都市自身を支えるだけの武器を備えつけたのだ。

その防衛機構をあやつるために、高度の能力を持つ強化人間が、都市にひとりずつ配属された。

それが防衛戦闘員である。

「きみたちは万能でなければならん！」

ぼくたち訓練生を並べて、教官ははげしくいった。「きみたちはひとりで、かつての十個師団以上の威力を持つ防衛機構をあやつるのだ。人間の組織にたよるより、機械を組みあわせた機構のほうが、はるかに高能率であることは誰でも知っている。が、機械だけでは最終的な判断はやれない。たとえやれたとしても、それが正しい結論であるとは限らないし、万一機構の一部をやられでもしたら、とたんに無能力になる。だからこそ、きみたちが最終的に責任を持つのだ！」

ぼくたちはありとあらゆる訓練を受けた。人間わざでは到底不可能と思える力を身につけたが、それは第一段階にすぎなかった。

「機械が高度のものになればなるほど、あやつる人間もまた高い能力を持たねばならないのだ」教官は叫んだ。「きみたちは、数百人の第一級の技術者の能力を一身に持たねばならないのだ！」

ぼくたちは科学の粋をつくした人間改造を受けた。赤外線を見る能力、ふつうの人間の三倍ちかいスピードで動ける能力、致命的とも思われる打撃にも平気な肉体。一瞬に数千の計器を読みとる力などが、生身《なまみ》の肉体と、機器の結合によって作られていった。すべての防衛機構が、やがて自分の意思ひとつで手足のように動くようになった。

実にさまざまな責め苦がぼくたちの上にくわえられた。訓練生の幾割かは脱落するか死亡するかしたが、ぼくは決してへこたれはしなかった。ぼくははじめから都市の防衛戦闘員をこころざしたのだ。それが、ぼくの連邦に対する義務である以上、なにがおころうともやり抜くのが当然であった。ぼくたちがやらないで、いったい誰がやるというのだ？

# 3

はっと気がつくと、頭蓋に仕込まれた受信装置がひびいている。都市外殻にある自動監視機が通報してくるそのパルスは、あきらかに敵の接近を意味していた。

同時に右腕にはめた輪が、一瞬、複雑な収縮をした。わかっている。都市群統合司令部からの行動開始命令だ。

来たか！

ぼくは舌で奥歯のひとつを強く押した。またたきするかしないかのうちに、ぼくの頭蓋から発信された電波は手近な防衛機構作動部にとび込み、あたりには非常サイレンが鳴りはじめていた。市民たちはサイレンを聞くが早いか、退避行動に入るはずだ。

思いきり深く息を吸う。ぼくの全身の全装置のスイッチが入った。

走る。

ぼくの姿はふつうの人間には見えないほど速いはずだ。ふつうなら空気との摩擦で燃えあがるだろうが、強化皮膚だからびくともしない。

エレベーターに乗ってのんびりとくだっているわけには行かないので、ぼくはいちばん手近なエアシュートにとび込んだ。

落下。

ごうっと吹きあげてくるのを感じながら身体《からだ》をちぢめ、まりのようにする。

ショックは思ったほど強くはなかった。

そのまま、最下階の指揮室にとび込む。

室内のスクリーンはすでに、刻々と近づいてくるロボット軍団を映し出していた。二十数面のスクリーンの図柄を頭に叩き込むと、頭の中に敵の全貌があらわれる。それほどたいした部隊でもない。ミサイルロボットと、レーザー網ロボットを主力にした軍団だ。はやくも都市のまわり十キロ付近では、敵のミサイルが爆発していた。都市のまわりに張りめぐらされたバリヤーによって妨害されたらしいが、この程度のことはちょっとした小当たりにすぎない。

ぼくは計器群を読んだ。

すべて正常。

まず、軍団のまんなかに高熱弾をぶちこんでやった。一瞬、二千度近い焔《ほのお》のかたまりが、ヤツらのあいだを駈《か》け抜けてゆく。

ロボットたちはますます接近してくる。距離四十キロ……三十五キロ……ぼくはかれらの意図を了解した。ヤツらはこの都市に直接侵入して叩き潰《つぶ》し、ここを基地にしてまわりの都市群を破壊する考えなのだ。

バリヤーを二重にした。こちらがわからは都市のロボットがいっせいに立ちむかってゆく。火器がいっせいに動きだした。が、敵ロボットのところまで到達して火を噴く前に、一発で吹っとばされてしまう。

畜生。

はやくも敵と味方のロボットの衝突がはじまっていた。お互いに武器で攻撃しあい、手持ちのものがなくなると、みずからジェット噴射で突っ込んでゆくのだ。

が……敵のロボットの数はじりじりと増えはじめていた。こちらに全力をあげてぶつかり、まずここを廃墟《はいきよ》にするつもりなのだ。ざっと七千から八千体はある。このままでは都市ロボットは全滅だ。

ミサイルを六次にわたって浴びせたが、ヤツらはいっこう平気だった。超高熱外被を持つ重量級のロボットには、ナパーム弾では役に立たない。

金属融解液を充満させたカプセル・ロボットを発進させてみたが、これも効果がない。

敵が横一列にかわった。ロボットの攻撃方法としてはもっとも普遍的な進みかたであった。少しずつ、少しずつぼくのあやつる防衛機構は圧迫されはじめ、ぼくは焦りはじめた。何とかしなければならない。都市の防衛機構などというものは往時のロケットに似ている。引力圏を脱出するまでは、しゃにむに燃料を消費しなければならないのだ。敵に打撃をあたえて出足をくいとめる、それだけの力しかないのだ。一回限りであとはないのだ。

敵は平然と近づいてくる。五分の一はやっつけたが、それらはみな直撃弾をぶっつけたからにすぎないし、全部に直撃弾をあたえるほどこちらは余裕はないのだ。

十キロ……八キロ……七キロ……敵はますます近づいてくる。

今だ！

ぼくは最高スピードで、全力をあげて発進ボタンの群を叩いた。

「十三ブロックの外殻が大破されました」

合成音がひびく。一部がバリヤーを破って侵入して来たのに違いなかった。

火器を集中してやる。その方面の敵はとまったが、別の方面からまたロボットの大群があらわれて来た。

新手だ！

部屋のあちこちで警報が鳴っている。都市の外殻が次々とやられているのだ。

目をあげたとき、さらに別の新手が黒煙のなかを無表情に進んでくるのが見えた。

もはや、敵の兵力はこっちの防衛機構の力ではおよびもつかなかった。敵はこっちの力がつきるのを待って、踏みつぶそうと何段にも分けて進んで来るのだった。

歯をくいしばり、それでも最後のミサイル・シャワーを浴びせようとしたぼくは、思わず小さく叫んでいた。

わが軍団だった。本物の軍団だった。間に合ったのだった。上空から逆噴射をやりながらどっと降りてくる。何千か、何万か……空もくらくなるほどだった。

敵の進撃がとまり、やがて後退しはじめていた。

# 4

「たいした被害もなくて本当によかった」

ぼくと一しょに各レベルを見てまわりながら、市の管理委員はいった。「防衛機構は正軍団の手で再整備ちゅうだし、外殻の修理はあすには終わるだろうと思う」

ぼくはうなずきながら歩いていたが、ふと破壊された一角で足をとめた。そこは個人用住居だった。古びたドアは開け放たれている。

なつかしさに耐えながら、ぼくがそのこわされた住居を見ていたとき、市民たちがきょうのたたかいで死んだ男の身体をはこび出して来た。

ぼくの胸がふさがった。

男は――あの老人だったのである。

不意にはげしい後悔が胸をしめあげた。なぜあのとき、ぼくは真実を告げなかったんだろう。ぼくは偶然にも今度は、自分の生まれ育った都市に着任したのですよ、となぜいわなかったのだろう。あなたの息子はぼくなのですよ、となぜ――。

だが、ぼくはゆっくり息をついて防衛戦闘員にたちかえると、横の管理委員にいった。

「行こうか」

# 最終作戦

## 1

地球連邦の巨大なテーブルをかこんだ各国の代表たちは、もう長いあいだ黙ったままであった。

「やはり、最終作戦をとる以外に、地球人類が助かる道はない」

沈黙に耐えかねて、ひとりがいった。「みなさん、どんなものでしょう。わたしはこれ以外に方法はないと思う」

「お説ですが、やはりそれだけは承服しかねます」

別のひとりがさえぎった。

「最終作戦を実行することは、われわれの精神的な遺産をすべて失うことです。いや――われわれの母親を殺すも同然のことなのです。そんな極端なことをしなくてもひょっとしたら――」

「ひょっとしたら？」

さらに別の代表が皮肉にいった。

「何か天の助けでもあるとおっしゃるんですか？　われわれが助かり、地球も無事ですむという、そんないい案があるのなら、ぜひおうかがいしたいものです」

「よしたまえ！」

　はじめの代表が突っ立った。

「もはや、一刻もぐずぐずしてはいられない。われわれがこんなことをやっている間に、奴《やつ》らはおそるべきスピードで地球をおかし、人々を殺していってるんですぞ。一分の遅延は、それだけ、人類の減少を意味する。すでにアジア・ヨーロッパの大半と、アフリカは奴らの手に落ちた。さきほどの連絡では、南アメリカの南端に、奴らが侵入したということです。このままでは手遅れになります。即刻、作戦を実施すべきだと考えます——議長！」

　その代表は、議長席に目をやった。「ただちに採決に移ることを提案します！」

　人びとは重いため息をもらした。いずれは採決をとらなければならないこと、そうなれば最終作戦をえらばざるをえないということは、誰もが知っていたのである。

「——しかし」

　突然、ひとりの代表が、歯がみをしながら叫んだ。

「なぜだ？　なぜわれわれ人類が、あんな低級なアメーバのような奴らのために、こんな目にあわなきゃならないんだ？」

　みんなの顔に動揺が走るのを——だが議長は冷静に無視して、いった。

「採決に移ります」

二〇××年――。

それは人類史上最初の、しかも最悪の災厄であった。

はじめ、事態は何でもない、つまらぬことのように思えた。どこからともなく飛来した隕石の、その内部からどろりとした粘液状のものがあらわれたとき、これもあるいは宇宙生物の一種であろう、てきとうに飼育してみるのもおもしろい、と考えただけなのであった。というのも、もうそのころには、宇宙開発は大はばに進展しており、太陽系内のあちこちには、いくつかの基地ができていて、火星や金星などに、数種類の原始的な生命体が存在することがわかっていたからである。

だが、やがてその物体は、おそるべきスピードで分裂し、増殖をはじめたのであった。それも、ある程度の大きさになると、風に乗ってどこへともなくただよって行き、目につかぬところで繁殖をつづけたのだ。

それは、大気中の水蒸気と、日光さえあればどこでも増えるらしかった。知能らしいものはひとかけらもなく、ただ、どんどん増えていくばかりだった。

やがて、人々が町や野や山のあちこちに、この宇宙アメーバの大集団を見かけるようになってきたころ、最初の惨事がもちあがった。

人間がおそわれたのである。さながら、うす緑の小山のように移動する宇宙アメーバの通過したあとには、かならず、水分を奪われて、からからになった動物の残骸が散らばるようになった。

人間たちはあわてたが、もうあとの祭りであった。薬品や熱や、ありとあらゆる対策が講じられたが、宇宙アメーバの圧倒的な増殖力には勝てなかった。

村が、町が、都会が、そして国が侵されていった。地球上のすべての陸地にひろがり、海を押し渡って、宇宙アメーバは侵略をつづけた。この盲目的で無意味な進攻のために、すでに世界人口の三分の二以上が失われていた。もはや、最終的な作戦以外にとるべき方法はなく、それは地球連邦の決議がありしだい、いつでも実行されるようになっていた。

## 2

連邦の決議とはいえ、出撃指令のボタンを押したとき、司令官の胸の底にも、はげしい悔恨が湧きあがってきた。もう取り返しはつかないのだ。結果がどう出ようと、このままなりゆきにまかせるほかはないのだ。はたしてこれでよかったのだろうか、という気持《きもち》を押《おさ》えることができなかったのである。

「司令、応答がありました。最終戦闘隊は行動を開始します」

司令官はかすかにうなずいた、どのみちこれ以外に方法はないのだ、これでいいのだ。そう自分を納得させると、かれは部下とともにドアを押して、宇宙空港にむかうタービン車に乗り込んだ。


凍結した原野には、あつい雲がたれこめ、風が旋回をつづけている。

地平線をおおってあらわれた無数の金属体が、やがて重いとどろきとなって、一面に移動していた。

特殊鋼と絶縁体の数重層におおわれた中枢装甲車のなかで、AAA・2はまじろぎもせずに前方をみつめていた。

「目標点まで二〇〇キロ」

S・13が報告する。

「前進速度を時速六〇キロにおとせ。散開包囲14号隊形」

ただちに、圧縮変調された指令電波が、全隊の指揮機に飛んだ。装甲車に乗り込んだ二十万のロボットが、一糸みだれず、しだいに間隔をひらいていった。

「目標点まで一九〇キロ」

S・13が報告する。AAA・2はプラスチックの細い繊維をたばねてできた指を、音もなく指揮盤にのせた。

探知ロケットが発進し、一瞬後には、黒点となって視界から消失した。

（……敵を発見……形状・不定……員数・かさなりあっていて不明……範囲・径八キロ四方・刻々拡散中）

ロケットの報告に応じて、ＡＡＡ・２の照合機が、ディジタル出撃指令書を走査してゆく。

（色・うすみどり……粘体……約五分の一がただいま飛翔《ひしょう》……レーザー……効果なし……化学弾効果なし……超音波・影響なし……次の）

報告が、ふっととだえる。破壊されたのだ。

「ＡＡＡ・８からの連絡要請です」

Ｓ・11だ。

「つなげ」

「こちらＡＡＡ・８。北アメリカ・ニューヨークにあった、最終戦闘隊総合指揮機ＡＡＡ・１は破壊された。各軍団のＡＡＡ級指揮機は、即刻、自主判断回路をとれという連絡があった」

「回路切りかえ終了した」

「アフリカの第５軍団と、南アメリカの第７軍団は全滅のもよう」

「了解」

「第８軍団は、本ＡＡＡ・８の指揮のもとに、これより日本列島において突撃状態に入る」

「了解。勝て」

「終わる。勝て」

ＡＡＡ・２は、三トンの身体《からだ》をおこし、圧縮変調発信機にすばやく指示を送った。

「19号隊形。全速。ＡＡ・１からＡＡ・40までのＡＡ級指揮機は、配属した全爆裂弾を解放せよ。ＡＡ・41からＡＡ・80までのＡＡ級指揮機は、立方陣をつくり、敵を潰滅《かいめつ》せよ。機能外の事態をのぞき、全判断を委託する」

二十万の戦闘ロボットの、その十万が風をきる鉄壁となった。あらゆる化学的、物理的刺激に対する応戦準備が完了した。残る十万が、結晶格子さながらに、無数の金属塊となり、一定の間隔を置いてつづいた。

雲がきれた。

陽《ひ》が荒れはてた野に、細いベルトをつくった。行手《ゆくて》にうすい緑色の山があらわれた。ふくれ、息づき、輪郭がさだかでないのは、構成体がそれぞれはなれて浮きあがったり、もとへ戻ったりしているからだ。

突然、その山がくずれた。

べたべたの侵略者たち、意識らしい意識のない大集団が、荒れくるう怒涛《どとう》となって襲いかかってくるのだ。仲間の山から、すべり降り、舞いあがり、かさなってひしめき、津波となってロボットめざして殺到するアメーバ状の数億のうす緑の粘体。

ふたつの集団の距離がちぢまった。原野の色が奪われていった。地上をいくもの、空を翔《か》けるもの、ことごとくが、巨大な、声のない衝突となった。

瞬時に、白光がいたるところで閃《ひらめ》いた。そのえぐられた土を、緑のアメーバと金属体がただちにおおった。

二つの色が、まざりあい、境界線がまがり、入りみだれ、やがてひとつの模様となった。特殊鋼が有機体を踏みつぶし、みどりの肉が金属体のすきまからすべり込んだ。金属がゆがみ、アメーバが泥になった。

突然、緑の山がふくれあがり、体積が倍ちかくなったと思うと、その一部が、塊のままぶつかってきた。ロボットは戦い、相手をつぶし、砕き、焼きはらうが、やがて、作動障害をおこし、肉塊の中へのめり込んでいく。

ＡＡＡ・２は指揮盤に手を触れたまま、この闘争をみつめていた。

「連絡を要請せよ」

「要請します」

「全軍団の動向を聞け」

「聞きます」

すべてのＳ機が、いっせいに動きだした。

「ＡＡＡ・１、応答なし」

「ＡＡＡ・３、指揮盤を破壊され混戦中」

「AAA・4、応答なし」

「AAA・5、返事ありません」

「AAA・6、おなじ」

「AAA・7、捕獲され、破壊されました」

「AAA・8、返事なし」

「AAA・9、応答なし」

「AAA・10、連絡つきません」

「戦闘能力保持軍団……中国大陸の本第2軍団以外まったくなし」

AAA・2はセラミックスの貌《かお》をあげた。

「決定的戦闘隊形用意」

「用意します」

「全員交戦。AA・80隊に中枢車防備をまかせ、ほかはみな、完全破壊態勢」

ロボットたちの全身が、かっとかがやきはじめた。

「二分以内に、全エネルギーを傾注せよ！」

残ったロボットの、手持ちのすべての能力が、いっせいに侵入者めがけてぶちこまれた。

能力がつきるとともに、わっとからみついてくるアメーバの大群をかかえたまま、ロボットたちはあらんかぎりの高熱を発し、一体、また一体と蒸発した。

太陽のどまん中にもにた、沸きあがる熱気の中で、みるみる周囲の混乱が整理されていく。ロボットは自己の蒸発とともに、何千何万のアメーバを道づれにした。

二分後、ロボットのほとんどが消滅し、AAA・2の装甲車のまわりには、五十体のロボットしか残っていなかった。

敵の影もほとんど見えない。遠く、小さな塊があちこちにころがっているだけだ。

と、その小塊が、すこし、すこしずつふくれだした。はじめはゆるやかに、ついでぐいぐいと膨脹《ぼうちょう》をはじめた。いったんは全滅しかけたものの、侵入者たちは、たちまち分裂して成長し、増加をはじめたのだ。狂気のように、個体は個体を生みつづけ、みるみるひとつにまとまって、山となっていった。

AAA・2は、それを見ていた。

敗北であった。

相打ちによって、すくなくとも自分にあたえられた目標は片づけたつもりだったのに……

AAA・2の思考回路の中を、ふと生物のような無念の感情が走り抜けた。

敵は、いぜんとして膨脹をつづけている。もう攻撃前とあまりかわらないくらいの規模にたっしていた。

戦いをつづけるほかはなかった。

AAA・2は戦闘用に作られた指揮ロボットであった。敵がいるかぎり、自分に戦闘力が残存しているかぎり、たたかうほかはなかったし、それ以外の行動は考えられなかった。

「突撃！」

五十体のロボットとともに、ＡＡＡ・２は全速で、うす緑色の山に突っ込んでいった。

巨大なぬれ雑巾をたたきつけるように、アメーバが殺到してきた。

五十体のロボットはたたかった。どろどろの有機物にとりかこまれ、金属板のすきまから入りこまれながら、それでも抵抗をやめなかった。

十秒とたたないうちに、半数が昏倒《こんとう》した。そのうちのいくつかは昏倒したまま発光し蒸発した。あと十五秒。アメーバの中でもがいているのは、十体にすぎなかった。

そして二十秒がすぎた。

いま動いている金属体は、ＡＡＡ・２の中枢装甲車だけであった。ついさきほどまで、原野をおおって進軍していた二十万のロボットの、その指揮機だけしか残っていないのだ。

アメーバは、装甲車にかぶさってきた。いく億ものアメーバの重みで外被がゆるみ、あくことのない衝撃で、特殊鋼の接点がはずれた。その細い隙間に、アメーバがとりついてひしめき、隙間が大きくなると、どっと滝となってなだれ込んできた。

Ｓ・11がひしゃげ、Ｓ・13がばらばらになった。ＡＡＡ・２もまた作動不能におちいった。

別の一群は、指揮盤にぶつかった。何度も何度もぶつかり、機構の中へのめり込んでいった。

地上最後の指揮盤――アメリカ大陸でも、ヨーロッパでも、オーストラリヤでも、南極でも、完全に潰滅した各軍団の各指揮盤のいちばんおしまいのひとつ――が破壊された。

その瞬間。

指揮盤の存在が安全弁になっていた曳金《ひきがね》がひかれた。

# 3

「――やった」

ひとりが低く叫び声をあげ、宇宙船の中の人々は、声もなくスクリーンをみつめた。

スクリーンにうつる地球は、もう地球ではなかった。白熱し燃える火球であった。全地球を死にいたらしめる、決定的な超水爆が、連鎖反応的に爆発したのだ。地表をおおう数万、数十万度の高熱で、宇宙アメーバは姿を消したが、それと一しょに、過去の地球の歴史が、動物や植物が、宇宙船に乗ることができなかった人々がことごとく消滅したのである。

「あれだけの装備を持った最終戦闘隊でもだめだったのですか……」

将校のひとりがうめくようにいった。

「しょせん、われわれの手に負える相手ではなかったのですね」

「もういうな」

司令官はくらい声でさえぎった。「すべては終わったのだ。もうこれ以上、いくらいってもはじまらない。ボタンを押したそのときから、事態はもう自動的にすすんでいたのだ」

「でも……」別のひとりが、スクリーンから目をそらしてつぶやいた。「なぜ……なぜ、われわれはボタンを押したのでしょう」

しばらく、誰《だ》れも口をきかなかった。失われたものは、それほど大きかったのである。

「けっきょく、やるほかはなかったのだ」

司令官がやっとのことで、一語一語押しだすようにいった。「もしも、この作戦をとらなかったら、地球上の生物はことごとくアメーバのために滅びていたことだろう。これは、善悪の問題ではないのだ。ロボットの能力をもってしても勝てなかった以上、われわれは焦土作戦をとるしかなかった……そして、できるだけおおくの人間を火星につれて行く……これでよかったのではないだろうか……」

「司令」

「ん？」

「避難民たちが、それぞれの宇宙船でさわぎだしたという連絡が入っています。地球が燃えてしまうのを見ていたんですよ」

「そのことについては、連邦から話を聞いている」

司令官がぼそりと呟《つぶや》いた。「火星へつくと同時に、連邦では強制催眠教育で、かれらの心から地球を消してしまうらしい。みんなに、はじめから火星の人間だったというふうに信じこませるつもりらしいよ」

「…………」

「だが、われわれ、これからの火星での生活に責任を持つ者、ふたたびわれわれの世界に、あのアメーバが侵入してこないように気をつけねばならない人間には、忘却はゆるされない」

司令官はためいきをついて立ちあがると、白熱の地球がうかぶスクリーンをみつめた。

「われわれはこれからもずっと、あの緑の山やまや、美しい河、死んでいった無数の人間たちの記憶を抱いたまま、生きていかなければならないのだ」そして、目をおとすと、いった。

「おそらく、われわれは一生地球の夢を見つづけるだろう……それが、われわれに対する罰なのだ」

# 敵と味方と

## 1

起床ブザーがひびいている。

はっと目をさましたぼくは、次の瞬間ベッドから飛び降り、裸になって、部屋の隅の全身洗浄装置へ走りよった。

超音波シャワーと活力剤の作用で、たちまちファイトがわきあがってくる。

作業衣を着込み、肩に、非常用護身具をいれたカバンを掛ける。

所要時間七分と三十秒。

まずまずのスピードだった。訓練所では目標を七分に置いてきたえているが、十分以内なら、市民、それも一般市民としては上出来である。

ぼくはひとつ深呼吸をしてから、部屋のメイン・スイッチを切った。部屋は、都市が非常体制にはいる前の遺物で、窓は大きく、壁には絵までかかっている。そのうち順番がくれば、ここも非常用スタイルに直してくれるはずだ。

時計をちらっと見て、ドアをあける。きょうは月曜日なので、就業前に、戦意高揚室で二十分間をすごさねばならない。

コンクリートでできた吹きさらしの廊下に出たところで、ぼくは顔見知りのSさんと出あった。

「おはよう」

Sさんが声をかけた。「どうも今朝は冷えますな。こんな日に戦意高揚室へ行くのはあまり気がすすみませんよ」

ぼくは返事をしなかった。この非常時、それもわが国が苦戦をつづけているときに、何というい いかただ。きっと、訓練所で受けた訓練の効果がうすれはじめているのにちがいない。

「ゆうべおかしな夢を見ましてな」

ぼくとならんで歩きながら、Sさんはつづけた。「何だか私は、女性や子供たちといっしょに暮らしているんですよ。それも、おたがいに、きわめて親密な関係にあるような感じなんです。大きな声ではいえませんがそれがとても楽しくてね……」

「おやめなさい！」

ぼくはさえぎった。「それ以上反戦的なことをいわれるとぼくはあなたを、再訓練必要者として連絡しなければなりません」

「……そうでしたな」

Sさんは、禿《は》げあがった頭をなでた。

「でも、私など年のせいか――ときどき自分がひどく孤独みたいな気になるので……はやく戦争が終わればいいですな」

「そう。わが国が勝利をおさめればいいですね」

ぼくは、Sさんのきわどい表現を訂正してあげた。「ともかく――急ぎましょう。戦意高揚タイムまで、あと二分しかないんですから」

高速エレベーターで下へ降り、劇場ににた小さな建物の中にはいると、ぼくはSさんとならんで席についた。

室内にはもう、三百名以上の市民たちが、正面スクリーンをみつめてすわっている。むろん、みんな二十歳以上の男ばかりだ。女性には女性のための、子供には子供のための居住区があり、戦意高揚室があるのだから、当然のことである。

左右の壁には、監視用の赤外線テレビカメラが備えられている。

これによって、訓練効果のうすれた人々をみつけだし、再訓練をおこなうのだ。

室内がくらくなった。

スクリーンには、偉大な指導者の立体像がうかびあがった。

「みなさん！」

指導者は、はげしい怒りの表情をうかべていた。「敵は、絶望にかられて、死にものぐるいの抵抗をはじめています。死にものぐるいであるがゆえに、理性によってコントロールされたわが軍は、予想外の損害を受けはじめています。がんばりましょう。がんばって、われわれの正義をつらぬくのです！」

指を、ぐっとこちらへむけた。「あなたが、そしてあなたが、わが国を守るのです！　あらゆる困難にうち勝って、それぞれの役目をはたしてください。それが最後の勝利をもたらすことになるのです！」

スクリーンが変色すると、今度は軍服に勲章をつけた男があらわれた。ローカル放送に切りかわったのだ。

「ごく一部の地域ですが、敵はわが国境にせまっています」

地区リーダーはいった。「しかも、わが国の核反応制御網によって原子兵器が使えなくなったため、敵はもっとも卑劣な手段を使っています。すなわち意識コントロールガスです！」

室内に、どよめきがおこった。

「意識コントロールガスについては、市民諸君もごぞんじでしょう」

地区リーダーは、まるで目の前にぼくたちがいるかのように、うまくタイミングをおいていった。

「それを吸いこむと、即座に敵がわの意識になってしまいます。今までの味方は一変して、敵になってしまうのです。さいわい、今のところガスを搭載した敵の無人機・ミサイルは、国の中心部へは到達できませんが、国境に近い都市の市民諸君は、十分注意してください。警報が出たら、ただちに護身カバンから酸素発生ヘルメットを出してかぶり、警報が解除されるまでは取らないでください。ガスは空気にくらべて重いので、それほどは広がりませんが、効果は強烈です。ほんの少しでも吸えば、あなたはあなたでなくなってしまうのです！」

地区リーダーは片手をあげた。「では、市民諸君！　戦意を高揚して、持ち場を守ってください」

同時に、スクリーンには、敵がわの軍隊が出現した。異様な扮装《ふんそう》の、毒々しいまでの色の制服。それが、家々に火をつけ、市民を殺しながら殺到してくるのだ。

不気味な音楽が鳴っていた。

敵のおそるべき野蛮さをしめすむごたらしい光景が、あとからあとからスクリーンをおおった。老人の居住区に何万匹もの毒蛇を放って、その結果を笑いながら見ている敵兵……殺した少女の内臓を手づかみで食べている将校……輪になって、赤ん坊の脳味噌をストローで吸っている男たち……血のプールの中で泳ぐ敵の慰安婦たちと、しぼりあげられたくにゃくにゃの死体……。

みんなは吠《ほ》えていた。「やっつけろ！」「殺せ！」「敵を倒せ！」と、自分でも気づかぬうちにわめいていた。ぼくも叫びつづけていた。

「ちがう！」

突然、横で叫び声があがった。Sさんだった。

「ちがう！　これは嘘《うそ》だ！　これは作りごとだ！　ペテンだ！」

Sさんは、ぼくの肩に手をかけて大声を出した。「私は知っている。これはちがう、ちがうんだ！」

「はなせ！」

ぼくは身をよじった。

Sさんは床にころがった。ころがったまま、まだいっていた。「わかるんだ……どこかちがうんだ……私には……」

しかしぼくは、もうそんな非国民のことなど忘れ、スクリーンにむかって、声をかぎりにわめいていた。保安委員がやってきて、Sさんを引き立てて行ったのにも、気がつかなかった。

## 2

他の市民たちとともに、ベルトコンベアーに乗って工場にはいったぼくは、自動走査ゲートを抜けると、すぐに持ち場についた。

広い部屋。それぞれ低いかこいで仕切られた席の前には、真四角なスクリーンがすえられている。画面は数百本もの直線で碁盤目に分けられており、そのひとつひとつが、いろんな色を浮べている。

と……。

右上の隅に近いところの桝目《ますめ》が、ふっと消えた。

ぼくは反射的にその座標を読みとり、手もとのパネルのボタンで、その位置を報告する。

十秒とたたないうちに、そこはふたたびうす桃色にともった。

つづいて、中央あたりの桝目がふたつ、ならんで消えた。

連絡。

今度は前ほど速くではなかったが、やはりあかるくなった。

それきり、しばらく異常はない。ぼくは椅子《いす》にもたれて、息をついた。

こうした作業が、いったい何を意味し、どんなはたらきをしているのか、それはぼくにはわからなかった。が、そんなことはどうでもいいのである。ぼくとすれば、自分のしていることがわが国の組織の一部であり、戦争遂行に役立っていればいいのだ。極度に巨大化し複雑になった機構、しかも戦時中とあれば、そうしたことを知る必要はないのだった。

戦争がはじまってから、もうかなりになる。

だが、その戦争が今のようなものになるとは、だれがいったい予想できたであろうか。

かつて人類をほろぼすかも知れないといわれた核兵器、細菌兵器は、完全に威力をうしなっていた。

安価な遠距離探知ミサイルが大量に作られた結果、世界のどの地域でも、放射性物質を仕込んだ物体が、地上五千メートル以上の高度に達するとほとんど同時に叩《たた》きおとされ、低空ミサイルは低空ミサイルで、レーザースクリーンにひっかかって消失しなければならなくなり、その副産物として、空中を飛翔《ひしょう》して敵国に侵入することは絶対に不可能となってしまったのだ。いや、世界のどこかで戦争がはじまるやいなや、すべての旅客機は運航を中止しなければならないという、やっかいな時代にはいったのである。

戦闘はふたたび、地上戦――それも、目標となりやすい大型兵器を使わずにおこなわれるようになった。超小型超高性能の武器を抱いて散開する、機動歩兵が主力となった。さらに革新的な兵器があらわれぬことには、この情勢はかわりそうになかった。歴史の皮肉といってよかった。

とはいうものの、ぼく自身は、そうしたことについて、ことに初期の状態についてはなにひとつおぼえていない。なぜなら、ぼくの記憶は、ここ四年間ばかりのものしか残っていないからである。

以前のぼくは、国境近くのこの都市に住みながら、国家にたいして、きわめて非協力的な人間であったという。そのため、強制的に訓練所にいれられて、いっさいの記憶を奪われた上で、あらためて国民の正しいありかたを叩きこまれたのだ。

だが、それでいい。

それで当然なのだ。

国家は非常時なのである。国民は何もかも捨てて協力するのがあたり前なのである。

戦争のために、国家はありとあらゆる措置をとっていた。軍人の適性ありと認められたものは、すべて徹底的にきたえられ、前線に送られていった。民間人も、戦争のためにことごとく動員されていた。家族への愛着ゆえに戦争を忌避する者がでないようにと、家族制度そのものさえ廃止され、男と女は別の居住区に移されていた。組み合わせ命令によるもの以外の関係を持ったものは、死刑だった。もしも組み合わせの相手がほしければ、抜群の勲功なり成績をあげなければならないが、それとても一時的な関係である。生まれた子供は国家の手で育てられていた。

それでいいのだ。

そうしなければ、けもののような敵を倒すことはできないのだ。

話によれば、敵側では、いまだに昔のような家族制度を保持しているばかりか、自由恋愛というような、けがらわしいものまでのこっているという。国家のためにすべてを捧《ささ》げようとしないそんな享楽的《きょうらくてき》な連中を、この地上から抹殺してしまうことこそが、われわれの使命なのだ。そのためには、どんな苦難にもたえなければならないのだ。

# 3

はっと気がつくと、目の前のあかりの半数以上が消えていた。

どうしたのだ！

ぼくがあわててボタンを押そうとしたとき、けたたましいベルの音が、工場をかけ抜けていった。

警報だ！

ぼくは、肩にかけていたカバンからヘルメットをとりだしてかぶり、短距離用超音波銃をセットした。

セットしたまま、次の指令を待った。

指令はでなかった。

遠く、腹の底にひびくような爆発音がひびいた。

つづいて、何百何千という人々の走るとどろきと、叫び声。

またもや、爆発音。

来ているのだ！　敵は、すでにこの都市に乱入してきているのだ！

工場内の人々は、ヘルメットをかぶり銃をにぎりしめたまま、それでもまだ持ち場を離れようとはしなかった。それぞれの眼前のスクリーンはひとつもともっていないが、どう行動すればいいかの指令がでるはずなのである。

いぜんとして、指令はでなかった。

突然、工場のすぐ近くで、ガラスを割るような音がした。

窓枠が吹っとび、天井が落ちた。

ぼくは伏せた。

一秒……二秒……三秒……。

顔をあげた。

あたりに、うす黄色の霧ににたガスがひろがっているのを、ぼくは認めた。それは、床をはい、ときどき渦を巻いて上昇しては、またゆらゆらとただよっていくのだ。

いわずとしれた敵の意識コントロールガスであった。

「みんな！」

工場の隅から、だしぬけに声があがった。

ひとりの男が、さっき倒れたはずみにヘルメットがはずれたのだろう、髪ふり乱して呼びかけていた。

「みんな！　ヘルメットをとるんだ！　おれたちは欺《だま》されていたんだ！　とっちまえ！」

どなりながら、すぐ近くの男にむかって突っかかっていった。

男のほうは抵抗した。

もみあっているうちに、その男のヘルメットもはずれた。

ほっと一息ついたように見えたとおもうと、その男も目をみはり、大声でわめきながら走りだした。

「みんなとれ！　ヘルメットをとるんだ！」

ぼくは、超音波銃をかまえ、狙った。

気の毒だが、ガスで敵がわにまわったのだ。殺すほかない。

引金をひこうとしたとたん、またもや一発のガス弾が、破れた窓からころがり込んできた。すさまじい音とともに、ぼくはふっ飛ばされていた。

床に叩きつけられたとき、頭からヘルメットがとび出してころがるのが見えた。しまった！

手をのばしてつかもうとしたぼくは、思わず深くガスを吸いこんでいた。

それが、いっさいを決めた。

ぼくはよろよろと立ちあがると、両手をさしあげた。

「みんな……ヘルメットを脱ぎ捨てるんだ！　われわれは夢を見させられていたんだ！」

# 4

「市民諸君、ながいあいだ苦労したことと思う」

ぼくたちを前に、攻め込んできたわが国の将校はいった。

「この都市が敵がわの手におちたのは、四年前だった。敵は、戦略上重要な地点にあるこの都市を活用しようとはかり、市民をも自分たちのものにしようと考えたのだ。きみたちは記憶を消され、生まれついていらい、敵がわの人間であったかのような意識を植えつけられたのだ。それからずっと、きみたちは、かれらによってこき使われてきた。でも、もう安心だ！　わが軍の催眠効果除去ガスによって、きみたちのニセ意識は完全に消えたと思う」

将校は、軽く手をあげた。「みんな！　勝利の日は近いぞ！」

市民たちはどっと歓呼をあげた。ヘルメットをけとばすものもあった。

〈よかった……〉

ぼくは、おなじように歓呼をあげながら思った。〈これで解放されたのだ！〉

いまや、ぼくの心のなかには、都市が敵の手におちるまでの記憶がことごとくよみがえっていた。

平和な……生きがいのある人間らしい生活、全員の自主的な意思によって作られた体制……それを守るためにこそ、たたかうのである。

不意に、人々が動きだした。

女たちだった！　子供たちだった！　つい今まで、むりやり忘れさせられていた自分の家族たちが、おたがいに探し求め、無事を確認しあっているのだった。

「あなた！」

声に、振りむくと、妻が走ってきた。四年間、どちらもが忘却を強制されていた。その妻の顔が、全身がぼくの目にうつった。

妻の身体《からだ》を抱きながら、ぼくはしかし、心の隅であのSさんのことを思い出していた。Sさんはこの群衆の中にいるのだろうか、いまの解放を味わっているのであろうか……あのときのぼくの仕打ちを、ぼくはまざまざと思い出した。訓練のうすらぎはじめていたSさんは、真相を漠然《ばくぜん》と悟りはじめていたのであろう。

真相。

まさか……とぼくは思った。まさか、真相はこの逆なのでは……ぼくははげしく首を振ると、妻を抱いた手に力をこめた。

# III

# すれ違い

誰もかれも黙っていた。もうどうにもなりはしないのだ。

「俺《おれ》は諦めきれないよ。何か方法がありそうなものだ」

「ともかく噴射だけは続けているが、しかし、駄目だろう」

ロケットは太陽に落ちつつあった。最初のうちなら何とか手が打てたかも知れない。だが、これほど加速度のついた物体を、ただの噴射で太陽の引力から引き離す事は出来なかったのだ。

乗員は四名だった。一番年の若い男は何と言われても脱出のための噴射装置を止めようとはしなかった。

「おい、もう止《よ》せよ」

艇長が言った。

「冗談じゃないですよ。これを止めたらますます速くなるだけです」

「その方が良いじゃないか」

暗い笑みをうかべて艇長は呟《つぶや》いた。

「早く死ねる」

再び一同は沈黙した。もう金星の軌道範囲より内側だ。温度調節装置もそろそろ限界に来たらしい。狭い艇内は次第に暑くなって来た。

「このあたり、幽霊ロケットが出るそうだ」

艇長が言う。

「幽霊ロケット？」

「そう。太陽に落ちたロケットの幽霊だそうだ」

「いやな話だな」

「どっちみち、すぐに仲間入りさ」

一人が自暴気味に呟いた。

「太陽に焼かれて死ぬ連中が見るそうだ」

艇長が一人つぶやく。

「あれじゃないのか」

静かに副長が言い、一同ははっと窓に視線を移した。

燃えるロケットが、黒い空をバックに流れている。もうこのあたり、水星の軌道範囲だった。

そのロケットは発光していた。灼熱《しゃくねつ》の物体らしい。しかも、ひとつの目的を持っているように動いている。

「あれは本当のロケットだよ」

副長がまた言った。

「水星の生物のロケットだ。奴らはああした灼熱の物体でないと中で住めないんだ」

「まさかねえ」

一番若い男が、手は止めずに嘲《あざ》けった。

「いや、そうかも知れんよ」

汗を垂らしたまま艇長が言う。

「コースを観測しよう」

誰も答えなかった。

「いい研究が出来るんだがなあ」

艇長は首を振り、前面の刻々と迫ってくる太陽に視線を移した。太陽は凶暴な表情で餌食を待っている。他の三人は呆《あき》れた表情で観測機を持ち出す艇長を見ていた。艇内はますます暑く、一同は苦しげに息をした。やがて艇長は観測機を置き、急に笑い出した。

「狂ったぞ」

「いや」

艇長は早口に言った。

「あのロケットは金星にむかって落ちているよ。かれらにとっては冷え切った墓場へね」

乗員は口をあけ、もうずっと遠くになった発光するロケットをみつめた。

「俺はやっぱり火葬より埋葬の方がいいな」

副長がうらやましそうに誰にともなく言った。一番若い男はまだ必死で噴射装置を動かし続けていた。

# 古都で

雪片が、音もなく彼女たちの上に降って来ていた。彼女たちは息をひそめて進んでいた。

「淋《さび》しいのね」

「ひどい塵《ちり》だわ」

「降って来る雪を、じっとみつめていると、何だか吸い込まれてゆくみたい」

「まるでぼろのような」

「死んだ踊り子ね」

「みじめに。町のように」

彼女たちは空を仰《あお》いでささやき合った。

町は死んでいた。彼女たちが訪れた時、この日も空は灰色だったのだが。朽ちた石柱の林立の孤独に耐え、彼女たちは滅びた町を覗《のぞ》いて歩いた。

「あら、像よ」

ひとりが指したその像は、古い噴水のあたり、片手を空に伸べ、片手を握りしめて駈《か》けようとした姿勢のまま、雪のなかに凍りついていた。

彼女たちは像を取りかこんだ。

「神ね」

「伝説の時代の」

「異種族だわ。翼がある」

「そうだわ。これはここの住民たちの姿だったのかしら」

やがて一人が呟《つぶや》いた。

「男だわ」

また一人が応えるように呟いた。

「千年前に滅びた種族のことね」

風が吹いて来て、探検隊員たちの頭上の雪を狂ったように吹いて行った。

誰もかれもがうんざりしていた。口にこそ出さないが、指導者たちでさえ、自分らの一生がそんなに価値あるものとは思わなくなっていた。生まれたから、仕方なく生きているようだった。文明はあんまり発達しすぎたのだ。長い長い教育。複雑きわまる社会を背負う重税。専門化して、予備の教養なしではさっぱり判《わか》らない娯楽。

「昔はこんなじゃなかった筈《はず》だ」

「もっと健康な、もっと素朴な喜びがあったそうじゃないか」

人々はひそひそとそんな事を話しあった。勿論《もちろん》、指導者たちはそんな連中を捕えてきびしく罰した。しかし、指導者自身も全く同感だった。だが、どうしろというのだ。こんな問題を考えるには誰もかれも毎日の仕事が忙しすぎた。発達しすぎた文明を逆行させせようとしても、社会の歯車はあまりに確実であった。人々の努力はその進行をさらに加速した。相変《あいかわ》らず技術は革新され、税金はどんどん増えてゆく。誰も社会を立て直すために革命を考えるような事はしない。どっちにしても同じ事だ。どんな立場に居ても、生活が楽でないのは一緒だった。

とうとうタイム・マシンが発明された。政府はいつものように、人間ひとりひとりに一台ずつ配給した。誰もかれも同じ事を考えていた。タイム・マシンに乗って、過去へ脱走しようと考えたのだ。人々はそれぞれ自分の好きな時代へ逃げた。但《ただ》し、もとの社会に誰か代《かわ》りの人間を置かなければならない。でないと、こんなに発達した社会はストップするのだ。義務感から、脱走者は逃げこんだ時代の人間を行きあたりばったりに摑《つか》えて、自分の代りにもとの世界に置いておいた。もとの世界の人間が全部逃げてしまう迄《まで》に三日とかからなかった。頭のある連中は、過去の世界の支配階級の一人を未来へ送って、自分が当人になりすました。

タイム・マシンが不完全なもので、一ヵ月とたたぬうちに壊れたのは不幸な事だった。誰の手にも渡るように粗製濫造《らんぞう》したのがいけなかったのだろう。人々はそれぞれ、過去の時代の人になり切ってしまった。

送られて来て、未来社会の人にされた人間は戸惑った。あらゆる時代の、あらゆる地域の人々が、未来の社会に住まねばならなくなった。彼らは彼らなりに問題を解決しようと図った。共通の言語が生まれ、お互いに社会をになう決心をする迄には長い長い年月がかかったが、しかし間《ま》もなく文明は復活し、中断していた発展が始まった。彼らはひとつの世界を作り上げたのだ。そして発達。

やがて、文明の重圧に耐えかねた人々は、とうとうタイム・マシンを発明した。政府はいつものように人間ひとりひとりに一台ずつ配給した……。

# 墓地

遠い遠い闇の奥から、二つの宇宙生命体がやってきた。銀河センターから派遣されたこの二人は、まだ目的の星が存在することを見届けて安心した。

「どうやら間に合ったらしいね」

「急ごうじゃないか」

地球と呼ばれるその惑星は、地表の昂奮《こうふん》を知らぬげに、運行を続けていた。


古い時代から、人間の歴史は闘争の連続に過ぎなかった。他の動物を征服することで、自分たちの支配を完全にした人間は、やがて人間どうし征服しあわねばならなくなった。

「たたかおう、われわれの民族のために」

「正義のために」

「われわれは最終兵器を持っているのだ」

彼らは常にそう叫んでは、戦闘を繰り返してきた。そして、本当の最終兵器は出来上《できあが》ったのだ。

人々は異常な心理状態にあった。ただ一発で地球が小さな太陽になってしまう連鎖反応弾をどんどん作っていた。誰かが、どこかの国が使うかも知れないと信じて、無限に製造するつもりだった。ただ一人の気狂《きちが》いを怖《おそ》れて、全人類が気狂いになりかけていた。

二人は降りて行き、最強国のひとつの政府を訪ねた。

「貴様らは一体何だ。何の用だ」

「私たちは商人です。素晴らしい爆弾を持って来ました」

「われわれは凄《すご》いのを持っているんだ。用は無い。とっとと帰りたまえ」

「いえいえ、私たちのはもっと良い物です。貴方《あなた》がたは戦争はしたいが自分が死ぬのは怖いんでしょう」

「当《あた》り前だ。だからまだ戦争は起こらないのだ」

「じゃ、これはどうでしょう。生命体には何の危害も加えませんが、他の物質は全部消滅させるという武器は」

「生命体？　バクテリアや植物はどうなるんだね」

「それは勿論《もちろん》、貴方がたの必要なものだけ残せばいいんです。この機械ですよ。ボタンひとつで地球表面の非生命体は消えてしまいます」

「そうか。じゃ買ってもいい。いくらだ」

「お代は要《い》りません。これは見本です」

「ただなら貰《もら》っとこう」

「どうぞよろしく」

彼らは次々と国を歴訪して、その武器を置いていった。各国政府は戦争の準備を始めた。人間が死なないのなら、どんなに戦争をしてもいい筈《はず》だ。

派遣された一人が地球を去るか去らないうちに、戦争がおこった。まず小規模な局地戦から、あっという間《ま》に世界じゅうが参加した。そして、例の武器が使われた。

人々は衣服もなく家もなく、道具もないままに、生活を始めねばならなかった。あらゆる都市は消滅し、あらゆる文化は行方不明になった。再び原始時代が始まっていた。

遠いひとつの星に、ひとつの文化が保存されている。静かに陽《ひ》を浴びて、高層建築や街路が並んでいる。窓は磨かれ、図書館も教会もある。そこには永遠の平和がある。が、誰も居はしない。生きているものは何もない。ただ移りゆく影と、ものういたたずまいだけが、都市の風貌を見せているのだ。爆弾と欺《だま》されて、人間達が使った物質移送機のために送られて来た都市や、文化が、ここに静かに眠っている。誰も使おうとしない連鎖反応弾と共に。

# 傾斜の中で

夕日がまともに露路を覗《のぞ》き込み、揺れながら進む啓介の細い身体《からだ》は影を得た。その影はごみ箱や玩具や薪《まき》やらの上を伸びたり縮んだりしながら彼の前を走って行く。

何度もいじるので薄黒くなったワイシャツの襟をまたつまみながら、啓介はゆっくりと歩いていた。この露路の西日に褪《あ》せた風景も、すえたような臭気も、彼にとっては習慣と同じ懐かしいものだった。

「ただいま」

呟《つぶや》きながら板を打ちつけた戸を開く。玄関に誰かが立っていた。

「やあ、お帰りなさい。お仕事も大変ですなあ」

向《む》かいの中年の行商人が汚ない笑顔を見せながら言った。啓介は無気力にうなずくと、靴を脱ぐ。妻が硬貨をかぞえて行商人に渡すのを立ったまま、みつめていた。

「今日はね、とても沢山《たくさん》出来たのよ」

出てゆく行商人の背を見ながら、妻はそう言う。内職の量としては、どうしても人並になれない妻の指先に視線を落《お》として、啓介は大きく頷《うなず》いた。彼が仕事に行っている留守の間を、不器用に内職を続けている妻の、いつもの嘘《うそ》だった。

「この頃とてもよく進むの。ああ、ご飯にしましょうね」

啓介は紙袋から青写真をとり出しながら微笑して妻に頭をさげる。

「今日はね、冷房がとまったんだよ。暑くってね。社長なんか蝶《ちょう》ネクタイを外してしまってさ、客が来るとぼくに会えって言うんだよ」

「そう。面白いわね」

妻は内職の手を止めて答える。

「それに原井くんね、うん、原井広子くんさ、昼の時間に屋上でひとりアリアを歌っていたんだ。真白《まっしろ》なスーツを着たままだよ」

妻の微笑。

「放射能の研究所で、また何か成果があったそうだよ」

「むつかしそうな事でしょ」

「うん。ぼくにも判《わか》らないんだ」

嘘。みんな嘘だ。みんなみんな。広子が半年も同じ真赤《まっか》なスカートをはいて、男に捨てられどうしな事を、啓介の会社はぼろぼろの木造建築なのを。啓介はよく知っている。彼はもう何人社員を作り出した事だろう。彼の会社に冷暖房が完備されたのは、いつ決めたのだろう。妻はその嘘をみんな知りながら、信じてやっている。ときにはあの人、この人がごっちゃになって来る事があったり、建物の数が判らなくなったりする。そんな時、妻はいつも彼をなぐさめる。

「仕事で疲れたのよ。もう今夜は会社の事は考えないで寝たらいいわ」

啓介は不器用な妻の指先をみつめながら何度も頷くのだ。


どうしてもそいつを作るんだ、作って下さい頼みます。出来るだけ鉛の板を買い込んだらいい。早く設計してくれたまえ。よろしく頼みます。社長は時に昂奮《こうふん》したり、説教したりするのだが、いつもおしまいは弁解と哀願の口調になった。いつものように啓介と広子は黙って聞いている。今日はことに支離滅裂だった。

「もう始まりそうだ」

社長はわめいた。

「もう土地も買ったんだ。三・三平方米あたり五万円平均で、どんどん買っているんだ。ねえ、早くして下さいよ。建設だ、いいか建設なんですぞ」

啓介は手を止める。広子は相変わらず、ガチャガチャガツンというタイプの音を止めない。ぐわっと西日が部屋に貼《は》りついて、何もかも剝《は》げている。世紀末の夏の男性的な荒廃か、啓介は真面目な顔で一枚の原図を指し示す。

「これが設計図です」

聞こえない。社長は口をあけている。金歯が西日に乱れて光る。

「もう戦争は始まるんだ。いいですか、戦争ですよ、早く建てないと、もうけるどころか自分さえ助からない。頼みます」

どうせこんなもの、買う奴《やつ》が居るものか、鉛の板でカバーした食料品付の壕《ごう》。さて完成するのかな。

「これが設計図です」

社長はあふと息を呑《の》み、覗き込む。まだ本当の原図だ。いい加減なものだ。

「あ、そうですか、いや、しっかり仕事をしてくれたまえ」

「これ、何という字です？」

「タイさ、耐水性の耐」

広子が啓介に訊《たず》ねている間、社長は金歯いっぱいの笑いを浮かべ、ひょろりと出てゆく。仕事が少しでも進んでいれば安心するのだ。城南不動産、おもてにはちゃんと事務所も電話もあるし、社員も二十名あまり居る。まともな商売人のくせに、どうして原爆ノイローゼなんかになったんだろう。ごとごとと木の階段を降りてゆく足音を聞きながら、啓介は考えた。

暑い、天井が斜めになったこの部屋には風は通らない。啓介はコップを握ると階段の上にある水道の蛇口へ歩いて行った。何か白いものが浮いている。

「あら駄目、そこね、わたしのブラジャー漬けてあるの」

吐気《はきけ》がする。階段を降りると事務所だ。激しい電話の応答や会話の渦を抜けると、道路である。影につきまとわれながらそこを横断して、屋台のような店でラムネを飲んだ。飲む瞬間から、ねったりした汗が背中を這《は》ってバンドとシャツの間へすべり込んで来た。

啓介と広子は、勤務時間ちゅう社長以外の誰とも会う事はない。電話ひとつない部屋に、傾きかけた太陽が姿を見せると、もうそこは地獄だ。夜は宿直室になる、みじめな退屈な城の囚人として、啓介は図面を引いている。ときどき社長がやって来ては、必要な資材を訊ねるほか、何の変化もおこらないのだ。

「この部屋、だんだん屋根裏みたいになってゆくわね」

と広子。啓介はうなずいてみせる。

そうだろうか、はじめから屋根裏だったのではなかろうか。こんな風に昨日も一昨日《おととい》もいや、ずっと昔から、鈍い西日が黄色の壁に貼りつき、二つの机に跳ねかえっていたのではなかろうか。古代ローマの奴隷船の船腹や、中世の城壁や、何千年も未来の岩盤に音もなく貼りついている西日と同質の、わびしい輝きではなかったろうか。啓介は黙って唇を歪《ゆが》めると、窓をもっと開こうとして、立ちすくんだ。

屋根があった。幾万、幾十万の屋根が地平へむかって押しあっていた。何も現代だけではない平凡な風景。だが、それは全く無防備だった。天空に対する全くの無関心が、ぎっしりと並べられていた。啓介は低く笑った。厳重に守られている筈《はず》のあらゆる物が、どこか気のつかない所でぽっかりと、まるまる一面抜けている。それは恐怖に似た発見だった。

「ここでも抜けている」

啓介はつぶやく。明日への疑惑と不信に身体を任せきった姿勢で、彼は窓ぎわで放心していた。広子が鼻歌で流行歌を唄《うた》い出す。眉をあげ、肩をゆすりながら、いつものように痴呆《ちほう》のリズムをくり返しているのに違いない彼女を、啓介は窓際に立ったまま、まざまざと見、振り返って笑い出したいのを必死でこらえていた。真正面に、ただれながら落下を続ける巨《おお》きな太陽があり、啓介はいつか窺《うかが》うような視線でそれをみつめていた。


それでも仕事は進む。にごった眼と、ふやけた部屋が生む幾許《いくばく》かの作業は確実に堆積を続けて行った。タイプ、青写真、そして資材の見積り、もう仕事の半ばは社長でも出来る段階に来ていた。放射能半減期の事やら、地表に一部覗いている太陽電池の事を啓介は幾度説明した事だろう。社長は少し抜けたような表情でそれを聞き、太い声で笑った。何も判っていない笑いだった。

「わしはね、自分一人のためにやっているのではないんだぞ。一般大衆のため、広く世界のために、まず見本を示してやるんだ。そう思ってはいけないのかねえ。さしあたってわしのを作るんです。ね、すぐに他の人のも作りますよ。良心が許さないいんでねえ」

言いながらも、社長の顔には恐怖が動いている。窓がひとつしか無いような部屋にこうした事務所を作ったのも、恐らく天に対する恐怖がそうさせたのに違いない。

「ピカ、どおん」

社長はあごを外したように突っ立ち、振り返った。タイプの前に坐った広子が原稿を濡らしながら、のろのろとアイス・バーを食べていた。社長は卑屈に微笑した。

「要するに、社長が、今の条件を無視してもいいんだったら、いつでも建設にかかれるんですが……」

啓介が眼光を定着させた儘《まま》つぶやく。条件だって？　そう、耐原爆住居など、個人の資金ではひとつも出来やしないんだ。出来ない条件を全部はぶいたら、耐原爆じゃなくなるのさ。啓介の頬を軽い影が走った。

「条件？　いいですよ、うん。勿論《もちろん》それは鉛の板を使っているんだろうね」

「ええ勿論、沢山使っています」

「そしたらいいよ。とにかくですな、原爆も水爆も、こわいのは放射能でしょう、それを防ぐんだったら、鉛しかない。鉛、ああ素晴らしいではないか」

核分裂と核融合の違いを、啓介は一言も喋《しゃべ》った事はない。水爆とは原爆の大きなものだろう、うん、と言う社長に、啓介は何も告げはしなかった。

「わあ、夕焼《ゆうやけ》の中を烏《からす》が飛んでゆく」

広子だった。社長はゆっくりと身体を左右に振りながら階段を降りて行く。この両者の喜悦を等分に見比べながら、啓介は腕の痒《かゆ》い所を掻《か》きむしっていた。

秋は風と共にすべり込んで来る。ぽっかりと破れた空には太陽が浮かんだり星が居並んだりして、啓介は根気よく地獄と地獄の間を往復した。妻はますます優しく、社長はますます親切だった。往還の間を、啓介は専門書を開いていた。表紙が手垢《てあか》で黒くなったその専門書は頁《ページ》を繰るとパリパリと音がして、インクの匂いが漂うのだった。

いつか風は冷え、白い細い雨が絶え間なく屋根を露路を、彼の髪を濡らすようになっていた。仕事の完成と同時に彼は解雇される筈なのだ。社長にとっては、そうする事が誇り高い技術者を傷つけずに済ませる方法らしかった。ねえ、よくこんなボロ会社で働いてくれますね、いつでも行く所があったら行って下さい。だが、この仕事だけはやってしまってくれよ。これは大切な仕事です。啓介は社長の感覚を殆《ほと》んど身体で感じる事が出来るようになったらしい。

レインコートから、ズタズタと雨がしみ込んで来る。雨の丘。幕のような水滴にさえぎられた風景は、二人から隠れてしまっていた。

「ここかい」

「ええ、どうですか、ごらんになったら」

社長に傘をさしかけて、自身は一個の滝になった啓介がいつものように無気力に呟く。社長はポケットに両手を突っ込み、いやにゆっくりと周囲を見廻《みまわ》した。

「誰も見ていないかね」

「今の所は」

「では、案内してくれるかね」

誰も見ていないか、だって？　啓介が監督して工事を進めている間じゅう、丘は見物人で占められていたのに。

「ここが入口ですが」

社長は疲れ果てた足どりで啓介に続いてコンクリートの階段を降りる。蓋《ふた》が閉じると雨音は聞こえない。かたん、かたん、かたんと二人の足音が不規則に鳴った。

「この、階段の突き当《あた》りが動力制御盤になっている訳ですね。頭上のコンクリートには鉛の板がぎっしりと挿《はさ》まれているんです。直撃を食わない限り大丈夫でしょう。しばらくの間はね。空気浄化装置もあります。こっちの薄暗い方ですが、ご案内しましょうか」

啓介はスイッチを押して動力装置を蔵《しま》ってある方の廊下のあかりを点《つ》けた。まだよく乾いていないコンクリートの匂いとわら屑《くず》がはっきりと浮きあがる。

「ここはもういいですよ。住む処《ところ》、住む方の処へね」

　社長は言いながら目を輝かせる。啓介はエレベーターに社長を押し込んだ。居住区はもう少し下にあるのだ。両方とも深い地中になければ意味がないのだが、資金はそこ迄《まで》続かなかったのである。

「此処《ここ》です。この階が個室です。五つありまして、住む場所は多少、小さいんですが倉庫を広くとってあります。この上の階が大部屋です。この壕全部で三十名収容出来ます」

　説明しながら暗い灯に照らされたドアを開く。窓は無く、ただの四角い空間だ。ここで十日も暮らしたら気が変になるのではなかろうか。啓介はぐしょぐしょのレインコートを無意識で撫《な》でている。

「うん、いいです。いいが、少し暗くないかな」

「電力は地表の含鉛硝子《ガラス》に護られた太陽電池から来るだけですから、節約しなくてはならないんです」

「その電池は大丈夫かね、鉛で隠せるのかねえ」

「遠隔操作で蓋が出来るようになってるんですよ」

「うん、よかった。しかし。まあいいです。此処へいろんな遊び道具を持って来たらいいなあ。ところで」

　社長ははっと思いついたように啓介を凝視した。

「何年住めるんだね。二年は大丈夫かね」

「仰言《おつしや》るとおり、三年は大丈夫です」

「ああ」

社長はへたへたと崩折れた。くしゃくしゃに笑っている。

「助かるぞ。きみは天才だ」

「いいえ」

啓介は、二年や三年ぐらい地下に居た所で何の役にも立たない事を知っている。知ってはいても、彼は従順に社長の言うとおりの物を作りあげたのだ。

「いいねえ」

社長は人形のように両手を上げ下げしてから、すたすたと帰り始める。啓介は今度は社長のうしろからエレベーターに乗り、階段を昇って行った。これで全部が終《おわ》った事になる訳だ。

社長のよぼよぼの歩行を追いながら、啓介は不思議な安堵《あんど》をおぼえる。

外はまだ激しい雨だ。傘を突き出しながら啓介はしぶきを浴びねばならない。もう暮れるのだろう、重い銀青色が静かに丘の周囲に沈みはじめていた。

「あ、社長！」

声だ。社長は眼を剝《む》いてその方向を見る。啓介も覗き込んだ。雨の銀条をむき出しにヘッドライトがともっている。城南不動産の中年の社員だった。啓介は傘を握ったまま立っていた。二つの影が近づいた。中年の社員がどなる。

「今、警察の人が来ているんです。何でも上の事務所に居る広子とかいう女の子が自殺をはかったとかいう事でして」

「すぐに帰るよ。どうだ、よく出来ているじゃないか、この壕を見ろよ。どうだね」

「それどころじゃありませんよ」

「黙れ、わしは社長だ」

啓介はそんなやりとりを眺めながら、不意にこの蒼《あお》い雨の夕暮が現実の世界でないように感じはじめていた。


広子は死んだりはしなかった。また男に捨てられて、当てつけに自宅で睡眠薬を飲んだだけだった。平凡で退屈な日々が終る最後の日、元気になった広子は社長と啓介の前で次に結婚する男の事を喋っていた。財産のほとんどを失なった社長も、満足そうに広子の話を聞いていた。

こうした事どもは啓介にとって、ただの夢でしかない。いつか自分はそうなったのだ。西日の中の眩惑《げんわく》から始まったひとつの白昼夢でしかない。

「これからいよいよ入居者を募集しようと思うんだがね、ま、それは別の話だ。とにかく長い間ありがとう。あなたは実に素晴らしい腕を持っている。わしは助かったよ」

「その人ね、いつも赤いハンカチを持ってるのよ」

啓介は黙って頭を下げる。初めからの約束なのだから。何と言われてもこれでおしまいであった。ひとつの空想世界は此処で断絶するべきであった。

啓介はマッチを擦って、新聞紙に炎を移した。煙はすぐ渦を巻いて木屑がちろちろと燃え始める。露路の端のどぶ川のむこうにある、ペンキが剝げた板塀にはうすく朝陽が貼りついていた。ひどく薄い朝陽だった。

「あなた、ごはんよ」

妻が呼ぶ。あわあわと燃える木屑を踏み消して水をかけ、家に入ると、妻はにっこりした。

「そろそろお仕事に出なくちゃね」

「そうだな、今度の仕事は少し忙しいものだから」

「夢でも忙しいものね」

「うん、早くこの夢はさめてほしいよ。ね、本当の世界へ早く帰りたいだろう」

「帰りたいわ。そこではね、お仕事は今の倍も倍も速く出来るんだから」

「そうそう」

何が真実なのか、何が夢なのか、啓介には半ば判らない。妻とても同じ事だろう。ただその本当の世界ででも内職を沢山して行くつもりらしい妻が、ひどく可哀想《かわいそう》に思えた。

「じゃ、行くよ、今日は車で外勤する。ロボットが運転する車でね、四色に塗られているんだよ」

「わたしも、この頃機械でしているのよ。お互いに段々楽になるわね」

「ああ」

露路はいつもの通り歪んでいて、風が曲りくねって入って来る。オーバーの襟を立てて啓介は出て行く。その裾が旗のように連続して鳴った。

彼は歩いている。この道はベルトコンベアーで別に歩かなくても良いんだが、急ぐから歩いているのだ。自動車とすれ違う。無限の色彩を持った車どもは、彼とすれ違う時だけ自分の色を定着させるのだ。周囲の連中はみんなロボットだ。ロボットがまるで人間のように見えるんだからなあ。自分の過去郷愁も相当なものだ。ぶつぶつと呟く。遠い遠いこんな世界で、もうだいぶ長い間暮らしているのかも知れない。何が本当なのやら。

木枯《こがら》しの中、人々は走っている。手に何か紙片を持って、吠《ほ》えながら駈《か》けている。一杯散ってゆく紙ども。啓介は一枚を拾い上げて覗き込む。やはり夢の世らしい。どこかに原子爆弾が落ちたって？　全面戦争はじまる？　冬の幻想にしてはそれ程突飛《とっぴ》でもないなあ。号外、号外という声。啓介は微笑をうかべながら、町のバス停留所で待っている。バスはなかなか来ない。今日の職業安定所はきっと混むに違いないなあ。

# あなたはまだ？

とうとう順番がやって来た。私は促されて座席を立ち、円窓の前へ歩み寄る。見馴《みな》れた風景が次第にはっきりして来るのを見守っていた。

「此処《ここ》だ、止めたまえ」

制服を着た男がそう言い、私はちらと同乗者を振り返った。あと五、六人だ。少し淋《さび》しそうな表情が皆の顔に浮かんでいるが、その他の点では全然ばらばらだった。男も、女も、子供も居る。軍服に身を固めたものも、マントを着込んだ者も居る。が、すべてはおしまいなのだ。この儘《まま》永久に会う事のない人たちよ、私はそっと訣別《けつべつ》の辞を呟《つぶや》いた。

「さあ、目をつむって」

私は佇立《ちょりつ》したまま、瞑目《めいもく》した。瞬間、周囲から風が吹き込み、自分の靴がコンクリートを踏むのを感じた。

最早、何も存在しなかった。私は歩き続ける一人のサラリーマンに還《かえ》っていたのだ。遅滞なく私はもとの動作を継続していたのだ。あの瞬間に時が停止し、乗物《のりもの》が私を拾いあげて、遠い未来の世界へ連れて行ったという痕跡は何処《どこ》にもない。歴史の各時代から無差別に拾いあげられた人々と共に、あの未来世界で一カ月も暮らした証拠は何処にもないのだった。私自身の記憶を除いては。

　私は変わってしまっていた。物の考え方から何から何迄《まで》。だがそれは誰にも判《わか》りはしないのだ。私は〝一瞬前〟と同じように、橋を渡り続けていたのだから。幻覚だと言われても仕方がなかった。


　都会には雪が降っていた。戻って来たという感慨がいっこう湧いて来ないのを不思議に思いながら、私は周囲を見渡した。

　薄よごれたビルに、濁った運河に、牡丹雪《ぼたんゆき》は音もなく舞い落ちている。奇妙に新鮮でみすぼらしい、この都会というものを、私はあらためて視野に定着させようとしたが、ひどくあらあらしく、その癖謙虚なこの風景は、今の私にはむしろ異質だった。

　橋を渡り終えると、階段を下る。車の間を抜けながら急ぐ私のオーバーに雪片がひっかかったが、手に触れられるのを避けるようにすぐに溶けて行った。会社へ帰らなければならず、ともすれば急ぎ足になる。雪天の夕方らしく、あたりは青暗くなり始めていた。

「やあ、ご苦労さんだった。手形は貰《もら》えたかい？」

　社へ入ると課長がすぐに声を掛け、私は微笑を返す。オーバーを脱ぎながら黙って手形を渡した。

「良かった。今日貰えなかったら、今年は無理だった所だ。一千二百万か、随分呉《く》れたじゃないか。これで売掛金はあとどの位《くらい》残っているんだい？」

「さあ、三百万位だと思います」

「どうやら回収目標一杯だな。ふうん、やっぱり期日は長いなあ、七月五日とはねえ。まあいいや。ご苦労さん」

課長が愛想よく言ったので、私は自分の席に坐《すわ》った。机の上に電話連絡箋《せん》が置いてある。

〝植川さんからお電話がありました。明日寄ってほしいそうです〟

そのメモを手の中に握り潰《つぶ》しながら、時計を仰《あお》ぐ。六時少し前だった。何もかもが現実の生活のように思えず、暫《しばら》く茫然《ぼうぜん》と時計をみつめていた。

「おい、もう帰るぞ。きみはまだか？」

同僚がそう言いながら机上を片付け始めるのを、私は放心したように眺めていた。とっぷり暮れた窓の外に牡丹雪がやはり降っているのを感じながら。

あそこは都会ではなかった。整然と植えられた人造森の樹々の間に、気泡のような居住所が点々と見え、陽《ひ》がさんさんと照っていたのだ。彼らはこまかく彩色された合成繊維の服を着て、滅多に声を出さず往来していた。あそこが未来のいつかである事だけは、はっきり判っている。しかし、この現代、この二十世紀から何年後なのか何千年後なのか、見当すらつかなかった。そこではすべてが可能になっているように見えたのだ。

私はそこで一カ月間、見学と学習を強いられた。その未来世界のモラルや論理を繰り返し教え込まれた。私のものの考え方は徹底的に攻撃され、崩された。そんな事が現実に可能だろうかという私の疑念は、いつも次の返答となった。〝今、それが行なわれているではないか〟私は歓《よろこ》びに胸をふくらませながら片端から覚え込んで行った。何のためにこんな事がなされるのか、それは誰にも判らなかったのだが。

電車は混んでいた。ドアの傍《そば》に立っている私にも、圧力はひどくかかって来る。震動に身を任せながら、私は車内に吊《つ》られているポスターを眺めていた。カラー写真の女の顔がにっこりしたまま風に吹かれてはためいてる。その職業的微笑を見ていると、〝旅行〟以前の私の悩みが思い出され、それが如何《いか》に公式的でポスターそっくりだったかという事に気がついた。そして、そんな心理に自分でも可笑《おか》しくならざるを得なかった。

ドアが開き、人々が更《さら》に押し入って来る。

「おい、あまり押すな」

誰かの声だ。それに応えて今乗り込んで来た連中の中から怒声がおこる。私はやけくそな口論を聞きながら、些細《ささい》な争いさえ現在のみを考えていては解決策は無さそうだと考えた。この解決は？　満員を無くすべきか？　どうしたらそれが可能なのか。さまざまの施策があろう。だが、人間が外出を遊ぶ時だけに限るようになればどうだろう。飛躍？　無論だ。それが可能？（現にそれがなされているではないか）彼らは言った。問題をさまざまの角度から検討するのが現実的処理であり、根本的に解決しようとするのが空想的処理だと言うのか。空想とは実現する事のないものか？　それが実現している世界が考えられないのか？　私は見たのだが。満員電車の中で私は妄想を追い続けた。

いつか電車は終着駅に入っていた。仮眠から覚めたように私は顔をあげて皆の後からゆるゆるとホームを歩いた。ホームの外は暮れ切って、風鳴る闇らしかった。雪がまだ降っているのかどうか確かめるべき街燈《がいとう》ひとつ無かった。支線の終点の薄寒さに私は襟を立てて集札口を抜けた。

その日の記憶は次第に変質して行った。私自身は〝旅行〟の事を誰にも話そうとはしなかった。私だけの考え方を人々に強制しようとした所で、私の満足する程迄人を説得する事は出来そうもなかったからだ。

だが、〝旅行〟が遠く、むやみにはるかな感慨をこめてしか思い出す事が出来なくなって来ると、到頭私は喋《しゃべ》る事によって確認する他なくなった。

それは洋酒喫茶の中でだった。十数年ぶりに会った友人二人と一緒に目を細めて、カクテルグラスを薄桃色の照明にすかし、思い出したように口を利いては、又《また》黙り込んでいる。そんな夜の事だ。

カウンターの向《む》こう側でグラスを磨いていた女がふと顔をあげると、友人の一人に、物憂げに言った。

「何だか時間がゆっくりと経《た》ってゆくような晩ね」

友人はカウンターに肱《ひじ》をついてオリーブの実をみつめたまま答えた。

「ああ。人類が亡びる前にはね、時間はゆっくり過ぎてゆくものさ」

「何の事？」

「世界大戦争が起こるだろう。そうしたらみんなおしまいさ。難しく言えばね、人類は今やみずからの臨終を凝視しているって言う事だな」

女はぴくと肩を寄せ、興味を失なった表情で、隣《となり》の客の方へ行った。そしてそこで映画スターの話を始めたようだった。

「亡びはしないよ」

私はぽつんと言った。友人が眠そうな眼を私に向ける。

「何故《なぜ》だ。断言出来るかい？」

「ああ」

一瞬のためらいの後、私は言い切った。

「見たからね」

「飲みすぎたな」

　こうした問題に何の関心も持たない方の友人がかすれた声で笑った。私は黙ったまま肩をゆすって微笑した。たしかに酔っていたのに違いない。

「とにかく話せよ。その、見たという事を」

　一方が私をゆびさしてねだる。

「うん。聞くか」

「聞く」

「止《よ》せよ、つまらんぞ」

「いいさ。お前も聞けよ」

「そうか。じゃ、そうしよう。おーい、ハイボール三つね、ここだ」

「さあ」

　私は話しはじめた。

「俺《おれ》は歩いていた。時間が停止した」

「停止？」

「そうさ。急にすべての動きが止まり、音がしなくなった」

「そんな話を読んだ事があるぞ」

「話でいい。とにかく、その時、目の前に円盤状の乗物があったんだ。中からぎらぎらした服を着た男があらわれ、俺を中へ引き入れたんだ」

「男？　眼も鼻もある、男か？」

「ごく普通のね。服装は奇妙なものだったがほかは同じ——いや、同じじゃない。何かこう、変にきびきびしていたし、眼も鋭かったがね」

「それから」

「それがタイム・マシンだったらしい。俺は遠い遠い未来へ連れて行かれたらしいんだ。乗物の中にはローマ時代の男やら、武士みたいな老人やら、西部の女みたいなのがおとなしく坐っていた。未来へ行く途中でも、マシンは何度も止まって、その度に誰かを拾いあげて行った」

「タイム・マシンって時計の事か？」

カウンターにつっ伏して眠っていた方がむっくり顔をあげて言った。呆《あき》れながら私と友人がともかくもうなずいてみせると、彼はまた居眠りを続けた。

「で？」

「着いたのは美しい森の中だった。森というよりは庭園だった。新世界だ。俺たちは時代別に学校へ入れられたよ。他にも別のマシンで来た奴が居るらしかった。物の考え方をもっと巨《おお》きくしろってね。あらゆる不合理は人間の知恵で解決出来る。解決がまた新しい問題を提起すれば、またそれを解決すればいいって言うんだ」

「じゃ、現代と全然変わらないじゃないか。何処が違うんだい」

「簡単さ。今の人間は一歩一歩進めて次の段階へ移っている。違うか？」

「違わない」

「だが、その方法は完全ではない。飛躍が必要な時もある。きみはニュウトン力学が一般相対性原理へ移行した時の事を聞いているかい？」

「少しはね」

二人とも、ほとんど酔《よい》はさめていた。

「飛躍の次が一歩一歩進む時だ。その次がまた飛躍。現代科学の発展はこうした天才の出現に負う所が大きい。それはわかるか」

「充分に」

「じゃ、人間どうしの相剋《そうこく》、人間の精神文化はどうなんだ。停滞しているだろう。今日の人間があまり常識的すぎるからだ。奇想天外、足が地についていない理想が今ほど虐待されている時はない」

「成程《なるほど》。だが、人間本来の性格として、そういう飛躍的な考えがどうしても出来ない連中も多いんだぜ。それはどうなる。この男を見ろよ。人間は幸福になるためには金《かね》が要《い》る。金をかせぐためには実生活のベテランになってもうけなくちゃならん。理想も芸術もあるか。一歩、又一歩と蓄積して行くんだ。人間性なんて二の次だ。そう言うだろう。この男から何か飛躍的な考えを抽《ひ》き出せと言うのかね？　金を持たぬ幸福の事を叩《たた》き込むのか」

「まだ不充分だね。金の無い社会は如何《どう》？　幸福が必要でない社会は如何？」

「気狂《きちが》いじみてるよ。空想だ。大体、この男にそんな事を言ってみろ。生きていたくないと言うよ」

「人間を改造すれば可能さ」

「きみは……」

友人は絶句した。どうして判ってくれないのだろう。

「とにかく、新世界は存在するんだ。人間は亡びはしないよ」

「それは西暦何年の事だ」

「知らん。ＰＨ九〇五年と言っていた」

友人は何かを考えていた。その横顔を見ているうちに、私は未来世界の学校で、そっくりの横顔を見た事があるのを思い出した。直観力の問題なのかも知れない。あんなに似ていたのに。

「とにかく、きみが言おうとしているのが一体何だか、まだよく判らんよ。それに、きみの〝旅行〟自体、フィクションではないかと思われるし……」

友人の眠そうな顔がゆらゆらと揺れ、一瞬輪廓がぼやけた。そして私をみつめた。全く澄んだ目に変わっていた。友人は言った。

「もう疑わないよ。それに、未来人が何のために人々を集めて教育しているのかも見当がついた。彼らは人間を変え、歴史を変えようとしているんだ。彼らが過去の人間を変える事に成功すれば戦争もおこらず、彼ら自身生存出来る余地がある事になるからな。世界を崩そうとする時代の者みんなをだ。失敗すれば彼らは存在しない事になるんだから」

私は呆気《あつけ》にとられて友人を見直した。

「世界の人々全部の物の考え方が変わるように、彼らは頑張るのさ」

友人はふっと口をつぐみ、私をみつめてから笑った。

「失礼。今、時間の停止したのを知っているか？」

私はかぶりを振った。友人は続けた。

「ぼくは未来へ行って来たよ。むこうで一カ月すごした。考え方が変わってしまってねえ。きみにすれば一瞬間だろうが、ぼくには一カ月だったんだ。きみそっくりの男が近くの席に居たよ」

私は口を開いて何かを言おうとし、友人は制した。

「世界は変わるさ。時間は無限にあるんだからね」

私たちは黙って、グラスを再び照明にかざしたのである。

# 静かな終末

午前十時の休憩が終《おわ》っても、仕事をはじめる者はいなかった。

信也は自分の受持《うけも》っているホイストに片手をかけて、工場の中を眺めた。

「どうも、本当らしいな」

平削盤のスイッチを入れようとして止めた広雄がうすら笑いを浮かべる。

「おおい、帰ろうぜ、本当に」

誰かが呼んでいる。工場内にはもう十人あまりしか居ないので、その声はエコーを伴なって響いた。

「俺《おれ》は帰るぜ、事務所の連中ももう帰っちまったらしいからな」

突然早口に言うと、広雄は作業服を脱ぎはじめる。

それにしては、あまりにのんびりしてやしないか、と信也は思った。噂《うわさ》が真実なら、この瞬間にもミサイルが飛んで来ているというのに。

工場は静かになっていた。天窓からさし込む陽《ひ》が、鉤《かぎ》をぶらさげた走行クレーンにひっかかっている。

「行くぜ」

不意に信也は叫ぶと、工具の散乱したコンクリートの床を走っていた。走っているうちに、得体《えたい》の知れぬ恐怖が足から頭を突き抜けて、感覚を麻痺《まひ》させた。

噂が事実なら、今日やってくる死は、突然の中断となるだろう。息を引きとる前に生涯を一望するという行為なしに、一切が終りを告げるのだ。

何年も何年も、信也たちは無意識のうちにこの日を待っていたのだ。おそれと、不安の根源であったこの日が、いつかはやってくる事を、否定しながらも信じていた。だからこんなに平静であり得たのかもしれない。それとも今はただ、実感していないのかも判《わか》らなかった。死んでしまうまで実感せずに済むものなら、その方がいい。裸の感覚で、巨大な構造を感じるのが怖《おそ》ろしかったからこそ、何も本気で考えようとはせず、従って狂気にもならなかったのだ。あいまいなままで中断された方がいいのかも知れない。信也は学生服に着換え、自分で不審に思いながらも、襟に留めてあるバッジの位置を直す。彼が夜間通っている大学の徽章だった。

急いで門の前迄《まで》来る。守衛は居なかった。信也は今度はゆっくりと歩きながら、こんな風に衝動的な気持《きもち》と、諦めの気分がどうしてかわるがわるにやってくるのかを想《おも》い、苦笑せざるを得なかった。

就業前から、妙な話がひろがっていた。ラジオも新聞も暴動をおそれて一言も事実を発表していないが、世界の二大国が国交断絶となり、最初の弾道弾が飛びつつあるというのだ。はじめのうちは声をひそめて交されたこの噂は、次第に大っぴらになって来た。トランジスタラジオを持っている者がいて、ニュースを聞こうとしていたが、ラジオもテレビも平和だった。いや、あまりに平和な情報を流しすぎていた。

一局だけが、この噂を裏書《うらがき》しようとした。というのは、この非常事態を喋《しゃべ》りはじめたアナウンサーの声がすぐにカットされ、レコードに変わったからである。

「あり得ることだ」

と、事務所の職員が言った。

「ひょっとしたら、もう東京は影も形もないのかも知れない。が、もしもラジオやテレビや新聞がその気になりさえしたら、事実なんか、存在するのかしないのか判らなくなってしまう」

不安が暗い漣《さざなみ》のように工場にひろがって行き、作業は事実上休止してしまった。事務所でも電話は滅多に鳴らなかった。たまに鳴ると、どこかの放送局と間違えた電話だった。現業員も職員も、一人帰り二人帰りして段々と減って行った。頭の上で核弾頭が爆発しない限り、噂が真実かどうか、誰にも判らないのであった。

いくら急いでも意味がないと思ってみたり、急がなければ、この歩行じたいが無意味のように思ったりしながら、信也はコンクリートの塀に囲まれた道を抜け、電車の軌道ぞいを小走りになっていた。

　雲が低く垂れ込めて、風があった。古い枕木を植えた柵のむこうを、何人かの男女が歩いている。それだけでも何か異変が起こったような印象は隠せなかった。

　このあたりは工場街。高い塀の中に多くの男女が居て、持ち場に就いていると思わせることによって成立する安定感は、全く欠けているではないか。

　いつも降りている駅に来て信也は声なく笑った。

　異変がおこった時、人間の密度は奇妙に偏よるのかも知れない。どう見ても電車の来そうもない駅構内には何百人もの男女がいて、絶えず視線を八方に配っている。入り切れない何十人かの人々は、暗い曇り空をじっと見ながら、落ち着きなく立ったり坐ったりしていた。不思議と、怒号も泣き声もなかった。彼らは待っているだけなのだ。電車と死と、いずれを先に与えられるのかを疑う事もなく、押し黙っていた。

　信也はボストンバッグを握りしめると、駅を見捨てて、柵に沿って歩き出した。

　駅は段々小さくなり、枯草で根元をおおわれたコンクリートの塀と、古びた柵がどこ迄も続いた。

　都心へは約十分間の距離だ。都心から彼の家へは郊外電車に乗らなければならないのだが、その事は考えまいとした。

それにしても、と信也は考えた。これは昔から悪夢の中に出てくる自分の最後とはあまりにかけ離れている。このちぐはぐな気持は一体何だ。

彼はこれでもう何百回目かわからないが、本当に最終戦争が起こったのかどうかをまた疑った。

こんな最終戦争があるのだろうか。彼の、いや、誰もが考えていた最終戦争とは、もっと激しく、もっと眩輝《げんき》に満ちたものではなかったろうか。突っ立つきのこ雲、燃えさかる都市。熔融《ようかい》する建物、絶叫をあげて倒れてゆく男女の大群。すべてのこんなイメージと現実の風景はあまりに懸け離れていた。

ひびの入った道路のずっとむこう、猫が一匹うずくまってこちらを窺《うかが》っていたが、おもむろに背中を伸ばすと、線路側へもぐり込んで行った。

信也は歩いた。すくなくとも、さっきは一瞬でも恐怖を感じたというのに、今はただ倦怠《けんたい》しか彼の内には残っていなかった。

とにかく都心のターミナルへ行こう。そこでは彼の中途半端な気持を叩《たた》き潰《つぶ》す何かの現象が見られるかも知れない。

ボストンバッグを持ちかえると信也はガードを潜った。

車がぎっしりと並び、絶えずクラクションを鳴らしている。

人々は少し青ざめた表情を保ち、急ぎ足で思い思いの方向へ駈《か》けている。たしかに噂は事実なのだ。ターミナルへ来た時に、信也は直感した。改札口に駅員は一人も居ず、ホームに停《と》まった電車はがらんどうだった。習慣的に、いつも乗る電車の前まで来ると、その中に青年が一人居る。ドアが開いているので、信也は入ろうとした。

「こら」

と青年がどなった。シートに倒れ、出来る限り確保しようとでもいうように両腕を伸ばしながら、こちらを睨《にら》んだ。

信也はくるりと向きを変えると、ホームを出、改札口を抜けた。

大時計は十二時少し前を指している。

まだ何も起こらない。

何か起こるとするなら、もう今から家へ戻る時間はないだろう。それに、家には兄夫婦が居るだけで、今頃まで家に居るかどうか疑問だった。

彼は交叉点《こうさてん》を渡ると、ある喫茶店をさして歩いて行った。すれ違う人々の表情は千差万別だ。都会がここまで成長してくると、群衆行動というものが、ある場合には抑圧されるのだろうかと思う。

その喫茶店はいつもと同じように開いていた。以前から何度も何度も前を通りながら入った事がなかった店である。単なる好奇心を満足させるだけのために、自分が支えて来た倫理観を崩されるのが恐かったのだ。

店へ一歩踏み込むと、秋の末だというのに体臭と熱気が顔を襲った。うすくらがりの中、バンドが熱狂的に室内を揺すっている。激しく腰を振っているのは信也と同じような年頃の男女だった。

席について、コーヒーと言うと、ウエイトレスは軽く頷《うなず》いて消えた。

ここはあれが起こる前から異常だったのではないか、と信也は思い、その異常さがごく当《あた》り前に進行しているのに、かすかな期待を寄せた。

彼は興奮しなければならないと考え、それから余計に異端者である自分を感じた。誘われぬ限り、自分は仲間にはなれないのだが、誘われた所で踊る事は出来ない。

「どしたの？」

と、横目で見ながら、彼より若い女が言った。

彼は答えなかった。

「変なやつ」

と女は笑って、行ってしまった。

いつか信也は待っていた。突然にやってくる死が、きわめて平凡で、当然のように思えて来た。

その限りで、彼はもう生きていないも同じことだった。自分は待っていたのだ。長い長い間何かを待っていただけだ。工場へ行き夜間を学校へ通い、その涯《はて》に何かがやってくるのを、ただ待っていただけだ。ここに居る男女のように生きてはいなかった。

コーヒを飲むと、彼は店を出た。

午後になっても、何も起こらなかった。街の人々は何もなかったように往来している。あれはデマだったのか。

あれだけ人々が青い顔をして走りまわった事自体、今では信じられなかった。

信也は交叉点を渡り、ターミナルの方へ引き返した。都会は徐々に退屈な都会に還《かえ》りつつあった。彼は何という事もなく、ひどくみじめになった。

しかし、わずかあれだけのデマのために、何人か、何万人か知らないが、九割九分迄が自分の終末が来たと信じて、勝手な行動をおこした事までが、幻覚だったというのだろうか。

信也はボストンバッグをぶらさげたまま、駅の公衆便所に入った。空《むな》しい、やり場のない倦怠感が、また彼を占領している。

便所の戸を押して、彼は立ちすくんだ。そこには目を血走らせ、ナイフを握った三十才ぐらいの男が坐り込んでいたのである。

そのまま、数秒間が過ぎた。

「が、学生だな」

と、男は言った。見ると、男の腕からは血が垂れている。

「待て、待ってくれ」

信也が後ずさりしかけた時、男は怪我《けが》をしていない方の手をあげて、かすれた声で呼んだ。

信也は少し近寄った。

「きみは、信じたか」

喘《あえ》ぎながら男は、信也に言い、信也は視線を据える。

「今日、戦争があったのを、信じたか」

「あれはデマでしょう」

「ほ、本当だ。本当に、今、世界は戦争しているんだ」

信也は面白くない微笑を保ったまま、男を見おろし、男の坐っている床が濡れているのをみとめた。

「少しおかしいんじゃないですか」

「おかしい？　ぼくが、か」

「ええ」

「おかしいのはきみたちだ」

男はしばらく咳《せ》き込んだ。

「おかしいのは、きみたちだ。いいか。ラジオも新聞もテレビも本当の事を言わないんだ。

今、本当にミサイルが飛び交っているのが、誰にわかる？」

「ニュースでわかるでしょう」

「そんなもの、信じられるかね。きみ自身その目で見て、信じているのかね。みんな嘘《うそ》だよ。現に、東京はもう存在しないんだ」

「しかし、まだわれわれは生きている」

「そうだ。しかし、本当に戦争になっているのを確認するのは、みなが死んだ時だ。そうじゃないか」

「あなたは誰ですか」

男は歯を剝《む》いた。笑いのつもりだったのかもしれないが、そのようにしか見えなかった。

「本当の事を知った人間さ。ほかにも沢山《たくさん》いるんだ。ね、みんな、本当の事を伝えようとしたんだ」

「沢山？」

「ああ。だが、みんな、追われている。騒らん罪とかでね。民衆を煽動《せんどう》したんだといってね」

男は次第に苦しそうになって来た。よだれを垂らしながら、ゆっくりと続ける。

「いいか、ね。もしも、今、戦争がおこっていて、世界各地で何億人も死んだ所で、それがきみに実感出来るかね。何らかの媒体がないと判らないだろう、ね。で、その媒体自体が嘘を……」

男は絶句した。便所の戸があらあらしく開かれたからだ。信也は顔をねじむけた。

警官が二人居た。

「見つけたぞ」

「こんな所に居たんだな」

二人は、男を摑《つか》んで、無理矢理に立たせた。

「痛い」

と男は叫んだが、警官は離さなかった。

「ひどい奴だ。世界が終りになるんだなどと言って、お蔭《かげ》でこっちはえらい目にあった」

「陰謀団かな」

「いや、気狂《きちが》いだよ、こいつらは」

少しはなれて立っている信也に、警官の一人が声をかけた。

「こいつ、アナウンサーなんだが、すっかり可怪《おか》しくなってね。戦争がおこったと放送して逃げたんですよ」

「アナウンサー？」

「うん。ほかにも多勢居たが、たいてい捕まえた。えらい騒ぎだった」

「やはり、デマですか」

「そうさ。誰が水爆戦なんかするものか。冗談もいい所だよ」

警官と男は去った。

そうすると、朝からのあの噂は、全くの嘘だったのか。あれだけの人間が踊らされた最終戦争など、全くのデマだったのか。

しかし、今の男はこう言った。誰が実感出来るのか、と。彼の意識の中にあるもののうち、本当に信じる事の出来るものがどれほどあるのだろう。ひょっとすると、たしかにもうミサイルは発射されているかも知れぬ。ただ、それを信じるかどうかは別の問題なのではないか。

階段を降りてゆきながら、彼は、もうひとつの事を考えていた。ああしたデマが大きいものであればあるだけ、人々は一層容易に信じ込むのではないか。また、世界がおしまいになってしまうという奇怪な話を、誰も疑おうとせずに狂奔するだけの危険性が、現代にはあるというのか。

おそらく、これからもたびたび起こるだろう。危険のある限り、こうした事はしょっちゅう起こるだろう。そしてそのたびに人々は流言に馴《な》れてゆく。

やがて、本物の最終戦争がおこった時、人々はそのニュースを聞いて、又《また》かと笑い、いつもと全く同じように、泣き、笑い、腹を立てながら、日常生活を続けてゆくに違いない。そして突然、全く突然に彼らの生涯は閃光《せんこう》と共に終りになる。

そうした可能性を作り出すために、あの男は叫び立てたのかも知れない。

信也はいつもと同じように混雑し、動き出した群衆の中の一員として、押し流されながら、そんな事を思った。

もう夕方近い。彼は学校へ行かなければならなかった。

電車は全くの正常運転に戻っていた。ボストンバッグが重い。

今日いちにちは、一体何だったのだと考えながら、電車に揺られている。死ななかった自分は、まるで自己が生きていなかった事を確認したみたいでもあった。


翌朝、作業服に着換えて配置につくと、広雄がやって来た。

「昨日はひどい目にあったなあ」

信也は含み笑いをした。

「どうして、世界が終りになるなんて、信じたんだか、馬鹿馬鹿しくって話にならんよ」

「あれから、どうしたんだ」

信也の問いに、広雄は首を傾けた。

「それがさ、妙なんだ。急いで行ってみた所が、駅は一杯だろう。それで歩いたんだ。だいぶぶらぶらしてから、便所へ入ったらね」

「……」

「変な男がいたんだ。『信じたか』と言いやがってそれから、きみたちはおかしい。本当に戦争がおこっていないのを、どうして実感出来るんだ、と言うんだよ。血を流していてねえ。すぐに警官がやって来た」

「おいおい」

少し離れた所で聞いていた中年の忠平が寄って来る。

「俺も同じだぜ。全く」

信也は黙っていた。わかった。何もかもわかった。

「そういえば……」

また一人がやってくる。

「妙だなあ、え？　ぼくがその男に会ったのもね、たしか……」

「言っちゃいけない」

鋭く、信也が制した。

「何故？」

「何故でもさ。もういいじゃないか」

不得要領のまま、同輩たちはもとの職場に引き返す。

サイレンが鳴った。作業開始。

ホイストを操作しながら、信也は心の中にぽっかりと空洞が出来ているのを感じていた。

（当り前だ。誰もかれも同じ経験をしているんだ。われわれの間には、もう異なった体験なんぞありはしないんだ。多分、広雄も、忠平も、自分と同じあの便所で、例の男に出会ったと言うだろう。それを確認したらみんなおしまいだ。もはやみんな単一なんだ)
ボタンを押す。唸《うな》りながら部品が昇ってゆくのを見ながら、信也は薄い笑いを浮かべていた。
(だけど、そうすると、どこが、あの瞬間だったんだろう。記憶はたしかに続いているんだが、どこかが、核弾頭の炸裂《さくれつ》した瞬間の筈《はず》だ。わからない、わからない)
そして、この、生きていない時間の感覚が自分にどれだけ残されているのかを考え、軽い溜息《ためいき》をついた。

# 錆《さ》びた温室

ホールには全員が集まっていた。キトンとピール、それにぼく。全部で三人だ。百名を楽に収容できるこのホールも、今は荒れ果てて照明もまばらで、ところどころくらがりが出来ている。

しかし、ぼくたちは淋《さび》しくはない。思い思いに好きな事をやっていたからだ。数千人がいた基地に住むのは、ただの三人なのだが、それでもあまり孤絶感はおぼえない。

ぼくは、ふと手を休めると、キトンに呼びかけた。「キトン」

「ん？」彼は汚れた手で顔をこすりながら答える。

「仕事だぜ。今日の当番はきみだろう？」

「そうだったたな」キトンはやおら立ちあがると、出てゆく。そのうしろ姿を見ながら、ぼくは、ずっと昔のように思える襲来以前の事を考えた。

あの頃、われわれは六人だった……。

装置を点検し、調整すると、自動的に次の手入れの時間が示される。その時間に、また出掛けて行って同じ事をする。ぼくたちにとって、そうした仕事は義務というより本能行為に近かったから、何でもなかったけれども、ロートとかセインにとっては、それがひどくこたえるらしかった。もともと彼らはパイロットであり、戦闘員である。此処《ここ》で生まれたのではないのだ。ぼくたちは暇になると、たいていホールに集まった。いま言ったような事情で、全員が顔を揃《そろ》える事は滅多にない。それぞれが違う装置を担当していたため、時間にずれがあるからで、これは仕方のない事だ。

ホールは六名の残留者にとって、何とも広すぎた。照明が強すぎるのか、椅子《いす》やテーブルが多すぎるのかも知れない。百名以上収容出来るホールに六名、それもたいていは全員がいる訳でもないので、ひどく空虚な感じがする。

が、仲間と出会える場所はホールしかないのだし、何もしないで一人きりでいる事に馴《な》れないぼくたちは、やはり習慣のように、ホールにやってくるのだった。

その日、ホールにはロートしかいなかった。彼は中央に近い大きなソファに沈んで、右手でしきりに左の腕を撫《な》でている。

「やあサット」

と彼は言った。

「どうしたんだ」とぼくは応じた。「その左腕」

「またはじまったんだ」

少し顔をしかめながらロートは言う。「やっぱり治りきっていないんだな。忘れた頃にけいれんがはじまるんだ」

「痛むのかい」

「いいや」ロートは軽く言った。

「痛くはない。ただ、パイロットとしてはたしかに失格、というだけさ」

ふっと、彼の表情がかげる。

「仕方がないじゃないか。もう忘れろよ。今じゃ此処にはパイロットはいないんだ。そう考えなきゃ」

黙って彼は頷《うなず》いた。それからゆっくりと言った。

「きのう、夢を見てねえ」

「夢？」

「ああ。ぼくはまた宇宙艇に乗って、空間を飛んでいたんだ。ほんの、短かい夢だったがね、醒《さ》めるとやっぱりこたえたよ」

「……だろうな」

二人はひどく明るいホールの中にぽつんと位置を占めたまま、しばらく黙っていた。

ロートが思い出したように、しかし、思い出して悪かったという風に呟《つぶや》いた。

「あれ、まだ来ないようだな」

それを聞くと、ぼくの心はたちまち不安に捉えられ、急に一刻一刻がかけがえのないものに思えて来た。あれは、もう来なくちゃならない頃だ。あれがやってくる迄《まで》しか、みんなの生活は続かないのだという事が、どっと胸に溢《あふ》れてくるのだった。

「すまん。言っちゃいけないんだった」

「いいよ」

覚悟しなければならない、と何度考えた事だろう。ぼくは自分が恥《はず》かしかった。ロートも同じだったのだろう。気をとり直そうとでもいうように言った。

「しかし、まだ、われわれが襲われていない所を見ると、軍団は今の所無事だな」

「無事だろうね、多分。無事であってほしいな」

答えながら視線を移すと、ロートの横には本があった。薄い紙片を綴《つづ》りあわせた本当の本である。

「そう」とロートは少しばかり得意そうだった。「本だよ」

とりあげて頁《ページ》を繰る。フィルムの字と違って、いかにも鮮明な、実在の感じがあった。

「地球物語……かね」

「そうだよ。人間の本拠、地球の話さ」

「ほう」

「ぼくは行った事がないんだ。いつかは行きたいと思っていたけれど」ロートはつぶやくように言った。

「無理だよ。ロケットでさえ五十年以上かかるじゃないか」

　言いながら写真を見る。ぼくたち植民地に生まれ、植民地で死ぬであろう人間にとっては、地球という世界はほとんど理念上の象徴に過ぎなかった。事あるたびに〃地球はこうだ、こんなに素晴らしいのだ〃と聞かされた所で、所詮《しょせん》現実になるものでもない。ロートがあこがれる気持はわかるが、ぼくにすれば、そんな事を考えてもはじまらないといった気分の方が強かった。ここが地球からは五十数光年離れている、といった考え方よりは、この星に生まれたぼくたちには、地球が遠いという表現の方がぴったりくるのだった。

「ああ疲れた」

　声にふりむくと、ホールの入口にはザドが影のように立っていた。彼も身体《からだ》の調子がよくないらしい。しかしもう此処には医者も居ないのだ。

　ザドはのろのろとホールの中へ歩いて来ている。彼が倒れたら、ぼくたち全員が生きてゆけなくなるのは確かだった。いや誰が倒れたって同じなのだが……。

「さあ、もう仕事に行かなくちゃ」

　ロートが立ちあがった。

　みんながいなくなってから、これでもうどの位《くらい》になるだろう。

　すこし前まで、この星には、いや、この基地にさえ多勢の人間が住んでいた。無論、女だっていた。地球の第十四軍団の基地だったからだ。

ぼくが生まれるずっと前から、地球の戦闘力は無敵だった。地球軍はたいていの惑星は数日か、長くて数年で征服する事が出来たのだ。あれがやってくる迄は……。

ここであれと呼ぶのは外《ほか》でもない、ただ、呼び名がなかっただけである。

人間が宇宙の奥深くへ伸びてゆくためには、光速に近いスピードを持つ宇宙艇の中ででも親から子、子からその子へと引き継がれる体制が必要だった。

ロケットの中でも、基地でも二世、三世が生まれて行った。ぼくをも含めて、こうした子孫たちは故郷である地球を知らず、また知る事も不可能だった。地球流の言い方に従えば、そうした場所は〝あまりにも辺境〟なのだ。

こうした辺境の人々が、いつの間《ま》にかあれに侵されていったのだ。

今の今迄有能だった技術者が、急に反抗したり放心したりする。と、他の連中も同じように忽《たちま》ちにして無能な、統制に服しない人間に変《かわ》ってしまうのだ。強いていえば〝急変〟だろうか、おそろしく我が強くなって、簡単には命令に従わなくなる。いや、それはまだいい方で、人によっては身体が、がたがたになって、敗血症になったり、舞踏病になったりする。

この、始末におえない現象を避けるためにあらゆる研究方法がとられた。患者への電撃療法、隔離、放射線照射。だが、すべては何の役にも立たなかった。

ついに、地球人たちはある距離以上に進出できなくなった。まるで、黒い巨大な球が地球を中心にして腰を据えたような具合だったのである。

病気だろう、新しい宇宙病だろう。人々はそう考えた。極度に発達した科学と合理主義も、しかし、この謎を解く事は出来なかった。とうとう人間たちは次の結論に到達せざるを得なかった。

宇宙に散らばる生命体は、われわれとは全く異質なのではあるまいか。われわれは、自分では確認できないが、或《あ》る高等生命体と出会っているのではなかろうか、そしてその妨害を受けているのだ。われわれはこれを自然現象だと思いたがっている。だが、極度に発達した文明が行なう仕事は、しばしば自然現象そのもののように見えるのではあるまいか。

そのうちに、地球をとりかこむ球は次第に小さくなって来た。今までは飛翔《ひしょう》可能圏だったあたりででも、〝あれ〟が始まったのだ。壁は段々と迫ってくるのだ。

正体不明の相手と、どうして戦う事が出来よう。宇宙空間に充満しているような敵のどこを攻めればいいというのだ。

植民地は、ひとつ、またひとつと放棄され、軍団は後退を続けていた。時期を失すると一軍団全部が統制不可能になるのだった。乗組員の何分の一かが倒れるか抵抗するかした時、その艇はもはや自分の意志を持たないと同じ事だったから。

なおいけないのは、その現象を示す人間のすべてが、規律に忠実な、職務の鬼だった事だ。

事態は絶望的だった。

ぼくたちは黙って待っている外はない。毎日の仕事が保証する生存日数は、まだまだ随分あった。半永久的といっていい程だ。しかし〝あれ〟がやってきたらどうなのだ。みんなおしまいではないか。

勿論《もちろん》、われわれも喜悦のうちに別れるつもりはない。〝あれ〟に襲われるのはいやだ。

しかし、ぼくたちは人類のひとりだ。人類が生きのびるためには、一個人の犠牲など左程《さほど》大きくはないのだ。全体のうちの個人は、つねに全体のためにある。これは人間の論理であり、ぼくたちもそう信じていた。

だからこそ、此処から軍団が去る直前、搭載人員の限度を超えた六人が此処に留まるように命令されたのだ。ぼくたちは当然だと思った。軍団にもっとも不必要な人間、つまり腕に故障のあるパイロットや、少し気の弱い戦闘員や、この星に生まれて、この星の生活を守るための要員だったぼくなどが、残されたのだ。女は一人も残して貰《もら》えなかった。何代も何代も生き代《かわ》り死に代りしてゆくロケットには、女は絶対必要で、一人でも多い方がよかったのである。

ぼくたちは捨てられたのだ。人類のために。人類として当然の義務を課せられた迄だ。別に恨むいわれはない。

ここの基地以外にも、この星には多くの基地があるが、連絡の方法はなかった。出発する前に司令が連絡不可能のようにして行ったからである。だから、ぼくたちはただ六人の世界を持った事になるのだった。

六人の世界――その言葉はぼくに奇妙な感情を抱かせた。

人類としての個人がそうであるように、また、生存を続けてゆくためにも、ぼくたちは徹底的合理主義者だった。

地球とか、ごく少数の、恵まれた星では人間は何の苦痛もなく地表に立つ事が出来るという。これはぼくには想像もつかない事だった。

ぼくは基地の外へ出た事はない。そんな事をすればたちまち窒息してしまうだろう。厚い石英と金属に包まれ、完全な自給力を持つ壁の中に、ぼくたちの全世界がある。研究室も、個室も、ホールだってあるのだ。それで充分だった。

ぼくたちは生まれた時から、生きてゆくために命令に服従する事を覚えた。担当の仕事を与えられ、それが本能になっていた。

だから、ロートとかセインとかの、他の惑星を知っている連中のように、まごまごしなくても済むのだった。

殆《ほと》んど半永久的に生きて行ける設備はある。〝あれ〟さえ来なければ……。

ぼくたちは待っていただけだ。

仕事時間のずれがうまく行くと、全員が顔を合わせる時がある。装置か機械の、次の手入れ要求時間は計算どおりに行かないので、いつになるか予測は出来なかったが。

その日も、ちょうどうまく全員が揃う事になっていた。

ぼくは少し疲れてびっこをひきながら、ホールに戻って来た。なんだかとても仕事がつらく、頭も痛むようだ。

ホールは相変《あいかわ》らずだだっ広く、照明はあかるすぎた。

ザドが長椅子に横になり、他の連中がそれを囲んでいた。ザドの身体は日ましに悪くなるようだったので、ぼくは心配していた。

近寄ると、ピールが顔をあげた。

「サットかい。ロートを見なかったか」

「いいや」

なるほどロートは居なかった。たしか、もう休みの時間の筈《はず》だったが。

「ロートが戻ってこないんだよ」

キトンが不安げに言う。

「へえ」

「もう、戻ってくる筈なんだがね」

「暇がかかってるんじゃないかな」

みんな、心配そうだった。「探しに行こうか」ぼくは言う。

「そのうち来るだろう。ひょっとすると個室かも知れん。それより、ザドが苦しそうなんでね」

これはセインだ。ザドは横になって眼をつむり、苦しそうに息をついている。

「病名は？」

「知らん。専門家はいないものな」

キトンが答える。無理もなかった。何事によらず、専門外の仕事については皆、何も知らないのだ。

こうした極度の分業というやり方は、全担当者が揃っているときは成程《なるほど》いいかも知れないが、今のようにわずか六名しかいない時には、何の役にも立たないのではなかろうか。そんな疑問がふっと心の中に湧いて来た。その危惧感《きぐかん》が、どうした事か、みるみる渦になって、大きな疑問を作りあげていった。われわれのやり方は間違っていたのではないだろうか……。

こんな考え方は反逆だ。ぼくは慌《あわ》てて仲間を見た。どうした事だ、皆の顔にも同じような狼狽《ろうばい》の色が浮かんでいる。

「あ」

とキトンが言った。それで充分だった。皆が同じように考えていたのだという事をぼくは直感した。

突然けたたましくセインが笑いだし、皆はぞっとした視線を彼に集めた。

セインは眼を吊《つ》り上げ、頰をひきつらせて笑い続けている。

「止《や》めて、くれないか」

横になったまま、ザドがうめいた。

ぼくたちはこの白けた、異様な雰囲気に吞《の》まれて、ただ立っているだけだった。

ピールが、何か言おうとして、口を開いた時だ。

この世のものならぬ絶叫が、個室に通じる廊下から響いてきたのだ。

ロートの声だった。絶叫は数秒間続いただけで、ばったりと止み、ぼくたちはほんの暫《しば》く何の行動もとれなかった。次の瞬間、ぼくたちは駈け出していた。背後の狂ったセインの笑声《わらいごえ》と、ザドのうなり声を意識しながら、走っていた。


たしかに、何かが変わってしまったのだ。血を噴いて倒れていたロートがもうことぎれているのは誰の目にも明らかだったし、一方セインの方は完全に狂ってしまったので、個室に閉じこめて、外から食物を入れてやるほかはなかった。しかも、このショックのためか、ザドは急に病気が悪化して死んでしまったのである。

だが、最大の異変は、われわれに起こった事柄だった。

あの時以来、われわれは〝たるんで〟しまったのだ。規則がいつか義務になり、自分の感情というものを抑える事が難しくなってきたのである。これは全く驚くべき事だった。人間は服従する事によって人間たる真価を発揮するという倫理が片っ端から崩れてゆくのだ。

ついにある日、ピールが言った。「われわれは既に〝あれ〟に襲われてしまっているのだ」

ぼくたちは黙って頷《うなず》いただけである。三人とも、あの時に、口には出さないが直観的に知っていたのだ。

今迄、われわれが信じてきたルールに対する別のものが存在するなど、考えた事もなかった。

しかし、事態には順応しなければならない。六人でやっていた仕事を片付けるため、ぼくたちは当番制をしいて、分担をきめた。自分たちだけで仕事の段取りをする。これは常識に外れた行動だった。おかしなもので、しばらくたつとぼくたちは、どうやら他人の仕事にも馴れてきた。

いつか、何故《なぜ》？　とぼくは考えるようになった。〝何故〟〝何故〟〝何故〟これが最大の変化だった。ピールがひとつの仮説を述べるまで、ぼくの馴れない心は疑念のためさんざんに悩まされた。何故、〝あれ〟はぼくたちを殺さなかったのか、何故、われわれは今迄の生活を疑わなかったのか……。

ピールが、ぼくとキトンに話しはじめたのは、その頃の事だ。

「なあ」

と彼は言った。

「どうやらぼくはひとつの解釈を作りあげたようだよ」

「何に対してだ？」ぼくたちは応じた。

「〝あれ〟の事さ」

照明まで手が廻《まわ》らないので、ホールの隅のあかりは一部分消え、ソファも汚れていたが、ぼくたちは熱心に彼を見た。

「ぼくたちは多分、〝あれ〟に襲われたんだろうと思う。そして、ロートは死に、セインもこの間死んだのに、ぼくたちだけが助かったのは何故か、それを考えたんだ」

ピールは考え考え喋《しゃべ》るのだった。

「勿論、ぼくたちだって変わったさ。それだけの理由はある筈だ。ぼくは図書室でフィルムを漁《あさ》って今迄〝あれ〟にやられた記録を片っ端から調べてみた。その結果〝あれ〟は他の生命体の襲撃か、人間自身の故障か、はっきりしない。が、そんな事はどうでもいい。とにかく、襲われた範囲の人々には、ひとつの変化がおこるらしい」

「変化？　それはその通りだろうさ」

「いや、そんな意味じゃない。〝あれ〟にやられた人間は、個体内革命をやるのさ」

ぼくとキトンは呆《あき》れて彼を見た。

「つまり、われわれがあの時以来知った所によれば、人間はあまりに人類優位、全体優先に傾きすぎていた。一個人の生存への意思とか、個人の感情というものは無視され続けてきたといえる。ずっと昔の人間たちは、公私両面の生活を持ち、どちらか一方に自我を通す場を持っていた。

「所がどうだ。早い話がわれわれは、軍団のために自分を捨てて、いっこうに恨んでいなかったじゃないか。人間はまず個人なのに、そうした抑圧がいつ迄も続く筈はない。個人がその目的を取り返そうとかかる。一寸《ちよつと》説明がまずいがね」

段々と判ってきた。キトンもそうだったらしい。彼は身体を乗り出した。

「なあピール、つまり、こういう事じゃないかな。抑圧が激しければ激しい程、個体としての反乱は大きいと……」

そういえば、ロートやセインは訓練され、鍛えられていた。それに、この星の生まれじゃなかった。不意に何かが頭に閃《ひらめ》いた。ぼくは叫んだ。

「そうだ。きみたちの言う通りだ。それはこういう風にも言えるぜ。

「人類がその目的のために作りあげた組織は成程立派なものだ。個人はその歯車となって自分を捨てるように教育された。二百億の人類――それは巨大な生命体だろう。

「だが、それよりもっと素晴らしい生命体というか、統治体がある。それは人間だ。数十兆の細胞は、一個人の生存のために完全に歯軍となっている。人間の身体がどれ程巧みに作られている事か。神経や、脳細胞や、血液や、ホルモンや、そうしたものの制禦《せいぎよ》がいかに完全な事か。数十兆の単位を集めたひとつの統治体――その細胞のひとつひとつは最高の効率で働いている。

「その、個人という理想的な統治体が、もっと大きな統治体のために、いつ迄辛抱しているだろう。限度があったんだ。そしてその限度を破ったのが、〝あれ〟なんだろう。もし、抑圧の方が強いと、個体はバランスを失ない、みずからを破壊するんだ」

三人とも、ひどく昂奮《こうふん》していた。ピートがせき込むように、こう補足した。

「わかるよ、わかる。そうしてみると、人間の歴史というのは、みんなそうじゃないか。社会の変革とか、階級闘争とか、権力主義とか、みんな、より小さな統治体が、より不完全で、より大きな組織に対しての自己主張だったといえる。もう忘れ去られたという、芸術とか宗教というものは、細胞たちが自己の存在を確かめるひとつのやり方だったんだ。なあ、考えてみれば、いくら人間たちが完全な政体を作ろうとしても、それは到底不可能だったんだ。人間の組織を作る細胞と、その統治ほどすぐれた政体が他にあるか。生まれながらに役割を決められ、数年毎《ごと》に交代する細胞の集大成、これこそが最高の組織体なんだぜ――」

ピールが黙ると、ぼくもキトンも黙った。何かが、ぼくたちの心の中から脱落して行った。すべてが片付き、整理されたような無力感がゆっくりと胸にこみあげてきていた……。

もう、今では、別に焦る事もない。ぼくたちはしたい放題の事をやっている。

キトンが、生存のための最低限度の仕事をしに出掛けたあと、ぼくはピールの傍《そば》へやってきた。

ピールはいろんな色の液体を作りあげ、それを壁に塗っていた。

「どうだい、何だか、ここの風景のように見えるだろう。手で書いた写真さ」

それはいかにも新鮮だった。写真とは全く違う、一種言い難《がた》い効果があった。

「いいじゃないか」

ぼくは言ってから、今度はこちらの手の中にある像を出した。「どうだ」

「ほう、女だな、なるほど」

ピールは首を傾けるとにっこりした。

そうした絵とか像とか、それに、ただの記録ではない文章の類《たぐい》が、ホール一杯に散乱している。ぼくたちが作りあげたものだ。

こうしたものを、どう扱っていいのか、ぼくたちには判らない。しかし、作りだす事が楽しいのだ。だから淋しくなんかないのだ。

ただ――思う。こうしたものを、何だかもっと多くの人々に見て貰いたいような気がする。三人だけではなく、沢山《たくさん》の人々に。

他の人間は決して戻ってはこないのだが。すくなくとも、ぼくたちが死ぬ迄には帰っては来ない筈だったが……。

今では基地の装置類の保守は完全とはいえない。あちこち故障があるし、ぼくたちには直す力はない。

だがぼくには言える。

〝あれ〟がやって来てよかったなあ、と。

# タイミング

ソファに深く身体《からだ》をしずめ、メモをとっている数名の芸能記者を見まわしながら、私はできるだけ落ち着くようにつとめた。

「いよいよ明日ですね」

記者の一人が言った。「史上最初の立体テレビ放送、それもワンマンショーとは……タレントとしては最高の心境でしょうな」

私はかるく頭を下げて、答える。「幸運だと思っています」

「実際、すばらしい」また一人が言った。

「デビューされたのは二年まえでしょう？　おどろくべき躍進ですよ」

「いいえ」微笑。「時代の流れに、偶然マッチしただけです。それだけのことですよ」

記者たちはうなずき、せっせとメモをとった。

別の一人が質問した。

「ところで、今度の立体テレビですがね、実験によれば、スタジオの温度はおそろしく高いとか……。なんでも五〇度Cをこえる可能性があるそうですが、大丈夫ですか？」

「立体カラーですからね」と私。「強い光線が必要らしいです。やりかたしだいでは、もっと高温になるおそれもあるらしいです」

「まったく、超人だ」

その記者はうなった。「人間わざじゃないな」

ひやりとしたものをおぼえながら、私は腕時計を見た。

「時間のようです。ほかに……」

「いえ、結構です」

記者たちは口々に礼を言うと、部屋を出てゆく。気分がゆるむのを感じながら、ソファの背に頭をのせた。

とにかく、インタービューは終わったのだ。


部屋を出て、二階へのぼってくると、チーフに会った。私が属しているユマニテ・プロの責任者だ。

「大丈夫だったか？」

と彼はたずね、私はうなずいた。

「次の出演時間だ。少しおくれている。いつもどおり、私室に入っていてくれ。多分夜中には済むだろう」

言い終わると、チーフは急ぎ足で下へ降りて行った。私は自分の室に帰り、鍵《かぎ》をかけるとベッドに横たわる。ユマニテ・プロの幹部以外のだれにも会うわけにはいかないのだった。テレビスター……私は天井を見ながら、ぼんやりと考えた。いまのこの生活がいつまでつづくのだろう。

二年まえ、私は野心をいだいて、このプロダクションの新人募集に応じた。そして思いがけずトップで合格したのだ。

「いい人間がみつかった」と、プロの幹部たちはよろこんだ。「このフェイス、このスタイルこそ、いま大衆がいちばん求めているタイプだ……主役に起用しよう」

主役？　演技もろくにできない私が？　おどろく私に幹部たちは保証した。

「心配いらん。まかせておくんだ。われわれのユマニテ・プロがスターづくりでは一番うまいことぐらい、知っているだろう？」

「きみは、その容貌と姿態だけを大切にして、人々の前にあらわれたらいいんだ。実際の演技はロボットがする」

「ロボット？」私は仰天した。

「そう、演技力だけは完全なロボットが用意されている。それに、きみの顔や声をとりつければいいんだ。きみの仕事はインタービューやサインや、その他ロボットにできないことだけで十分なんだ。だいじなのは、大衆むきの、きみの格好さ」

話は簡単だった。演技用ロボットがブラウン管上にあらわれ、私はその私生活部分を受けもつ。プロダクションの幹部以外は、だれもそれを知らないのだ。ユマニテ・プロが以前からいつもその方法を使っていたのを、私はその時やっと知ったのだった。

こうしてはじまった二重生活は、しかし私に大きな満足をあたえた。演技はしなくても、私自身はスターであり、いくつも賞をとった身であり、アイドルなのだ。世人はロボットのみごとな演技を、みな私のものと考えているのだ。

文句をいう筋合いはない。それに、私が自分のフェイスやスタイルで選ばれたことは事実だ。私には存在意義があるのだった。

そんなことを考えているうちに、私はいつか眠ってしまったらしい。気がついた時には夜中すぎ、チーフとロボットが戻ってきて、しきりに部屋のドアをたたいていた。

いよいよその翌日、立体テレビの最初の放送の時間になった。

私はいつもの通り私室にこもり、さて、あたらしいテレビセットのスイッチを入れた。みるみる周囲があかるくなり、はなやかな色彩につつまれたスタジオが浮かびあがる。まさに、現代科学の勝利だった。実際に道具はそこにあり、手を伸ばせばとどきそうな感じだった。

音楽が鳴りわたると、正面に、私じしんが登場してきた。優雅なものごし、ゆたかな表情……私は思わずため息をついた。

「みなさん、こんばんは」

と、ロボットの私は呼びかけ、両手をひろげる。

そして、そのまま動かなくなったのだ。たちまち視線は固定し、口は大きくひらかれた。と、つぎの瞬間、顔が奇妙にゆがむと、どろりと溶けはじめた。

（しまった！）と私は思った。スタジオ内の温度が何かの手違いで、上昇しすぎたのに違いない。

目の前の私はずんずんくずれ、ぐにゃりと折れた。はげしい音響とともに、歯車がとび出した。真空管が散乱し、割れた。

と、たちまちいままでの風景は消えうせた。局があわててスイッチを切ったのだ。

あまりのことに私は声も出なかった。もし自分がスタジオ内にいたのなら……冷や汗が流れた。

そして、これを見ていた数百万の人々のことに気がついた時、私はうめいた。おしまいだ。みんなおしまいだ。人気も地位も……。私という存在はロボットだとわかり、そして……。

明日からのことを考えたくはなかった。

# テレビの人気者・クイズマン 人間百科事典

## 物語のはじめに

立体カラーテレビの時代になると、奇想天外な番組が次から次へと登場するようになった。人々はますます刺激の強いものを求め、やがて番組のほとんどが愚劣なものにかわっていった。そうした中で安定した人気を保っていたのは、むしろ古典的なクイズ番組――それも、プロのクイズマンの対戦だった。

クイズマンというのは、テレビなどのクイズ番組の賞金で生活する人々のことだ。いく人かでチームを組んで出場し、他のチームと勝敗をあらそうのである。

このクイズ番組も初期のころは問題もやさしく、出場メンバーの質もたいしたことはなかったが、賞金が巨額になるにつれていろんな部門の専門家や学者くずれが参加し、専門のマネージャーがチームをひきいるようになると、事情はかわってしまった。出題がむずかしくなったせいもあって、人々は問題そのものよりも解答のテクニックや選手の正解率やチームどうしの浮き沈みのほうに興味を持ち熱狂しはじめたのである。

ふつう、プロのクイズ番組は、電子頭脳を中央に置き、左右に両チームのメンバーとマネージャーを並べて開始される。電子頭脳が合成音で問題を読み、解答のあるなしにかかわらず三十秒後に今度は正解が読みあげられるのだが、その間に対戦チームのメンバーは一瞬を争って解答を出し、得点をかせがなければならない。というのも、対戦に敗れるとその番組の賞金は相手チームにとられてしまうし、何度も敗戦をつづけると、チームそのものが破産してしまうからだ。

たしかにクイズマンはある程度尊敬もされ人気もある。が、その代償として、かれらは夜も昼も暗記と勉強をつづけなければならなかった。出題範囲や形式にいっさい制限がない以上、なんでも知っていなければならなかったのである。

## ののしりの声を背に

「さあみんな、がんばれよ」

専用バスがクイズ・シアターに近づくと、マネージャーが頭脳刺激剤をくばりながらはげました。「きょうの〝アンチプロトン〟との試合に勝てばA級リーグ入りだ。しっかり頼むぞ」

シートにすわって暗記をつづけていたぼくは、仲間とともに顔をあげた。

「とはいうものの、〝アンチプロトン〟は七か月もA級にランクされている強豪だ」マネージャーはつづけた。「むこうも陥落《かんらく》したくない以上必死になってくるだろうから、今までの相手と同じように考えるわけにはいかない」目が光った。「おちついて、ほかのことは何も考えず心を澄ませるんだ。正確に、迅速《じんそく》にボタンを押すんだ」

「もちろんですよ！」

ひとりが答えた。「せっかくのA級入りのチャンスだ。みすみすのがすつもりはありませんよ！」

みんなが陽気に笑った。ぼくも笑った。

（いよいよA級だ！）

ぼくの心はおどっていた。A級チームともなれば人気はぐっとあがるし、賞金だって前とは比較にならぬほど多くなるのだ。

ぼくは手の上の頭脳刺激剤を、ぐいと飲み込んだ。

だが、みんなといっしょにバスを降りてむらがるファンの間をかきわけ、クイズ・シアターにはいろうとしたとき、突然聞きおぼえのある声がぼくを呼んだのである。

「西谷さん！」

はっとして振りむくと、そこには高校、大学を通じて首席をあらそい、大学院でもいっしょだった同級生の山野《やまの》律子《りつこ》が立っていた。

「やっぱり……うわさはほんとうだったのね！」

山野律子はぼくの前に歩み寄ると、はげしい声でいった。「あなたが、クイズマンなんかになるなんて！」

「……」

ぼくはあっけにとられて黙っていた。

「まるでサル芝居のサルじゃないの」山野律子はぼくの赤い鳥のマークをぬい込んだチームの制服を軽べつしきった目でながめた。「よくもこんなに恥知らずなことができるわね」

「待ってくれ」ぼくはやっとのことで口を開いた。「いったい何がいいたいんだ？」

「あなたは一流の学者になれるはずの人間だったのよ！」山野律子は叫んだ。「そのつもりであなたもはじめ研究室に残ったんでしょう？　それを、先生の期待を裏切ってまで人間のクズになるなんて！」

「クズだって？」

「クズよ！」山野律子はののしった。「クイズマンなんてクズじゃないの。自分ではなんの研究もせず世の中になんの寄与もせず、バラバラの知識をおぼえ込んでそれを売りものにしている見世物《みせもの》じゃないの！　そんなものに西谷さんがなるなんて……尊敬していたあなたが見世物になるなんて……」

いうと、身をひるがえして、人々の中へ走り込んでいった。

## 敗戦をまねいた心の動揺

ライトがともり、立体カラーテレビのカメラが動きはじめると、観客席からはどっと拍手がわきあがった。

「さて皆さん」

司会者が流れるようにしゃべりだした。「今夜登場するのは、最近めざましい活躍をみせている〝火の鳥〟と、歴戦のつわもの〝アンチプロトン〟です。A級ランクをかけたこの一戦、はたして凱歌《がいか》はいずれにあがりますか……ではおたのしみを」

「いいか」

マネージャーが低くいう。他の四人の選手と並んだぼくは、計算機やメモ類をすばやく机上の使いなれた位置に移した。

が、ともすればぼくの心は乱れるのだった。気にする必要はないと思いながらも、今しがたの山野律子のことばが胸にうかびあがってくるのである。いつもならそんな批判など笑いとばすのだが、悪いことには頭脳刺激剤を飲んで感情が鋭敏になっていたため、ひどく気になるのであった。クイズマンなんてバラバラの知識を売りものにするクズよ……見世物なのよ……。

しかし、そんなこととは関係なく、ふたつのチームにはさまれて突っ立つ電子頭脳はカチリと鳴ると、すでに第一問を読みあげはじめていた。

「人造宝石として使われるチタニアの屈折率はいくらか」

鉱物はぼくの守備範囲だ！　はっとしてボタンを押したときはもう遅かった。ぼくのボタンは第三番で、解答順位第一と第二のランプは相手にともっていた。

「チタニアの屈折率は」〝アンチプロトン〟の選手は答えた。「二・六です」

そのまま三十秒間が経過する。観客は息をひそめて待っているが、ぼくには敵の解答の正しいことがわかっていた。

やがてスピーカーから、ゆっくりと声が出てくる。「チタニアの屈折率は二・六」

相手の頭上の得点燈《とくてんとう》がついた。

（こんなやさしい問題をやられるなんて！）

ぼくはあせった。何とかしてこの失点を奪い返さねばならない。

ほんの一呼吸おいて、次の問題が飛び出してくる。

「不活性気体アルゴンの存在を最初に確認したのはだれか」

瞬間、ぼくはボタンを押した。トップだった。「イギリスの化学者ラムゼイです。一八九四年に存在を証明、アルゴンと命名しました」

「異議あり」第二順位の敵の選手がいった。

「一七八五年にヘンリー・キャベンディッシュが存在を確認しています」

わなであった。問題は最初に存在を見いだした人間なのであった。

二対〇。

味方のメンバーの顔に、わずかにいらいらした色が見えた。ぼくの失策によってたてつづけにポイントを奪われ、スタートから不利になってしまったのである。

マネージャーが、〝全制限〟のサインを出した。全員、絶対正解の場合でないとボタンを押してはならぬという戦法だ。敵の勇み足をねらいながら確実に得点をあげる方法なのだ。

だが、敵のほうが一枚うわ手であった。

「短針銃を工業化……」

問題が読みあげられるか読みあげられない間に、敵のランプはことごとくともった。順位だけを確保し、当たりそうな答《こたえ》を順番にならべる作戦だ。

「アメリカ」

第一順位の選手がいう間にも、電子頭脳の声はつづく。「……したのは、アメリカの何という会社か」

「異議あり」第二順位の選手がにやりとして答えた。「ゼネラル・メカニックです」

時間が移るにつれて、ぼくたちの劣勢はあきらかになってきた。B級リーグでは効果的だった作戦がことごとく相手に裏をかかれるうえに、ポイントゲッターのぼくが、へまばかりをやるためだった。

このままではまちがいなく負けてしまう。

ついにマネージャーは、〝催眠解答〟のサインを出した。選手すべてが自分の意思で催眠状態になりメモをすばやく流しあって意見を調整する非常手段である。

ぼくたちが催眠状態にはいると、観客がどよめき、拍手さえ送った。めったに見られぬ作戦だったからだ。

突然、ぼくの心に、またもや山野律子のことばがとび込んで来た。見世物……サル芝居のサル……。

そう。

今のこの瞬間のぼくたちは、まぎれもなく見世物ではないか？　観客のための道化ではないのか？　それも、たかがクイズのために……ほんとうならまともな学者になっていたぼくが、なぜこんなまねをしなければならないのだ？

そう思うと同時に、僕の催眠状態はやぶれた。メモはすべてぼくの机の上でストップした。作戦はめちゃくちゃになった。

完敗であった。いや、完敗どころか、ぼく自身のクイズマンとしての職業的生命もおしまいであった。

が……もうぼくには、そのことさえどうでもよかったのである。

たくさんだった。もうたくさんだった。

こんなことをするために昼も夜も暗記をつづけ勉強してきた自分がたまらなくばかばかしくて哀れだった。ぼく自身、もはやこれ以上クイズマンの生活をつづける気にはなれなかったのである。

## 勉強せずにはいられない

「いらっしゃいませ」

お客におじぎをして予約をたしかめ、荷物をのせた自動案内機にへや番号をセットし作動するのを見届けると、ぼくはまた奥のいすに腰をおろして本を読みはじめる。もう読むまいと思い、支配人に何度も文句をいわれながらも、どうしてもやめることができないのだった。

「おい西谷」

声に顔をあげると、ぼくよりも年長の同僚が立っていた。

「交替時間だよ。へやへもどったら？」

ぼくはうなずいた。

「しかし、おまえよく本を読むな」その同僚はあきれたようにいった。「おまけにメモをとって暗記までして……たまにはテレビでも見たらどうだ？　ちょうど今、あんまりパッとしないチームどうしだけど、クイズ番組をやってるぜ」

「結構だ！」

ぼくのはげしい語気に、同僚はおどろいたような顔をしたが、そのままコントロール盤を点検しはじめた。

本を手に、フロントを出る。

このホテルに勤めるようになってから、これで半年以上もたっていた。あの日〝火の鳥〟をとびだしたぼくは、ここに職をみつけて働きだしたのである。もちろん、もとクイズマンだということをあきらかにすれば、もっといい仕事につけただろうが、一刻もはやく自分がクイズマンであることを忘れようとしていたぼくは、どんなことがあろうとそんなことをしたくなかったのだ。それに、ぼくの顔に見おぼえがあると思う人がかりにいたとしても、クイズマンとホテルのサービスマンを結びつけようとする者はいないだろう。

とはいえ、はじめのうちはともかく、ぼくはしだいに毎日が不安でやりきれなくなってきたのである。それまで眠る時間をのぞいて（それも睡眠短縮剤で半分以下にちぢめられていたのだ）あとの全時間を暗記と学習にかけていたぼくにとって、なんの勉強もせずなにもノートしない生活というのは、どうしてもつづけることができないということがわかってきたのである。なんの目的もないくせに、ぼくは習慣的に勉強をつづけなければいられなかったのだ。プロのクイズマンとして身についた習性はどうしても洗いおとすことができなかったのである。

そのうちに……と、ぼくは自分をなぐさめていた。そのうちには、なにもかも忘れてしまえるだろう。

## ふたたびクイズの世界へ

廊下からロビーにはいったときであった。考えごとをしていたぼくは、あぶなく一群の男女に突きあたりそうになった。

「失礼しました」

いいながら顔をあげたぼくは、そのまま立ちすくんだ。

いま到着したばかりらしいその人々はクイズマン——それも、あの〝アンチプロトン〟のメンバーだったのである。しかも、従業員のぼくなどにはなんの注意もはらわず歩み去ろうとしている中に、ひとり、まっさおな顔で立っている女は——。

山野律子だった。〝アンチプロトン〟の制服をつけた山野律子だった。（これは……いったいどういうことだ？）

ぼうぜんとしているぼくに、しかし気をとり直したらしい山野律子は、すっ、と近づいてきた。

「きみ……」

いいかけたぼくを、山野律子はかすかに首を振って制した。

「しかたがなかったのよ」山野律子は低い声でいった。「あのときは、わたしたちも負けるわけにはいかなかったの……。だから、メンバーになったばかりのわたしとしては、ああするほかはなかった……。でも、あなたがクイズマンまでやめてしまうとは、考えもしなかったわ」

いうと、くるりと背をむけて、他の連中のあとを追った。

「待て――」叫ぼうとして、ぼくは凍りついたようになった。そのときはじめて真相をさとったからである。

山野律子はあの日、〝アンチプロトン〟の新メンバーとして、こちらがそのことを知らぬのをさいわい、ポイントゲッターのぼくに心理的動揺を与えるために、あんなことをいったのだ。そしてぼくはまんまとそれにひっかかったのだった。

だが、プロには弁解は許されない。どんな事情があろうとも、負けは負けだ。今さら泣きごとをいうわけにはいかないのである。そんなことを考えながらいつかロビーに出ていたぼくは、不意に苦笑をうかべた。今のぼくはホテルの従業員ではないか。いつまでプロのクイズマンのつもりでいるのだ？

が――。

ぼくの視線は、ロビーに置かれた立体テレビの画面にくぎ付けになっていた。同僚のいったクイズ番組に出ていたのは、〝火の鳥〟だったのである。しかも、C級からあがってきたチームに大差をつけられて敗れかけていながら、だれひとり試合を捨てようとせずがんばっているのだ。

(帰るのだ!)

突然、ぼくの心に怒濤《どとう》のようなものがなだれ込んできた。どんなに自分をごまかそうとしても、ぼくはクイズマン以外の何者でもないのだ。どんなことをしてでももう一度〝火の鳥〟のメンバーに入れてもらおう。そのほかにぼくの生きる道はないのだ!

「待っていてくれ!」

ぼくはテレビに叫ぶと、ホテルの客がおどろくのにもかかわらず、ロビーを横切って、全速力で走りだした。走りながら、目に涙がうかんでくるのを、どうすることもできなかった。

# 100の顔を持つ男・デストロイヤー《破壊者》

## 物語のはじめに

いつのころか、デストロイヤーという名まえが、人びとの口から口へとささやかれるようになった。

デストロイヤーとは、英語の destroyer からきたことばである。単語そのものは『破壊者』という意味だ。

しかし、この時代、デストロイヤーと呼ばれる人びとは、ただの破壊者というよりも、もっと複雑な仕事をうけおっていた。たったひとりで、秘密の依頼を受けて行動をおこし、きたえぬいた頭脳と肉体を駆使して、有名人を失脚させ、テレビの人気番組を没落させ、場合によってはギャング組織をひっくり返したり、会社を破産させることさえあったのだ。

いってみれば、昔の忍者に似た存在だが、デストロイヤーは仕事を、はじめから終わりまで単独で、しかも、可能なかぎり法律に触れないようにやってのける。かりに違法行為をやるとしても、殺人や強盗などの重大犯罪はけっしてやらないのがたてまえだった。

むろん、一部には悪質な、目的のためには手段もえらばぬ連中もいるのは事実だ。そうしたことも手伝って、一般の人びとはデストロイヤーという名を聞くと多少の軽べつと好奇心の表情をうかべながら、内心では得体《えたい》の知れない恐怖心をいだくのである。

プロのデストロイヤーは、自分がデストロイヤーであることをけっして他人に悟られてはならない。仕事が終わって姿を消したとき初めて人びとが、彼がデストロイヤーであったことに気がつくのでなければならない。だから、デストロイヤーたちは、仕事のたびに、住居も、顔かたちも変えてとりかかるのが普通だ。

そうしたデストロイヤーに、家族や友人を持つことが許されないのは当然である。たしかに収入はばく大だが、危険が多く、孤独に耐える非情さがなければつとまらないのである。

## 密命をおびて

二週間分の家賃を前払いして、私は契約した号室への階段をのぼっていった。団地形式の、近ごろ流行のリースルームという、一週間単位で貸してくれる住宅である。ホテルよりも安いし、どうせそんなに長いあいだいる気はないのだから、この程度でじゅうぶんだった。

管理人が渡してくれたカギでドアをあける。

へやはせまいが、リースルームのつねで、ちゃんと必要な家具ははいっている。このぶんなら、ハンドケースにつめ込んだ紙製衣類だけで暮らせるだろう。

服を着かえながら計画を検討してみたが、むずかしいところはなさそうだった。今度の仕事は、あるガードマン派遣会社の信用をなくさせるという、それだけのことだ。この五年間デストロイヤーの生活をつづけている私にとっては、何でもないことである。

さっそく着手しよう。

私は急ぎ足でへやを出た。

階段を降りて公共集会所の前を通りかかった私は、ふと足をとめた。

知人がいたのだ！

もっとも、知人といっても、このまえの仕事のときに知り合った人間である。むこうに私の見わけがつくはずがない。今度の仕事にかかるために、私はこれでもう何十回めかの改造手術を受けていたのだ。

しかし、念には念を入れたほうがいい。

「失礼ですが」

私はすばやくポケットから硬貨をつかみ出し、地面にかがみ込んで拾いあげるふりをしながら、声をかけた。「これ、お落としになったんじゃありませんか？」

「いや、違います」相手はちらりと私を見て答えた。

「ほんとうですか？」私はつづけた。

「何だかあなたのポケットからこぼれたように思ったものですから」

「違うといったら、違います！」

相手は今度は、うさんくさそうに私をみつめて叫んだ。完全に他人の目であった。無理もない、相手の記憶にある私は、柔和な顔つきのふとった男なのだ。いまのように鋭い目をした、すらりとした体格の人間ではないのだ。

だいじょうぶだった。手術はうまく効果をあげているのだった。

私は表情ひとつかえずに、相手の前を去った。


攻撃目標の、パーフェクト警備会社というのは、堂々とした建物だった。

「いらっしゃいませ」
三、四人いる受付の左端のすごくかわいい女の子が立ちあがった。「警備をご依頼でございますか？」
「いいえ、そうじゃないんです」

私は肩をすくめてみせた。「こちらでガードマンを募集していらっしゃるということを聞いたものですから」

「あら、応募ですの？」女の子は、はずかしそうに笑った。笑うと、いっそう魅力的だった。

「とんだまちがいをしちゃって……ごめんなさい」

「書類をお持ちですか？」

別の女がいい、私は用意してきた応募書類を出して、今度の仕事のための名まえを名乗った。「有田一男と申します」

その女は、書類をたんねんに調べ、パンチ孔を走査し、自動照合確認機にかけると、うなずいた。

「けっこうです。正式の書類のようです」

「――こちらへ」

はじめのかわいい女の子が、奥のほうへ案内した。「正式の面接のまえに、いちおうガードマンとしての能力・適性をお持ちかどうか、テストさせていただきます」

通されたのは、十メートル四方ぐらいの、壁ぎわにいろんな機械が並んだへやであった。

「テスト用の自動機械です」

女の子はいった。「これから、あなたの体力や注意力や判断力などを調べます。まず、右側のベルト・コンベアーの上で走ってください」

私が乗ると、ベルトはゆっくりとうしろへすべりはじめた。走るにつれて、それはしだいに速度をあげていく。

コンベアー上の疾走がすむと、今度はぐらぐら動く平均台、瞬間的に見せられる文字や色の判断、立体像の攻撃をかわす運動、ボタンを押して反射神経をためす運動などのテストがつづいた。

が、私は平気だった。きたえられたデストロイヤーにとってはたいしたことはないテストだ。むしろ、デストロイヤーであることを見破られないように、力をセーブしたくらいである。

「すばらしいわ！」

女の子は、壁のチャートに自動的にえがかれた記録をのぞきこみ、テストを終わった私に向き直って、叫び声をあげた。「これだけの能力をお持ちだったら、まちがいなく採用されますわ。だって、評価指数一二〇というと……第一線のガードマンとしても、上の中ぐらいのところだもの」

私は微笑してみせた。

「くわしいんですね」

「くわしいって？」女の子は笑い声をたてた。「わたしも、ガードマンのひとり。いえ、ガードウーマンかしら」

「あなたが？」

それは意外だった。

「ちょっとわからないでしょう？」女の子はおかしそうだった。「だからときどき、おかしな来客が中へ通るのを防ぐために、受付に配属されるのよ」というと、手をさしのべた。

「わたし、北沢京子《きたざわきょうこ》っていうの。これからよろしくね」

私はその手を握りしめた。

「こちらこそ」

ひきつづいて行なわれた面接も、私はらくらくと通過した。

予定どおりだった。

## 〝神の啓示〟をねらえ！

チャンスは、思ったよりも、わずかに早めにやってきた。

十日めのことだ。

「有田くん、ちょっと」

呼んだチーフにつづいて、私は出動指令室にはいった。

指令室にはもう、数名のチーフと、十数名のガードマンが来ていた。その中にはあの北沢京子もまじっている。京子はちらりと私に微笑を向けた。

「集まってもらったのは、ほかでもない」

チーフのひとりがいいはじめた。「実はこんど、ニッポン・ニュース社が、世界各地から歴史的に有名な宝石を集めて展覧会をひらくことになり、わが社が警備を依頼された。この仕事に失敗すると取り返しがつかないことになるので、こうして、特に腕ききの諸君だけで警備体制を組むことになったのだ」

チーフはガードマンたちを見渡した。「宝石はすでに海外警備会社によって日本へ搬入され、関東銀行の金庫に入れられている。諸君の仕事はそれを今夜会場へ運び、それから会期ちゅう警備することだ。きょうの夕方の五時までには、みんな用意をととのえて、もう一度会社へ集まるように……いいね?」

ガードマンたちはうなずいた。むずかしい仕事のために選ばれたとわかって、全員の顔が誇らしげに輝いている。

「では、解散!」

声があり、みんなは出動指令室を出る。北沢京子が私のそばへやってきた。

「重大任務ね」京子はささやいた。「あなたもわたしも選ばれて、よかったわね」

「ありがたいことだよ」

私は答えた。それはたしかに、うそではなかった。パーフェクト警備会社にはいってまだ十日しかたたないのに、これほど大きな仕事にタッチさせてもらえるのだ。

むろん、そのためには、私はできるだけのことはやった。あの日、即日採用が決定した翌晩には、私は能力を買われ、見習いとしてベテランのガードマンとともに、ビル街の警備にまわされたのだ。そして、その夜のうちに、依頼会社に侵入しようとした男をつかまえ、信用を得たのである。三日たち五日たつうちに、私は着々と実績をあげ、一週間後には、もう今までのように先輩の監視つきでなく、一人まえのガードマンとして仕事にまわされていた。が……私はまだ計画には手をつけはしなかった。そんな小さな仕事のときにやったところで、効果はない。私はずっと、一発で勝負のきまるチャンスを待ちつづけていた。と、やっと、その機会が、やってきたのだ。

「ねえ、有田さん」

京子が白い歯を見せた。「今度のこの任務が終わったら、ふたりでいっしょに立体映画でも見にいかない？」

「光栄だね」

私はいった。「ぜひ、おともさせてもらうよ」


その夜。

都心の、しずまり返った博物館の中を、三交替制をしいた私たちは、規則正しい足音を立てて警備をつづけていた。三交替制といっても、非常事態がおきたときには、全員がすぐに動きだせるように手はずがととのえられている。

むろん、警戒しているのは、パーフェクト警備会社のガードマンだけではない。博物館の天井の高い廊下には、至るところに赤外線監視機や、自動銃撃装置がしかけられているのだ。

そうした厳重な警戒網にかこまれ、何十という小さな超硬質プラスチックドームの中に宝石類は陳列されていた。それも、有名なものばかりだ。三一〇六カラットの原石からとられたカリナン・ダイヤ群の一部、スミソニアン博物館から借り出した濃青色の〝ホープのダイヤ〟その他、五三六カラットのスター・サファイヤ〝インドの星〟や、おそろしく精巧な軟玉の細工物や、最近発見された最上質のキャッツアイ〝神の啓示〟など、どれひとつとっても、ちょっとした会社の二つや三つは作れるほど高価なものなのだ。そうした心理的圧迫もあって、くらく、天井の高い博物館の廊下をパトロールするガードマンのくつ音は、エコーをともなって、いやに高くひびくのだった。

午前二時直前。

私たちの班の受け持ち時間がそろそろ終わろうとするころ、私は行動をおこした。交替直後のはりつめた緊張感がほっとゆるみかかるときをねらったのだ。

パートナーの腹に一発、パンチを入れる。不意をつかれたそのガードマンが、声も立てずにくずれるのを見届けると、私は用意してきた小さなスチールボールを、ザザッと、監視装置類の元スイッチのあるほうへころがしてやった。

「だれだ!」

私は叫んだ。「だれか……元スイッチのほうへ行ったぞ!」

ダダッと、他のガードマンたちが走りだした音を聞きながら、私はすばやく、手近の〝神の啓示〟のケースに近寄り、ハンドレーザーでケースを焼き切った。

五秒。

六秒。

元スイッチへかけ寄ったガードマンたちがスチールボールに足をとられて転倒した。

七秒。

ぱっくり口を開いたケースの中のカボッション型のキャッツアイをとりだし、ポケットから出したケースにつめ込み、携帯用のテープレコーダーを、ケース群のまんなかへほうり込んだ。テープレコーダーは自動的に動きだして、叫びたてた。「来るな！　近寄ると撃つぞ！」

すでに態勢を立てなおしていたガードマンたちは、いっせいにケース群のほうへ向き直った。ひとりが、「抵抗をやめろ！」とわめいた。

私は四つんばいになって姿をかくしながら出口のほうへと急いだ。ガードマン用の監視装置との同調器をつけているから、機械類にやられることはない。私はやみの中を、なれた調子で進みつづけた。

ようやく出口ちかくへ到達したと思った瞬間、私の背中に、ネコのように音もなくとびついたものがあった。

「こっちよ！」

そのガードマンは叫んだ。「侵入者をみつけたわ！　みんな、こっちよ！」叫びながら私の首をしめにかかる。その弾力性のあるからだに触れるまでもなく、私はそのガードマンが北沢京子であることを悟っていた。

私は首にかかった手を振りほどいた。相手がタックルしてきた。女とは思えないほどあざやかな身のこなしだ。

組み打ちになった。

ドドドと他のガードマンたちが走ってくるのが聞こえる。

ぐずぐずしてはいられない。

相手にあて身をくわせようとしたそのとき、京子のポケットライトが、まともに私の顔を照らし出した。

「有田さん！」

泣くような声で京子はいい、ライトをとりおとした。

私は相手を振り払って、走った。

出口の横の、目をつけていた窓に、からだごとぶつかる。割れたガラスをものともせずに窓ぎわから、四メートル下の地上に身をおどらせた。

銃声。

私は出せる限りの全速で駆け、角をまがった。

そこには、ガードマンを運んできた車がある。

私は車のスイッチを入れてスタートさせ、そのままとび降りた。直線路を車はまっすぐ走ってゆく。

ガードマンたちが車を追うのを見定めると、私は予定していたとおり、ニッポン・ニュース社にむかった。ニュース社の手前のくらい路地でガードマンの制服をぬぎ捨て、玄関にはいってゆく。

「落とし物です」

〝神の啓示〟のはいったケースを受付に渡すと、私はあとをも見ずに、ニッポン・ニュース社を出た。

成功だった。

これで、いいのだ。

ケースをあけて〝神の啓示〟がはいっていることに気づいたニッポン・ニュース社は、あわてて博物館に連絡をとり、そこで事故がおこったのを知るだろう。それで、パーフェクト警備会社の信用は、一挙になくなってしまうはずだ。この事件があちこちでささやかれるにつれて、パーフェクト警備会社の経営はむずかしくなっていくに違いない。それが私の仕事なのだった。

# デストロイヤーに感傷は無用

「よくやってくれた」

依頼主の、第一警備会社の重役は、密室の中だというのに、低い声でいった。「これで競争相手はなくなるだろうし、わが社はますます繁栄するというわけだ」

「報酬をいただけますか？」

私は相手のおしゃべりをさえぎった。「ご依頼のときに半分だけいただいております。あとは作業完了のさいにいただくことになっております」

いいながら、契約書を出す。

「きみに払うのか？」

第一警備会社の重役は、奇妙な表情をうかべた。「たしか、契約では、本人に残金を渡すことになっているはずなのだが……」

「私が本人です」

相手の顔に、信用できないという色があらわれるのを見ながら、私はいった。「お疑いでしたら、指紋錠で確認してください」

半信半疑の顔つきで相手は、契約のときにセットしておいた指紋錠確認装置を持ってきた。

その小型の機械の、だえん形のくぼみに私は右手の小指を入れた。

照合確認のランプがともる。

「――わかった」

第一警備会社の重役は、ぞっとしたような、そのくせかすかに軽べつの表情で、だまって金《かね》を支払った。

受け取って、外へ出る。

専用のキーボックスへ行って、あたらしい仕事の依頼がきているかどうかを調べなければならないのだ。仕事があれば、またもやその仕事に適当な顔かたちや体型に手術してもらい、見知らぬところに住んで、着手するのである。

むろん、もうあのリースルームに帰るわけにはいかない。ひとつの仕事が終わると同時にすべては過去のものとなってしまうのだ。

何もかも……そう、信頼も友情も……。

突然、私の心の中に、あざやかに北沢京子の顔がうかびあがってきた。彼女が私に好意を持っていたのはたしかだった。それゆえにいま、裏切られた彼女は、私を死ぬほど憎んでいるだろう。

なぜあのままガードマンとして暮らさなかったのか……なぜあのままあのかわいい女の子とのつきあいのチャンスを保ちつづけなかったのか……ほんとうなら今ごろはいっしょに立

体映画を見にいっていたのではないか……。

だがそうしたにがい感傷は、いつまでも続きはしないのだ。デストロイヤーはすべてを忘れなければならないのだ。それが、私たちの宿命なのだ。

私はくちびるをかむと、人ごみの中へまぎれ込んでいった。

# 電話

## 夜のお遊びこそわが生き甲斐《がい》

「きみは不満だろうが、ま、これは会社の親心なんだ」

ぼくのQ市転勤がきまったとき、課長はぬけぬけと、そんなことをいった。

「もう少し仕事のほうにも身を入れて……ベテランのセールスマンになって来いという、上のほうの配慮なんだよ」

ぼくは、口でこそ、はいはいといったが、その実、腹が立って、気も狂いそうだった。やっとこさ課長になったような奴に、そんなふうにいわれなければならないのが、情けなかった。

そりゃたしかに、ぼくは仕事の上で、期待されたような成績はあげなかった。人なみに勤めるだけで、もっぱらエネルギーは退社後の、夜のお遊びのほうにつぎこんでいたせいもある。

しかし、この世の中は、働くためにあるんじゃない。楽しむだけ、楽しまなければ生まれてきた甲斐がないというものではあるまいか？

だから、ぼくは忠告を受けたり、いやみをいわれたりしたが、決して、やりかたを変えたりはしなかったのである。

それを、Q市へくんだりへ転勤だと？

そんな所で、都会に馴《な》れきったぼくが、生活を楽しむなんて、夢の夢ではないか。

でも、仕方がなかった。行かなければ、クビになること間違いなしだ。あたらしい勤め先を探しても、今ほどサラリーをくれるかどうか怪《あや》しいものだ。

「Q市とは、また、しまらない話じゃないの」

やけ酒をつきあってくれた、プレイガールのユリがいった。

「でもまあ、そのうちに戻れるわよ。それに、案外Q市でアバンチュールをやる気になっているんでしょう？　へんなのにひっかかって、うつつを抜かすんじゃない？」

そういえばまあ、そんな可能性がないでもないな……と、ぼくは気をとり直した。

## 遊びの先回りをする無情な電話

しかし物事、そううまくはいかない。

Q市に着任してみると、とてもお遊びどころではなかった。

出張所長というのが、仕事の鬼を絵に描いたような男だったからである。

おまけに、長い間、Q市に置かれたままなものだから、都会から来た若い人間に対して、むき出しの敵意を見せるのだった。

「きみは、本社では、だいぶ優雅に暮らしていたらしいな」

所長は、すごみのある笑いを浮かべていった。

「しかし、ここではそんな真似はさせないぞ。わしが徹底的にきたえあげてやる。毎月、割当ての台数だけ売れなかったら、そのことをいちいち本社に報告する。ぼやぼやしていると、一生、本社に帰ることはできないようになるぞ」

宣言どおり、ぼくは、最初の日から、Q市出張所の担当地区の田舎まわりをさせられることになった。

それも、たったひとりでだ。

ぼくはカタログ類を入れたカバンをぶらさげて、一週間にわたるセールス旅行へと、バスに乗った。

最初の町についたのは、もう夕方だった。ぼくは、いまいましさをまぎらわせようと、目についた飲み屋にはいった。せめてそのぐらいの楽しみでもなければ、こんな馬鹿げたことを続ける気にはならない。

二時間ばかり飲んでいるうちに、ぼくはそこのかわいい女の子を、その気にさせるところまでこぎつけた。

看板になっていっしょに出るために、すわりこんでいると、電話がなり、とりあげたおかみさんが、ぼくに目をむけた。

「あんた、多田さんって人？」

「――ええ、そうだけど……」

ぼくは、ぎくりとした。

「電話が、かかってるわよ」

ぼくは目をむいた。

ここに、ぼくがいることなど、だれも知らないはずだ。

それをまた、どうして？

なぜわかったんだろう。

所長の奴《やっ》だ――ぼくは、だしぬけに気がついた。スケジュールは出張所が作ったものだ。長い間このへんを担当している出張所の所長には、ここに飲み屋が一つ二つしかないことも、先刻ご承知だろう。

ぼくが息抜きに立ちよることを計算に入れて、はっぱをかけようと電話して来たのだ。

髪の毛が逆立つ思いだった。

「あら、どうしたの？」

おかみの声を背後に、ぼくは勘定を払うと、くらい夜の中へ飛び出して行った。

馬鹿にしやがって！

あんまり興奮していたので、おもてをちょうど通り過ぎるトラックに、あぶなくはねられるところだった。

所長のいやがらせは、それだけでは済まなかった。

次の夜、出張所が指定した旅館にとまる気にならず、おもしろそうなところを物色し、一軒の、つれこみ宿にはいって、女を世話するかどうか、あたっている時、ぼくは肩をたたかれた。

出張所の決めた旅館の番頭だった。

「お待ちしていました。いま、こちらのほうへ来られたという電話がありましたので、おさがししていたんです」

ぼくは舌打ちして、番頭に従った。

もっとも、とまろうとしたさかさクラゲが、その夜火事を出し、アベックが何組か死ぬというハプニングがあったのは、奇妙といえば奇妙なことだった。

翌日も、さらにその翌日も、電話は執念ぶかく、ぼくを追いかけてきた。

ぼくは決して、電話口には出なかった。所長に対する憎悪はますます強まった。

# プレイガール・ユリ

出張所に戻るとすぐ、ぼくは所長室へ駈《か》けこんだ。

「いったい、何ということをするんです！」

ぼくはわめいた。

「行く先々へ電話をかけて来て……そんなに信用できないんだったら、同行してくれたらどうなんです！」

だが、所長は顔をしかめた。

「何の話だ？」

「しらばくれるのも、たいていにしてくれませんか！　どうしてあんなまねを……」

「わしに、そんな暇があると思うのか？」

所長も、どなり返した。

「わしは別の地区へ行っていたんだぞ。きみは何をいっているんだ？」

まさか……ぼくはぼうぜんとした。それじゃ電話をかけて来たのは……？

そのとき、机の上の電話が鳴った。

「もしもし……」

電話の声は、かぼそかったが、ぼくにはすぐわかった。ここへ来る前に、一晩つきあってくれた、ユリであった。

「久しぶりだな！　よくかけてくれた！」

が……返事はなかった。電話は切れてしまっていた。

「もしもし！」

わめくぼくの目が、机の上に置いてあるハガキをとらえた。

セールス旅行中に来た、ぼくあてのそのハガキは……彼女の死を知らせたものであった。

ぼくが赴任してすぐ、酔っぱらって自動車事故でやられたのであった。

では、今までのあの電話は……ひょっとしたら、みんなユリが――あの世から……？

ぼくは絶叫をあげ、所長室から走り出た。

外へ――瞬間、ダンプカーが、のしかかって来た。

「ばかなひとね」

ユリが笑った。

「わたし、あなたを助けてあげようとして、あなたが死ぬはずの直前に、電話で引きとめてあげていたのよ。それを自分から死ぬなんて……やっぱりツイてないのね」

「こうなれば、このほうがいいさ」

ぼくは答えながら、彼女といっしょに暗い寒い中を漂《ただよ》っていた。ふわふわと漂ったままで、つけくわえた。

「ここは暗くて寒いし、ほかに遊ぶところもないけれど、きみもいることだし……何といってても、もう仕事をしなくてもいいんだからな……」

# 店

アクリル樹脂でできたドアを押して、ぼくは店内に入った。

天井から、いくつか照明体がぶらさがっている。

壁には、模様を浮きあがらせた人工窓が並んでいた。ふとい、くろいふちどりで、ちょっと見たところでは金属化合物をガラスに焼きつけたようだが、じつは、不織布に絵を描いて、貼《は》りつけてあるだけなのだ、

「何にしますか？」

声がした。

アルミ製の円盆を手に持った女の子が、うさんくさげにうしろに突っ立っている。

「ああ」

ぼくはわれに返った。

そういえば、ぼくは、席につかなければならないのだ。

店内をざっと見渡すと、赤や青の派手な色の椅子《いす》が四つずつ、テーブルをはさんで、それぞれセットになっている。

ほかに客はいなかった。

ぼくはしばらく考え――考えているうちに、女の子はしびれを切らしたのか、奥のほうへ引っ込んでしまった――ガンガンと音楽を吐き出すスピーカーからなるべく遠い位置に、腰をおろした。

ところが……今度は、待っても待っても誰もやって来ないのである。注文を取りに来るはずなのに、奥のほうでぺちゃくちゃ、ぺちゃくちゃ話し声がしているだけで、誰ひとりぼくのところへ来ようとしないのだった。

「ちょっと」

と、ぼくは呼ばわった。

返事はなかった。

「ねえ、ちょっと！」

ぼくは、また呼んだ。呼んだというより、叫んだというほうが正確かもしれない。

やっと、別の女の子が、にらみつけるような表情であらわれた。やはり銀色の盆をささげ、その上に、水を入れたグラスをのせている。

女の子は、ぼくの前に来ると、ものもいわずにグラスをつかんで、ガチャンとテーブルに置いた。水がばしゃっと飛んで、あたり一面に広がり、ぼくの顔にもふりかかった。

「何をするんだ！」

しかし、女の子は答えない。仏頂面をしたまま、突っ立っているだけだ。

ぼくはポケットからハンカチを出して、わざとのろのろと拭いてやった。

それでも、女の子は平気だ。

こうなれば、あきらめて次の行動に移るほかはない。

「えーと」

ぼくは、記憶をたぐりながらいった。「その……そうそう、コーヒーだ」

「ホットですね！」

女の子は、はじめて口をきいた。

「そう、ホット・コーヒー」

くるりと、女の子は身体《からだ》を旋回させ、投げやりな足どりで去って行った。

入れちがいに、また別の女の子がこっちのほうへやって来た。

いやに早いが……手には何も持っていない。

何の用だろう。

そう思う間もなく、あたらしい女の子はドアの近くの機械に歩み寄った。

入って来たときには気づかなかったが、奇妙な機械だった。四角い箱で、上のほうは何重にも区切られ、ひとつひとつの区切りに文字が書き込まれている。

女の子は、硬貨を出して挿入孔に入れると、その小さな区切りを、いくつか押した。

たちまち、店内の音楽がやんだ。やたらにさわがしいだけのその音楽に、さっきからへきえきしていたぼくは、救われたような気分になった。

だが次の瞬間、ドアのそばの機械が、耳もつぶれよとばかり、猛烈な音を出しはじめたのである。それも、今までのように、楽器だけの音ではない。人間がわめき立てているのだ。店内にびりびりと鳴りひびき、グラスに半分だけ残った水も、こまかくふるえはじめた。

気が狂いそうだった。

それにもかかわらず、機械の横に立った女の子は、気持《きもち》よさそうに、足でリズムまでとっているのだ。ぼくが顔をしかめ、肩をすくめてみせても、まるで問題にしないのだった。

ふと気がつくと、さっき注文を聞いた女の子が、ぼくを見おろしている。

「ミルク、入れますか？」

と、女の子はたずねた。

つまり、コーヒーにミルクを入れるかどうか、たずねているのだ。

「そうだね」

「早くして下さい！」

「あ、ああ、入れてくれ」

女の子は、テーブルのコーヒーカップにどくどくとミルクを注《そそ》ぎ込んだ。分量を指定するひまもなかった。あっというまに、コーヒーはうす茶色の液体にかわってしまった。それから、細長い紙片をテーブルのはしに置いた。

「これはなに？」

　ぼくはたずねた。

　女の子は、こっちをじろりと眺めた。

「ふざけないでよ！」

「ふざけるなって……」いまや店内いっぱいにひびき渡る異様な音楽（!?）のために、ぼくは、声を張りあげなければならなかった。

「答えてくれたって、いいじゃないか！　ぼくは知らないから、聞いているんだ！　これは何だ？」

　女の子は、ななめにぼくを見た。

「そんなにどならなくたって、いいじゃない？」

「これがどならずにいられるかよ！　こんなにやかましいのに、大声を出さなきゃ、聞こえるわけ、ないじゃないか！」

　すると、にわかに相手は胸を張った。

「ちょっと、あんた」

　女の子はいった。「いいかげんにしてよ！」

「どうしたのさ！」

　気違いみたいな音を出す機械の横にいた女の子が近寄って来た。

いちばんはじめの女の子も、急ぎ足でやって来た。

「何やってんのよ！」

「こいつ、おかしいのよ」

「おかしい？」

「いいがかり、つけるつもりらしいわ」

「へんな奴《やつ》」

「マスター、呼んでくる」

ひとりが、奥へ駈《か》け込んだ。

ぼくは、腰を浮かした。

「ちょっと。逃げるわよ！」

「飲み逃げよ！」

だがもうそんな声さえ、耳には入らなかった。ぼくは追いすがろうとする女の子たちの手を振り切り、必死でドアを押して、外へのがれ出た。

「馬鹿だな。その紙片は、勘定書きだったんだ。きみがいくら支払えばいいか、しるしてあったんだよ」

歴史学者がいった。

「支払いを?」

ぼくは目をまるくした。「あんな目にあって、おまけにこちらが支払うのか?」

「そうらしい」

歴史学者は首をひねった。「そういう慣習だったらしい」

「………」

「二十世紀には、日本ではああいう喫茶店というものが無数にあって、人々の応接室のかわりをしていたというんで……資料をそろえて復元し、記録に残っているとおりの性格を与えたロボット・ウェイトレスを置いてみたんだが……誰に入ってもらっても、みんな逃げ出してくる。なぜ、あんなものが流行したんだろうね」

# ＥＸＰＯ２０００

ピイピイピイ、と映話が鳴った。映話はこの貸《かし》研究室にそなえつけになっているが、だれにも番号を知らせなかったので、いままでに一度もかかってきたことがない。

ピイピイピイ……。

ぼくは無視することにした。どうせ、そのうちあきらめるだろう。

ところが、ぼくが新しく得た記録を公式化してコンピューターにほうり込み、そいつが実際にあり得ないという結論を得て、がっくりわれに返ったときも、まだ鳴り続けていた。

たまりかねて、ぼくは応答ボタンを押した。スクリーンに見おぼえのある顔が浮《うか》んできた。

学校時代の友人・須田雄作だ。たしか世界各国をまたにかけて、かせぎまくっている企画の専門家である。

「きみ、いよいよ万国博だよ」

須田はむぞうさにいった。

「万国博？」

「ＥＸＰＯ２０００だよ」

「そんなものがあるのか」

「こいつは驚いた。知らないのか」

「知らないな。ぼくはこの五年間、ここにこもりきりで研究を続けているからね。食べものは食品配送会社がエアーシュートで送ってくれるし、データも――」

「ニュースは見なかったのか」

　ぼくは首を横にふった。UHFの、全部で四十チャンネルもある立体テレビなんて、時間をとるだけだ。第一、ぼくは自分で必要と判断した種類のニュースを情報整理会社に頼んで送ってもらっている。二十世紀前半の社会現象分析という仕事を持つぼくには、それで十分なのだ。そういうふうに局限しなければ、ありとあらゆる情報でごった返す二〇〇〇年の現代では、何についてどう考えたらいいのか、収拾がつかなくなってしまう。そういうわけでぼくが範囲を制限し指定したわくの中に、万国博のニュースがはいってこなかったのだ。

　ぼくの話をきいて、須田は嘆息した。

「でも、まあいいや。万国博を見に行かないか」

「おことわりだ。万国博なんかに興味はないよ。あれは要するに文明の里程標だろう？　なぜそんなものをいまごろ開催したのか知らないが、いまは昔のように工業化に血道をあげていた時代じゃない。情報産業中心の世の中だろう？　そんな時代遅れのものなんか……」

「おい前川！」

　須田はわめいた。

「そんなこと、とうにわかっているよ。が、こんどの万国博は、いままでとはまったく違うんだ。だからこそぼくの属するユニットだって出展したんだぜ」

「ユニット？」

ぼくがいうと、須田は妙な顔をした。

「ユニットも知らないのか」

めんどうになってぼくは、映話のスイッチを切りかけた。

「待て」

須田は手をあげた。

「それじゃいうが、ぼくの属する太平洋上第三ユニットが、何を出展したか知っているか。二〇世紀に失われたものと回復しなければならないもの、というテーマなんだぜ」

きいたとたん、現金な話だが、ぼくは「行く」と答えた。

「ヘリコプター・タクシーで、十五分以内にそちらに着く」

というと、須田は映話を切った。

「きみがあんなところにとじこもっている間に、世の中はどんどん変《かわ》っているんだぞ」

ぼくらを乗せてヘリコプター・タクシーが舞いあがると、須田はいった。

「情報整理会社がコンピューターで選別して送ってくるデータも結構だが、それでは生きた研究はできやしないよ。——見ろ」

いわれて見おろした地上は——しかし、ちっとも変化していなかった。相変らず超高層ビルがひしめき、ハイウエーが入組《いりく》んで、密集した、人間の住む余地のない人工砂漠なのだ。

「どこが変ったというんだ？」

「しっかりしろよ。前と変っていないところが問題なんだ。都会というのは生きものだぜ。本当なら、もっともっとひどくなりコンクリートのかたまりに化してしまっているはずじゃないか」

「…………」

「人々はね、都市に集中するのをやめつつあるんだ。もうこれ以上こんなところに住めないと悟りはじめたんだ。無計画な、コントロール不可能の巨大な集積体、そしてそのためにおこる人間疎外……そこから逃げだそうとした最初の試みが、さっきいったユニットなんだ」

「…………」

「ユニットというのはね」

眼下の大都会が流れ去り、海面になるのを見やりながら、須田はつづけた。

「高度のレベルを持った専門家が、知性と相互尊重の念を条件として集《あつま》り、独立した有機体を築きあげたものをいう。そこではムダは排除され、かつ、快適な環境が保証されるんだ。その住み心地のよさに、南極とかサハラ砂漠に作られたユニットのメンバーは、おのおのの国籍からの離脱を宣言し、ユニット籍にかえることを国連に訴えている。むろん昔ながらの国家は猛反対しているが、何といってもこれは、人間が生《うま》れつき国籍を決定されることへの問題提起だからね、支持する者も多い。ぼくの属する太平洋上の人工島のユニットは、まだそれほどの力は持っていないけれども……。まあユニットというのは、相互にメンバーの出入りを許す協定を結んでいるから、いざとなればどこへでもかかわれるさ」

ぼくは黙っていた。何だか、頭がへんになったみたいだった。

「が、そうしたやりかたは、根本的な解決にはならないな」

とぼくがいうと、須田はうなずいてみせた。

「一部のエリートが救われるだけだからね。それよりも、いまの窒息しそうな環境を思い切って改善しよう、そのために心をあわせよう、という運動が盛りあがってきた——そのあらわれが、こんどのＥＸＰＯ２０００なんだ」

いつか、海面のところどころに、島のようなものがあらわれているのに、ぼくは気がついた。あんなところに島はなかったはずであった。

「あれはみんな、人工島さ。あそこにはもはや都市化された日本本土にはない本物の自然がある。あのひとつで、人間の回復というテーマのもとにＥＸＰＯ２０００が開かれるんだ」

ヘリコプターは、高度をさげはじめた。万国博が開かれるというその人工島には……だが、いくらひとみをこらしても、けばけばしい建造物も広告も見えなかった。

「そうなのさ」

須田はうなずいた。

「ここの自然を破壊しないというのが、出展の条件でね。ぼくの属するユニットも、あそこにある素朴な小屋のようなものを借りうけて……やや！」

須田はぼう然と口をあけた。ぼくも何もいえなかった。確かに、島は自然のままの姿をくずしてはいない。しかし、人間がいた。人間が、それこそ押しあいひしめきあいながら、歌をうたい、おどり、弁当をひろげ、酒を飲んで、開会を待ちうけているのが、ヘリコプター・タクシーの降下につれて、しだいにはっきりして来るのであった。

大都会なみの混雑……しかし、もっと近づくと、人々は何となごやかな表情を浮べていることか。国家、企業など、あらゆる組織体の競争や対立を越えた人間が、人間本来の純朴さにかえって、交歓しあっているのだった。思わずぼくは叫んだ。

「万国博は人間回復の理想の祭典じゃないか」

と。

# 『ながいながい午睡』あとがき（さんいちぶっくす）

ここにおさめられた作品は、昭和三十五、六年ごろに書いたものから、最近のものに至るまで、時期もまちまちですし、発表した媒体も、〝宇宙塵《うちゅうじん》〟という同人誌をはじめ、新聞、週刊誌、月刊誌、さらにはPRパンフレットと、実にさまざまです。

正直な話、この本のために作品を集め、自分で読み返してみたときには、どうもバラエティに富みすぎているのではあるまいか——などと考えたくらいでした。

ぼくは以前、なぜ俳句を作るのかといわれて、「形而下から形而上に入る魅力——非常によくできたショート・ショートの味ですね」といったことがあるようです。それが今でもそう思うのか、また、この逆は成立するのか、と問われれば、さっぱり判《わか》らなくなったとしか答えようがないのも、また事実なのですが……。

ともかく、

吹雪《ふぶ》く野と異次元全速でも澱《よど》む

というところが、あんがい本音なのかも知れません。

著者

# 編者解説

日下《くさか》 三蔵《さんぞう》

眉村卓《まゆむらたく》は、星新一《ほししんいち》、小松左京《こまつさきょう》、筒井康隆《つついやすたか》、光瀬龍《みつせりゅう》、平井和正《ひらいかずまさ》、豊田有恒《とよたありつね》、半村良《はんむらりょう》らとともに、国産SFジャンルの勃興期《ぼっこうき》から活躍してきた、いわゆる「日本SF第一世代作家」のひとりである。

一九六〇（昭和三十五）年にSF同人誌「宇宙塵《うちゅうじん》」に参加、翌年、作品が宝石社のミステリ専門誌「ヒッチコックマガジン」に転載されて商業誌デビューを果たした。この年には早川書房の第一回空想科学小説コンテストに投じた「下級アイデアマン」が佳作第二席となり、「SFマガジン」にも登場している。

以後、二〇一九年十二月に亡くなるまで、ほぼ六十年にわたって常に第一線でSFを書き続けた。没後に刊行された長篇『その果てを知らず』（20年10月／講談社）は、亡くなる三日前に書き上げたものだというから、生涯現役という言葉にこれほどふさわしい作家も珍しいだろう。

監修を担当させていただいた「SFマガジン」二〇二〇年四月号の眉村卓追悼特集で、私は著者の業績を大きく五つに分けて紹介した。

A　初期の宇宙もの、未来もの
B　Aの発展形である《司政官》シリーズ
C　異世界もの、並行世界もの
D　ジュブナイル
E　ショートショート

他にも「ディスクジョッキーとしての活躍」や「後進の指導・育成」といった仕事が挙げられるが、小説作品に限るなら、およそこの五系統に分けられるはずだ。

このうち、Aについてはハヤカワ文庫版の『日本SF傑作選3　眉村卓　下級アイデアマン／還らざる空』に代表的な作品をまとめておいた。Bは創元SF文庫から大部の合本『司政官 全短編』と第七回 泉鏡花《いずみきょうか》文学賞を受賞した長篇『消滅の光輪』が復刊されている。

Cは出版芸術社の『眉村卓コレクション 異世界篇』（全3巻）に主要な作品を収めており、Dの代表作『ねらわれた学園』『なぞの転校生』は講談社文庫で読むことができる。

したがって、次に眉村作品を復刊する機会が来たら、ショートショート集を作ろう、と考えていたのだ。だが、まさか、それが著者没後の追悼出版になってしまうとは思ってもいなかった。

まず、眉村卓のショートショート集のリストを掲げておこう。最初のショートショート集

『ながいながい午睡』は文庫化されず、すべての収録作品が本書を含む他の作品集に分散して再録されているので、ナンバーをゼロとしてある。

| | | | | |
|---|---|---|---|---|
| 0 | ながいながい午睡 | 68年5月 | 三一書房(さんいちぶっくす) | 45篇 |
| 1 | C席の客 | 71年8月 | 日本経済新聞社 ↓ 角川文庫 | 52篇 |
| 2 | ぼくの砂時計 | 74年9月 | 講談社 ↓ 講談社文庫 | 66篇 |
| 3 | 奇妙な妻 | 75年2月 | ハヤカワ文庫JA ↓ 角川文庫 | 21篇 |
| 4 | 変な男 | 75年5月 | 文化出版局 ↓ 角川文庫 | 24篇 |
| 5 | 鳴りやすい鍵束 | 76年10月 | 徳間書店 ↓ 徳間文庫 | 61篇 |
| 6 | 午後の楽隊 | 79年4月 | 講談社 ↓ 集英社文庫 | 38篇 |
| 7 | 一分間だけ | 80年4月 | 角川文庫 ↓ 秋元文庫 | 68篇 |
| 8 | ぼくたちのポケット | 80年11月 | 角川文庫 | 56篇 |
| 9 | モーレツ教師 | 81年6月 | 角川文庫 | 16篇 |
| 10 | おしゃべり各駅停車 | 81年7月 | 角川書店 ↓ 角川文庫 | 22篇 |
| 11 | 黄色い夢、青い夢 | 82年7月 | 集英社文庫 | 39篇 |
| 12 | ポケットのABC | 82年10月 | 角川文庫 | 41篇 |
| 13 | ポケットのXYZ | 82年10月 | 角川文庫 | 42篇 |

| | | | | |
|---|---|---|---|---|
| 14 | ふつうの家族 | 84年2月 | 角川文庫 | 67篇 |
| 15 | 最後のポケット | 85年6月 | 角川文庫 | 98篇 |
| 16 | 職場、好きですか？ | 87年2月 | 勁文社　↓　ケイブンシャ文庫 | 26篇 |
| 17 | こんにちは、花子さん | 89年8月 | 勁文社　↓　ケイブンシャ文庫 | 24篇 |
| 18 | 頑張って、太郎さん | 89年12月 | 勁文社　↓　ケイブンシャ文庫 | 18篇 |
| 19 | 怪しい人びと | 92年3月 | 新潮文庫 | 32篇 |
| 20 | 乾いた家族 | 93年6月 | ケイブンシャ文庫 | 50篇 |
| 21 | ゆるやかな家族 | 93年10月 | ケイブンシャ文庫 | 39篇 |
| 22 | 発想力獲得食 | 95年9月 | 三一書房　↓　双葉文庫 | 30篇 |
| 23 | 日がわり一話 | 98年5月 | 出版芸術社 | 49篇 |
| 24 | 日がわり一話［第2集］ | 98年9月 | 出版芸術社 | 47篇 |
| ◎ | 日課・一日3枚以上（第1巻） | 00年8月 | 真生印刷 | 100篇 |
| ◎ | 日課・一日3枚以上（第2巻） | 00年9月 | 真生印刷 | 100篇 |
| ◎ | 日課・一日3枚以上（第3巻） | 00年10月 | 真生印刷 | 100篇 |
| ◎ | 日課・一日3枚以上（第4巻） | 00年12月 | 真生印刷 | 100篇 |
| ◎ | 日課・一日3枚以上（第5巻） | 01年1月 | 真生印刷 | 100篇 |
| ◎ | 日課・一日3枚以上（第6巻） | 01年3月 | 真生印刷 | 100篇 |

| | | | | | |
|---|---|---|---|---|---|
| ◎ | 日課・一日3枚以上（第7巻） | 01年5月 | 真生印刷 | 100篇 | |
| ◎ | 日課・一日3枚以上（第8巻） | 01年6月 | 真生印刷 | 100篇 | |
| ◎ | 日課・一日3枚以上（第9巻） | 01年7月 | 真生印刷 | 100篇 | |
| ◎ | 日課・一日3枚以上（第10巻） | 01年9月 | 真生印刷 | 100篇 | |
| 25 | 僕と妻の1778話 | 10年11月 | 集英社文庫 | 52篇 | |
| 26 | たそがれ・あやしげ | 13年6月 | 出版芸術社 | 21篇 | |
| 27 | 短話ガチャンポン | 15年8月 | 双葉文庫 | 26篇 | |
| 28 | 終幕のゆくえ | 16年12月 | 双葉文庫 | 20篇 | |
| 29 | 夕焼けのかなた | 17年12月 | 双葉文庫 | 26篇 | |
| 30 | 静かな終末 | 21年3月 | 竹書房文庫 | 50篇 | ※本書 |

余命宣告された悦子《えつこ》夫人のために、毎日書き続けたショートショートは一七七八篇に達し、このエピソードは「僕と妻の1778の物語」として映画化もされた。『日課・一日3枚以上』はそのうちの一〇〇〇話までを一〇〇篇ずつまとめたものだが、市販されていない私家版なので、ナンバーは振らずに◎印にしておいた。

23、24、25の三冊は、一七七八話からセレクトしたものなので、『日課・一日3枚以上』との重複もあるが、逆に一〇〇一話以降の初単行本化作品もある。

そして、一七七八話とは別の商業発表作品だけで、眉村卓のショートショートは一〇〇〇篇を超えているのだ。さらにハヤカワ文庫の『枯れた時間』など、ショートショート集ではない短篇集に含まれている作品がいくつかあり、今回収録しきれなかった単行本未収録作品が一〇〇篇以上ある。合計すると、眉村卓は三〇〇〇篇ものショートショートを書いたことになる。これは「ショートショートの神様」と呼ばれた星新一の倍近い作品数である。

本書の編集に当たっては、既刊の作品集からの傑作選にするか、単行本未収録作品を可能な限り詰め込むか、いくつかの選択肢で迷ったが、幻の作品集となってしまっている三一書房『ながいながい午睡』の文庫未収録分をフォローしておきたいと思い、単行本&文庫未収録の作品をメインにした初期ショートショート集というコンセプトに決定した。

本書の収録作品の初出データは、以下の通り。

I

いやな話　「若い11《イレブン》」63年9月号（「気になる話」改題）
名優たち　「別冊小説現代」68年1月号
われら人間家族　「新刊ニュース」68年9月15日
廃墟を見ました　「別冊小説現代」67年10月号
大当り　「都楽器ＰＲ誌」68年5月号

誰か来て　「ヒッチコックマガジン」62年6月号
行かないでくれ　「プレイコミック」68年9月25日号
応待マナー　初出不明
ムダを消せ！　「イトーキショートショート」65年／月号不明
委託訓練　初出不明
面接テスト　「別冊小説現代」68年10月号
忠実な社員　「マイ・ウェイ」68年10月号
特権　「イトーキショートショート」65年／月号不明（6月28日脱稿）
夜中の仕事　「大広↓近畿ツーリスト」68年7月号
のんびりしたい　初出不明
土星のドライブ　初出不明
家庭管理士頑張る　「中学三年コース」67年12月号（「家庭管理士、がんばる」改題）
自動車強盗　「小松原商店街PR誌」67年11月号
ミス新年コンテスト　初出不明
物質複製機　「別冊小説現代」68年4月号
獲物　「団地ジャーナル」62年12月?日号　↓「別冊小説現代」68年7月号
はねられた男　「別冊小説現代」68年10月号

落武者　「別冊小説現代」68年4月号
安物買い　「大広→近畿ツーリスト」67年10月号
よくある話　「黒い真珠パンフレット」68年9月
動機　「別冊小説現代」68年7月号
酔っちゃいなかった　「サンデー毎日別冊」61年（ＳＦコントとして掲載）
晩秋　「ヒッチコックマガジン」62年1月号
怨霊地帯　「丸」67年2月号

Ⅱ

敵は地球だ　「丸」66年1月号
虚空の花　「丸」66年5月号
最初の戦闘　「丸」66年8月号
最後の火星基地　「丸」66年11月号
防衛戦闘員　「丸」67年6月号
最終作戦　「丸」67年10月号
敵と味方と　「丸」68年2月号

Ⅲ

すれ違い　「ヒッチコックマガジン」61年5月号
古都で　「ヒッチコックマガジン」61年6月号
雑種　「ヒッチコックマガジン」61年10月号
墓地　「ＮＵＬＬ」5号（61年10月）
傾斜の中で　「ＮＵＬＬ」5号（61年10月）
あなたはまだ？　「ＮＵＬＬ」6号（62年2月）
静かな終末　「ＮＵＬＬ」8号（62年12月）
錆びた温室　「ＮＵＬＬ」9号（63年5月）
タイミング　「若い11」64年4月号
テレビの人気者・クイズマン《人間百科事典》　「中学三年コース」67年11月号
100の顔を持つ男・デストロイヤー《破壊者》　「中学三年コース」68年1月号
電話　「ビッグコミック」69年6月25日号
店　「新刊ニュース」69年12月1日号
ＥＸＰＯ２０００　「朝日新聞大阪版朝刊」70年1月1日付

第一部には単行本に入りながら文庫化されなかった二十九篇を収めた。「いやな話」は眉村卓の最初の著書『準B級市民』（65年9月／早川書房／ハヤカワ・SF・シリーズ3095）の巻頭を飾った作品だが、ハヤカワ文庫でテーマ別に再編集された際に、一篇だけ洩《も》れていたもの。「若い11」は名古屋テレビのPR誌で誌名はアナログ放送時代のチャンネルが11だったことに由来する。定期的にSFショートショートを掲載しており、眉村卓は判明している限り二作を寄稿。もうひとつの掲載作「タイミング」は本書の第三部に収めた。当然のことながら、「若い11」掲載作品は、いずれもテレビをテーマにしたものになっている。

ハヤカワ・SF・シリーズの短篇集では『万国博がやってくる』（68年3月）所収の「くたばれ」と「ラストショー」も文庫になっていないが、いずれもショートショートと呼ぶには、いささか長い作品であるため、今回は収録を見送った。

『ながいながい午睡』
三一書房

三一書房の新書判叢書《さんいちぶっくす》から刊行された『ながいながい午睡』は、前述の通り著者の初めてのショートショート集だが、このままの形では文庫化されていない。3『奇妙な妻』に三篇、9『モーレツ教師』に十四篇が再録されており、本書には残る二十八篇と「あとがき」を収めた。

「名優たち」「廃墟を見ました」「面接テスト」「物質複製機」「獲物」「はねられた男」「落武者」「動機」の八篇は「別冊小説現代」の無署名のショートショート

コーナー「ユーモアラウンジ」に掲載。ただし、「獲物」は「団地ジャーナル」掲載作の再録であるため、他の作品も別に初出誌がある可能性はある。

この「ユーモアラウンジ」コーナーには、筒井康隆、豊田有恒、生島治郎《いくしまじろう》、結城昌治《ゆうきしょうじ》らが参加していることが判っているが、無署名であるため個別の短篇集に収録されたもの以外は特定が難しいのが残念である。

「家庭管理士頑張る」は学習研究社の学年誌「中学三年コース」に「SF・未来のエリート職業」の第二話「家庭管理士《ホームマネージャー》、がんばる」として発表された。初出では冒頭に世界設定を説明した「物語のはじめに」が付されているので、ご紹介しておこう。列挙されている空想上の新製品の多くが、現在では実用化されているのが凄《すご》い。

次々と出まわる新製品によって、家庭生活は、ますます便利で快適なものとなっていった。直接発電装置、自動移動掃除機、収納場所を教えればひとりで整理する機械をはじめとして、超音波洗浄機や調理機、へや別温度換気調整装置、立体テレビのアイドホールカーテン、移動可能な仕切りパネルから、家族追跡装置、映話およびその応待装置、マイクロリーダー、ボタンひとつで目的地へはこんでくれる小型車まで、さまざまなものが各家庭で使われるようになった。

しかし。

そのおかげで、主婦の仕事はかえって複雑になったのである。こうした精密機器を使いこなすには、いろんな知識が必要なうえに、機器じたいが高価なので、たいていの家庭ではそれらを長期契約で借りるのがふつうになっていたが、何を借りるのが経済的か、借りてもどういうふうに利用するかを考えないと、使用料や電気代がかさんで破産してしまうのだ。それればかりか一方では、衣類や食器などの日常生活用品は、はじめから使い捨てされるように作られている。思いつきで家事をやっていては、収入がいくらあっても足りなかった。

こうした傾向を反映して生まれてきた専門家が、家庭管理士だ。

家庭管理士は、家庭用のエレクトロニクス機器全般に関してのベテランであるばかりか室内装飾や料理や育児や家計管理などにも通じているので、いろんな家庭のために総合的に計算し生活設計を行ない管理を実施することができる。

ふつう、家庭管理士養成学校か、大学の指定された学部を卒業すれば三級家庭管理士の称号が与えられるが、この程度では自分の家庭内で役だつだけで、職業として成立するにはふじゅうぶんである。専門家と呼ばれるためには、すくなくとも二級の国家試験にパスしなければならない。

その上が一級管理士であるが、これは日本でもかぞえるほどしかいない。

というのも、一級になるためには実技試験や面接をも含めた厳重なテストに合格しなければならないからである。

この連作の第一話「テレビの人気者・クイズマン《人間百科事典》」と第三話「100の顔を持つ男・デストロイヤー《破壊者》」は、本書の第三部に収録。「中学三年コース」六八年二月号から「高1

『全艦発進せよ！』
徳間文庫

『全艦発進せよ！』
徳間書店

コース」六九年四月号まで三回にわたって連載された第四話「アンドロイドをつくるロボット技師」はジュブナイル作品集『泣いたら死がくる』（77年4月／秋元文庫 → 81年5月／角川文庫）に収録された。「テレビの人気者・クイズマン」は「SFマガジン」六五年三月号に掲載された短篇「クイズマン」と同じ設定だが、ストーリーは異なる。

　第一部の最後に収めた「怨霊《おんりょう》地帯」は潮書房のミリタリー専門誌「丸」の競作企画「SF未来戦記」シリーズの一篇。光瀬龍、福島正実《ふくしままさみ》、高橋泰邦《たかはしやすくに》、今日泊《きょうどまり》亜蘭《あらん》、眉村卓の五人による読切連載で、眉村卓は八篇を発表。シリーズの全作品は、後にアンソロジー『SF未来戦記　全艦発進せよ！』（78年12月／徳間書店

↓　86年3月／徳間文庫）に収録された。

本書の第二部には、「怨霊地帯」を除く『SF未来戦記　全艦発進せよ！』の収録作品七篇を収めた。「敵は地球だ」が4『変な男』に収められている以外は、著者の個人短編集には未収録である。

なお、「最終作戦」は筒井康隆の発行していた同人誌「NULL」臨時号（64年9月）に両氏の合作「悪魔の世界の最終作戦」という変則的な形で発表されたことがある。これは眉村卓の短篇「最終作戦」の原稿用紙の裏に筒井康隆が「悪魔の世界」という作品を書いたため、ふたつが混ざってしまったという人を食った設定の作品であった。

筒井パートは後に「悪魔の契約」として発表され、ショートショート集『にぎやかな未来』に収録。眉村パートは「SF未来戦記」シリーズで初めて日の目を見た。「悪魔の世界の最終作戦」は出版芸術社『筒井康隆コレクションⅣ　おれの血は他人の血』（16年1月）に収めておいたので、どう混ざっているのか、ぜひ確認してみていただきたい。

本書の第三部には、これまで単行本に入ったことのない十四篇を収めた。うち三篇は「ヒッチコックマガジン」、五篇は「NULL」に掲載されたものである。

「EXPO2000」は七〇年三月から九月にかけて開催された大阪万博に先駆けて発表されたもの。筒井康隆との競作で同じタイトルの作品が同時に掲載された。筒井作品の方は、前出の『筒井康隆コレクションⅣ　おれの血は他人の血』に収録されている。

作家活動最初期の十年間に眉村卓が発表したショートショートのうち、これまで著者の単行本または文庫本に一度も入ったことのない作品を中心に五十篇をまとめたのが、本書ということになる。未知のジャンル「ＳＦ」に賭《か》けて若き日の作者が傾けた情熱の一端を、この一冊から感じていただけたなら、これに勝る喜びはない。

〈シグマフォース〉シリーズ⓪
ウバールの悪魔　上下
ジェームズ・ロリンズ／桑田健［訳］

神の怒りで砂にまみれて消えた都市〈ウバール〉。そこには、世界を崩壊させる大いなる力が眠る……。シリーズ原点の物語！

〈シグマフォース〉シリーズ①
マギの聖骨　上下
ジェームズ・ロリンズ／桑田健［訳］

マギの聖骨――それは〝生命の根源〟を解き明かす唯一の鍵。全米200万部突破の大ヒットシリーズ第一弾。

〈シグマフォース〉シリーズ②
ナチの亡霊　上下
ジェームズ・ロリンズ／桑田健［訳］

ナチの残党が研究を続ける〈釣鐘〉とは何か？　ダーウィンの聖書に記された〈鍵〉を巡って、闇の勢力が動き出す！

〈シグマフォース〉シリーズ③
ユダの覚醒　上下
ジェームズ・ロリンズ／桑田健［訳］

マルコ・ポーロが死ぬまで語らなかった謎とは……。〈ユダの菌株〉というウィルスが起こす奇病が、人類を滅ぼす⁉

〈シグマフォース〉シリーズ④
ロマの血脈　上下
ジェームズ・ロリンズ／桑田健［訳］

「世界は燃えてしまう――」〝最後の神託〟は、破滅か救済か？　人類救済の鍵を握る〈デルポイの巫女たちの末裔〉とは？

〈シグマフォース〉シリーズ⑤
## ケルトの封印　上下
ジェームズ・ロリンズ／桑田 健［訳］

癒しか、呪いか？　その封印が解かれし時――人類は未来への扉を開くのか？　それとも破滅へ一歩を踏み出すのか……。

〈シグマフォース〉シリーズ⑥
## ジェファーソンの密約　上下
ジェームズ・ロリンズ／桑田 健［訳］

光と闇の米建国史――。アメリカ建国の歴史の裏に隠された大いなる謎……人類を滅亡させるのは〈呪い〉か、それとも〈科学〉か？

〈シグマフォース〉シリーズ⑦
## ギルドの系譜　上下
ジェームズ・ロリンズ／桑田 健［訳］

最大の秘密とされている〈真の血筋〉に、ついに辿り着く〈シグマフォース〉！　組織の黒幕は果たして誰か？

〈シグマフォース〉シリーズ⑧
## チンギスの陵墓　上下
ジェームズ・ロリンズ／桑田 健［訳］

〈神の目〉が映し出した人類の未来、そこには崩壊するアメリカの姿が……「真実」とは何か？「現実」とは何か？

〈シグマフォース〉シリーズ⑨
## ダーウィンの警告　上下
ジェームズ・ロリンズ／桑田 健［訳］

南極大陸から〈第六の絶滅〉が、今、始まる……。ダーウィンの過去からの警告が、明らかになるとき、人類絶滅の脅威が迫る！

〈シグマフォース〉シリーズ⑩
イヴの迷宮 上下
ジェームズ・ロリンズ／桑田 健［訳］

〈聖なる母の遺骨〉が示す、人類の叡智の根源とその未来――なぜ人類の知能は急速に発達したのか？ ΣVS中国軍科学技術集団！

〈シグマフォース〉外伝
タッカー&ケイン 黙示録の種子 上下
ジェームズ・ロリンズ／桑田 健［訳］

〝人〟と〝犬〟の種を超えた深い絆で結ばれた元米軍大尉と軍用犬――タッカー&ケイン。〈Σフォース〉の秘密兵器、遂に始動！

〈シグマフォース〉シリーズⓍ
Σ FILES〈シグマフォース〉機密ファイル
ジェームズ・ロリンズ／桑田 健［訳］

セイチャン、タッカー&ケイン、コワルスキのこれまで明かされなかった物語＋Σをより理解できる〈分析ファイル〉を収録！

THE HUNTERS
ルーマニアの財宝列車を奪還せよ 上下
クリス・カズネスキ／桑田 健［訳］

ハンターズ――各分野のエキスパートたち。彼らに下されたミッションは、歴史の闇に消えた財宝列車を手に入れること。

THE HUNTERS
アレクサンダー大王の墓を発掘せよ 上下
クリス・カズネスキ／桑田 健［訳］

その墓に近づく者に禍あれ――今回の財宝探しは最高難易度。地下遺跡で未知なる敵が待ち受ける！ 歴史ミステリ×アクション‼

*Mystery & Adventure*

**タイラー・ロックの冒険①**
**THE ARK 失われたノアの方舟 上下**
ボイド・モリソン／阿部清美［訳］

旧約聖書の偉大なミステリー〈ノアの方舟〉伝説に隠された謎を、大胆かつ戦慄する解釈で描く謎と冒険とスリル！

**タイラー・ロックの冒険②**
**THE MIDAS CODE 呪われた黄金の手 上下**
ボイド・モリソン／阿部清美［訳］

触ったもの全てを黄金に変える能力を持つとされていた〈ミダス王〉。果たして、それは事実か、単なる伝説か？

**タイラー・ロックの冒険③**
**THE ROSWELL 封印された異星人の遺言 上下**
ボイド・モリソン／阿部清美［訳］

人類の未来を脅かすUFO墜落事件！　全米を襲うテロの危機！　その背後にあったのは、1947年のUFO墜落事件——。

**タイラー・ロックの冒険④**
**THE NESSIE 湖底に眠る伝説の巨獣 上下**
ボイド・モリソン／阿部清美［訳］

湖底に眠る伝説の生物。その謎が解き明かされる時、ナチスの遺した〈古の武器〉が発動する……。それは、終末の始まりか——。

**13番目の石板 上下**
アレックス・ミッチェル／森野そら［訳］

『ギルガメシュ叙事詩』には、隠された〈13番目の書板〉があった。そこに書かれていたのは——〝未来を予知する方程式〟。

*TA-KE SHOBO*

静かな終末

2021年3月10日　初版第一刷発行

著者……………………………… 眉村《まゆむら》 卓《たく》

編者……………………………… 日下《くさか》三蔵《さんぞう》

イラスト………………………………まめふく

デザイン…………………… 坂野《さかの》公一《こういち》(welle design)

---

発行人……………………………… 後藤明信

発行所………………………… 株式会社竹書房

〒102-0072 東京都千代田区飯田橋2-7-3

電話：03-3264-1576(代表)

03-3234-6301(編集)

http://www.takeshobo.co.jp

印刷所………………………… 凸版印刷株式会社

---

定価はカバーに表示してあります。

乱丁・落丁の場合には竹書房までお問い合わせください。

ISBN978-4-8019-2425-3 C0193

Printed in Japan